夜闻录

高楼大厦　马翼文｜著

江苏凤凰文艺出版社
JIANGSU PHOENIX LITERATURE AND
ART PUBLISHING, LTD

图书在版编目（CIP）数据

夜闻录 / 高楼大厦, 马翼文著.—南京：江苏凤凰文艺出版社，2020.2
ISBN 978-7-5594-4228-4

Ⅰ.①夜… Ⅱ.①高… ②马… Ⅲ.①长篇小说－中国－当代 Ⅳ.①I247.5

中国版本图书馆CIP数据核字（2019）第263063号

夜闻录

高楼大厦　马翼文　著

责任编辑　唐　婧
特约编辑　胡　进
责任印制　胡　家　胡　杨
出版发行　江苏凤凰文艺出版社
　　　　　南京市中央路165号，邮编：210009
网　　址　http://www.jswenyi.com
印　　刷　三河市宏图印务有限公司
开　　本　880毫米×1230毫米 1/32
字　　数　237千字
印　　张　9.5
版　　次　2020年2月第1版　2020年2月第1次印刷
书　　号　ISBN 978-7-5594-4228-4
定　　价　39.80元

目录

楔子　自叙

我记得最后一次见到的东西是乌鸦。

那是在我八岁那年闹饥荒的时候，百十只乌鸦在染了血般的天上围着我不停地飞。

后来我才知道，乌鸦会围着快死的人飞。

它们不等人咽气就冲下来，先啄眼睛吃。

所以，我是个瞎子。

有人说瞎子不吉利，特别是给人弹丧曲、弄皮黄的瞎子。

所以，那些畏我的人都叫我“报丧鸟”。

“报丧鸟”这名号邪气重，在北平的夜里却能镇得住街面上的恶人宵小，我挺喜欢。

但我还是更喜欢没瞎之前以及我在白天时的名字——闻桑生。

第一章　闻桑生

1

闻桑生的师父叫浊眼龙，也是一个瞎子。

民国初北方闹旱灾，浊眼龙逃荒到直隶野北地的土梁子上时，救下了被乌鸦啄了眼睛的闻桑生。本着同病相怜的慈悲之心，浊眼龙拿清水洗净了闻桑生的双眼，并背着他一路逃难到北平，手把手教导了他弹三弦、拉京胡的活命本事。

闻桑生跟着浊眼龙学艺到十八岁，其间主要靠在北平的戏班和烟花巷里当乐师为生。他把浊眼龙当作比亲爹还亲的人，为了报答浊眼龙救命的恩、赏饭的惠，浊眼龙说一，他不言二；浊眼龙让他去死，他立马就敢跳河。

虽说闻桑生唯浊眼龙马首是瞻，可这并不代表他对于浊眼龙的所作所为没有一丁点儿的困惑和疑问。自闻桑生跟浊眼龙在北平站稳脚跟起，浊眼龙便给他立了三条雷打不动的怪规矩。这三条规矩都不大，内容却让人极难理解。

第一，浊眼龙说闻桑生虽是盲人，但走夜路必须打灯笼，白天出门则必须戴墨镜。如非迫不得已，永不许说自己是个盲人，最多只能说“眼差”。

第二，浊眼龙说闻桑生一辈子都要拼命攒钱，不管是浊眼龙给的犒劳、顾客给的花红还是优伶给的利市，他都必须拿出一半积攒下来，穷死也不能花。

第三，也是最玄乎的一条。浊眼龙让闻桑生每个月初一、十五都早早起床，背着弦子琴和京胡从北平阜成门一路向西，徒步过公主坟、金沟、元君庙等地。步行十五里去北平城西郊一片靠山的乱坟场，找到坟地正中一块倚着柳树雕有王八的老碑。

寻着老碑后，他要先给老碑磕三个头，再认认真真对着那老碑弹上一曲《悲欢令》，曲终后还得于老碑的王八屁股上锥刻一道痕迹作为“证物”，最后原路走回来。

浊眼龙告诉闻桑生，这一趟刻王八屁股的路，他一个月必须走够两回，刮风下雨数九寒天都不能间断。为了防止其偷懒，浊眼龙还会不定期去王八屁股上摸索检验他刻过的痕迹，或者立在乱坟场的什么地方听他弹，但凡发现闻桑生有丁点儿弄虚作假偷奸取巧，定然打断他双手收了手艺，再将他逐出师门。

这三条怪规矩，闻桑生琢磨了十年。

头一条他最先琢磨出味来，知道浊眼龙既是教他防魑魅魍魉，也是教导他要自尊自爱，尽量活得像个正常人，不能因为自己身有残疾便怨天尤人自暴自弃。

第二条闻桑生也能琢磨出道理，因为浊眼龙曾经不止一次告诉他，说天下之大无奇不有，保不齐哪天闻桑生便会遇见一位妙手回春的仙家名医之类能帮他重见光明。到时候他必须拿出对得起人家医术本事的金银来酬谢，否则错失良机必懊悔致死。

很明显，浊眼龙让闻桑生积攒的这些钱就是让他时刻准备着应对这样的可能，也是让他的余生有个念想，在黑暗中有个前进和奔命的方向。

但是那第三条规矩，闻桑生始终不解其中的用意。

十五里地外，一座立在坟地里的无主老碑，为什么要让他风雨无阻每个月都摸索着去磕头奏乐？须知道，这每月两次的行程对一个盲人来说可是堪比受刑的苦难过程。而如此费力不讨好的“功课”，师父浊眼龙却又从未和闻桑生提起过这其中的真意，哪怕一次。

浊眼龙不说，闻桑生便只能自己猜了。

起初，闻桑生以为那碑上有什么治疗眼疾的天书良方。为了弄懂碑文，他艰难地和浊眼龙学了以手触字辨意的法门。当他学会摸字识意之后，发现那老碑上的碑文只是断断续续写了些许多年前某某圣贤曾在此地镇压一女妖并将其封禁的荒诞故事，通篇并没有一丁点儿和治疗眼疾有关的内容。

后来，闻桑生又以为这是师父浊眼龙考验他毅力的方法，是为了锻炼他的听觉、触觉、感知力，从而弥补眼睛上的缺陷。或许等他练习到一定程度，能够在这一趟复杂的路上如有眼人般来去自如了，师父浊眼龙便不会让他再走这一遭了。

但遗憾的是，当闻桑生十七岁那年真靠着一根导盲棍和一双耳朵，在这条路上自豪地走出不亚于常人的速度后，浊眼龙告诉他还得继续走下去，直到哪天说停止或者愿意告诉他这其中真意的时候为止。闻桑生本以为他还会等很长很长的时间，可是他不曾预料到的是，仅仅又过了一年，那揭开真相的时刻便骤然而至。

浊眼龙和闻桑生再一次提起这第三条规矩时，是闻桑生十八岁生日那天。

作为末流的盲乐师，为了挣钱糊口，纵然是生日，闻桑生也得和浊眼龙一早便拿着京胡去“和顺喜”的撂地京戏班子里伴奏，傍晚又去了“喜鹊巢”给会唱曲的姑娘弹弦子添声色。

那天“喜鹊巢”的生意挺好，闻桑生师徒也跟着姑娘们忙活。一直忙到晚上巡夜的敲三更了，他才搀扶着师父浊眼龙划拉着导盲棍往租住的房子走。

北平城的夜里风硬，凉气吹打在脸盘儿上生疼，也让人觉得凄凉。

闻桑生虽然“眼差”看不见街景，但能听出这街面上没几个人。即便偶尔有路过的，不是灌多了黄汤还说胡话的酒鬼，就是心虚步飘正准备借着夜色掩护做各种“暗生意”的“蹚爷”。

闻桑生知道，这北平城的夜色是许多魑魅魍魉的遮羞布、保命衣。夜幕一拉下来，各种见不得光的暗生意便开始走动了。夜色让一些人畏惧，让一些人猖狂，但对闻桑生这样的盲人来说，夜色没有太多特殊的意义，十年的眼盲早让他习惯了无黑无白的日子。

无黑无白的夜中，闻桑生搀着浊眼龙一路往回赶，在估摸着距离家门还有三十步的地方时，他突然停下了脚步再不敢往前走动。因为闻桑生听出，就在自己前边有男人的呼吸声，而且这男人此时还堵坐在他家的窄门前，把那老门靠得嘎吱作响。

听着门响的动静和频率，闻桑生判断出这人很胖，既不耐久坐也不耐久站。他坐一会儿就得挪挪屁股换个姿势，这才让门板发出了那样的动静。

夜半三更有人堵门口，这可不是什么好兆头。闻桑生和浊眼龙居住的地方在柳叶胡同，距离巡警营不远，但路径窄巷子狭也时常闹偷闹抢。好在江湖上的人多少还有点规矩，地界上虽然乱，可没什么人找盲人的麻烦。

嫌穷，也是嫌晦气。

因此，闻桑生在听出那家伙的气息后并不怎么害怕，他只是冲前边高喊："门口的兄弟，你挡着我家过道了，挪一步呗。"

一个沉重但乐呵的声音冲闻桑生喊道："耳朵挺贼呀！放个屁的响就听见你爷我了？"

对方一开口，闻桑生又听出说话的人中气足话音里没切口，应该是北平本地人。但他字与字之间喘息声大，显得有点费劲，估摸着气管不好，恐怕是常抽卷烟或者旱烟袋所致。

来人咬字清晰不是灌多了黄汤的，且能说出"听见"二字，显然早就知道闻桑生是个眼差的盲人。如此一来，闻桑生推测门口的这家伙应该是个不入流的蹚爷，可能已经踩过盘子了，专门来找他们师徒俩晦气的。

偷抢东西的暗生意居然都做到盲人身上来了，真是世风日下。

闻桑生带着不屑，微微摇头而后摘下墨镜，露出带伤疤的眼眶子，又举起手中的灯笼照着自己的脸。

"这位爷。我知道这'天黑路险鬼市寒，夜么虎子出门难'，且我和师父是眼差的人，瞅不见您的大驾报不了衙门，您三只手上留点情取财别伤命。"他主动示弱道。

闻桑生话说到这个地步也算是摊牌了，谁知那人一声冷哼后却对这师徒俩说："懂规矩！坦白说，我这人确实是做暗生意的，但我不做偷抢的下二等买卖。"

"不偷抢？"闻桑生困惑，又问，"那您这是？"

这时，那人又莫名其妙地开口冲师徒俩朗声道：

石崇豪富范丹穷，运早甘罗晚太公。

彭祖寿高颜回命短，贫富早晚不相同。

韩信无时在陋巷，口口声声叫苍穹。

满腹经纶知韬略，胸中空藏百万兵。

机多智广无处使，埋没英雄半世名。

闻桑生听完来人的念词，不由得皱起了眉头。这几句词他知道来历，那是大鼓书《韩信算卦》的开场词，也是他和师父浊眼龙在北平南城“打磨厂”挣辛苦钱时陪着清倌赛花仙弹唱过的玩意儿。

《韩信算卦》说的是秦末豪杰韩信遇事不顺怀才不遇，深藏陋巷时找算命人问卜前程的事情。这故事颇有隐喻，唱出来抑扬顿挫大开大合，是赛花仙以前最拿得出手的桥段，也曾为伴奏的闻桑生和他师父浊眼龙赚取了许多银钱。

但前年，赛花仙因为陪酒留宿的事情得罪了巡警衙门，被巡警营长找由头给扣了，在班房受了三个月折磨凌辱，临了还被强灌了哑药废了唱功。这主唱的人都废了，弹曲便也搁了，闻桑生和他师父浊眼龙这才被迫去了“和顺喜”和“喜鹊巢”拉京胡、弹三弦，《韩信算卦》在北平也由此成了绝响。

当再有人当着闻桑生的面念出这段戏文时，闻桑生诧异得不行。就在他想开口，告诉这人想听《韩信算卦》不如去八大胡同旁边的烟花巷里找赛花仙时，他身后的浊眼龙却忽然开口了。

听着来人的念词，那浊眼龙搭在闻桑生肩头的手臂如触电般抖动了一下。紧跟着，他无端地对徒弟说：“桑生，还记得我给你定的规矩吗，第三条？”

闻桑生不知道师父浊眼龙为什么会在这个节骨眼儿上提起那冲着坟碑拉弦子的古怪规矩，但他还是回答：“记得。”

“记得就好！”浊眼龙将背着的三弦琴解下来交给他后说道，“桑生，我想起来了，这位念《韩信算卦》的先生是我的一位故人。我和他在家里叙叙旧，你现在拿着我这‘水连珠’去坟地里再拉一遍《悲欢令》。”

“啊？”闻桑生愕然道，“师父，现在是三更天后半夜，城门还没开。”

“给看门的五角银圆就开了。”浊眼龙道，“桑生，你不是一直好奇为啥我让你每月初一、十五都对着那坟碑拉曲子吗？今儿，我可以告诉你原因了。”

说完，浊眼龙伸出满是老茧的手轻轻摸了摸闻桑生的脸。闻桑生感觉浊眼龙的手在抖动，那种抖动不该是个靠手吃饭的乐师应该有的，想必是浊眼龙在极力抑制着心底的什么情绪所致。可浊眼龙为什么如此激动，他猜不出。

浊眼龙语重心长地说：“桑生，这是你最后一次对着那野碑弹弦子啦！弹完之后你伸手摸摸驮着野碑的石王八，尤其仔细摸摸它的头，就知道这些年我为什么让你那么做了。”

“摸摸王八头？”闻桑生困惑地重复道。

“去吧。”这个时候，那守在师徒俩家门口的胖男人催促道，“你记着，你师父做的一切都是为了你好。听他的话，对你没坏处。”

“没坏处。”闻桑生又重复道。同时他在心里暗暗记下了这个人的声音，一种粗粝如刀子般的老烟鬼的声调。

闻桑生想不出三更半夜的会是什么样的故人堵门找师父浊眼龙叙旧，也想不出为什么师父大晚上的让自己跑到西边的坟地里给那老碑磕头拉曲。但闻桑生还是按照师父的吩咐去了，因为他的命是师父给的，师父说什么他干什么，这是当徒弟的本分。况且师父承诺过这是最后一次，完事之后他摸摸那石王八的头自然会知道师父让他坚持十年的因由。

2

闻桑生背上师父那把叫“水连珠”的弦子琴和自己的京胡，掉头去了阜成门。按照心中熟悉的路途走到阜成门后，闻桑生给了看门的五角银圆，又说了几句好话，那些“大令爷”便果然从城楼小门将他放了出去。

出了阜成门也就等于出了北平大城的圈子，闻桑生一脚踏出城门后顿觉周围没了人气，再加上城墙外野地的冷风一吹，他上来便忍不住打了个哆嗦。这样的冷夜，纵然是瞎子也能感受到一种瘆人的压抑。浓稠的夜让他有些踌躇，但闻桑生还得继续往坟地走，因为师父吩咐的事情他必须做。划拉着导盲棍，提着摇晃的灯笼，闻桑生按照记忆中的路径一步步走着。

死寂的夜里纵然是大路上也没有一个活人，十五里路一步步走下来，闻桑生听见了池塘里蛤蟆的叫音，听见了一只从他身后路过的黄鼠狼，听见了一只匆匆跑过的老猫，它口中还叼着一只垂死挣扎吱吱乱叫的田鼠。

走着走着，闻桑生脚下的石板路渐渐消失，四周的空气里也开始弥散着潮湿和腐败的气味。而当那挥之不去的腐败气味渐变成让人反胃的浓浓腐臭时，闻桑生果断停下了急切的步伐。那气味告诉他，立着老碑的乱坟场到了。

乱坟场是埋葬各种穷苦死人的地方。自古以来穷人命贱埋得浅，又没什么像样的棺椁护身，所以尸身腐败的气味很容易透土而出。闻到这股气味，闻桑生定了定心神后伸出手摸了摸自己的灯笼。

灯笼壳子是热的，显然内里的火苗还在。检查过灯笼后，闻桑生这才放心大胆地继续往坟地里走。烂坟地里碑石交杂凹凸不平，偶尔还能碰见些死人骨头和碎瓷片子。那些玩意儿冷不丁踩在脚下的感觉非常不好，也让人瘆得慌，但这都无法阻止闻桑生按照浊眼龙的意思一路向前。师父浊眼龙说过的事，就是上刀山下火海他也得办。

又往前走过不知道多少路，闻桑生听见了不一样的声音。那声音呜呜作响，仿佛是一个老妪在坟地间痛哭流涕，又时断时续很容易让人胡生猜疑。但闻桑生知道那只是坟地中一棵歪脖大柳树过风时的特有响动，并没什么可怕的。在那过风的大柳树下，正是闻桑生每个月初一、十五都对着其磕头并演奏一曲的镇妖老石碑。

摸索着来到碑前，闻桑生并没有急着去抚摩那石王八的碑头，而是沉了口气后放下灯笼，先对着石碑三叩头，又将背着的三弦琴解下来横在手中，靠坐柳树开始按照师父浊眼龙的吩咐弹奏那一曲《悲欢令》。

《悲欢令》在三弦琴曲中是一首极特殊的存在。此曲说它悲，弦音里却透着清音喜庆；说它喜，弦音里又浸着阵阵哀愁。细听之下如清泉流响，如冷风吹岭，有水到渠成之正，有峰回路转之绝。高时如峰，低时如谷；疾时如波，缓时如坡。真真是鸢飞戾天，鱼跃于渊，妙不可言。

闻桑生是弹惯了这曲子的盲乐师，三根弦拨弄起来顿时便达到忘我的境界。在醉心的弦音中，纵然身下是埋着千万死人的荒坟野地，冲着的是民间传说里镇压妖异的怪柳老碑，他也毫无顾忌尽情施展。悠悠琴音起，寒岁不知年，三五刻时辰过，却仿佛一世完。当闻桑生弹奏完毕曲终意尽之后，天地间再次万籁无声归于沉寂。

这一刻，浊眼龙十年的规矩结了，闻桑生的胆子也壮了。这一刻，闻桑生又想起师父浊眼龙曾教导过的话：“乐能暖人心，赛过千杯酒。一曲悲欢令，叙尽哀喜缘。”

终于，闻桑生冲着那石王八走过去，伸出手的同时口中念念有词：“师父，这条路您到底为什么让我走了十年，我马上就要知道了吧？”

说话间，闻桑生的手缓缓触摸向记忆中那冰冷的、巨大的、他摸过不知多少次的石王八的脑袋。

闻桑生的手够到了石王八的头，但让他颇为意外的是，此刻闻桑生手底下的石头王八和平常不一样了。

它竟然长出了一层毛？又软又长的毛！

让闻桑生如何去设想，他也绝想不到石王八能长出毛来。因而这一摸索之下闻桑生当即吓得一哆嗦，整个人更是快速收回手颤抖着摔倒在地上，不住地向后退。也偏偏在这时，那石头王八的方向竟然响起了一声极犀利的嚎叫。

哇！

这一声嚎叫刺耳狰狞似猫如虎，吓得闻桑生又一哆嗦。但同时他也立刻听出来这声音绝不是什么成了精的石头王八发出来的，而是一只猞猁的叫音。

猞猁可是和虎豹有得一拼的猫科凶兽，平时住在山岗野坟之间，喜吃野羊狐兔。可如果有在坟地里落单的人，它想必也不介意尝尝鲜。

听出猞猁的叫喊后，闻桑生立马明白过来，就在他对着老碑忘我弹弦的时候，这野兽已不知何时趴在石王八的头上对着自己伺机而动了。闻桑生本来耳力颇强，但因为刚才弦子弹得太入迷了，没听见那野兽的呼吸和挪蹭声，又冒冒失失去摸石碑触碰到了猞猁的身体，这才铸成了大错。

闻桑生知道，如果这野兽此时从石王八头上冲自己扑下来，他必死无疑。急切中，闻桑生一边后撤一边伸手去抓自己的灯笼。他虽只是个弹曲的盲人，但走多了山野路喝多了江湖水，便对北平附近的野兽也有些认知和提防手段。

闻桑生知道猞猁这类的野兽怕火，只要把灯笼拽在手里，那野兽畏惧之下自然不敢过来，到时候他就可以从容进退。只是当他伸出满是泥巴的手把灯笼重新提回来的时候，他原本还期盼着有条活路的心顿时凉了半截。

因为闻桑生摸索出来，他的灯笼已经凉透了。凉就意味着灭，灭就意味着死。可闻桑生还不想死。慌乱和恐惧中，闻桑生索性使出全身的力气将灯笼甩向猞猁嚎叫的方向，同时边向歪脖子柳树的方向退，边摸索着想将身上的火折子和备蜡取出来。只要吹着了火折子点着备蜡，他就还有机会活命。这是一场速度的比拼。

冲猞猁扔出灯笼之后，他听见那野兽又凶狠地叫了一声，紧跟着他又听见那野兽的爪子重重地拍打了什么东西一下。

噗！闻桑生听见了竹条的清脆碎裂声，想来是他的灯笼被那野兽拍打得稀巴烂了。

灭了的灯笼为闻桑生争取了一些时间，但也刺激着猞猁发出了更加愤怒的嚎叫，猞猁跳下了石王八头，四脚着地的细微嗒嗒声快速响起，那动静在闻桑生耳朵中不停转悠。显然这野兽在绕着闻桑生找角度，随时准备给他以致命一击。闻桑生是个盲人，但并不是手无缚鸡之力的盲人，纵然不能像健全人那样迅速做出反应，但依靠锻炼出来的过人听力他还是能不断定位这野兽的动向。

步步紧逼的威胁里，闻桑生意识到他已经来不及重新点火了。无奈中他只能摆出决死的架势，舍了火折子只用双手紧紧握住他硬枣木的导盲棍。他背靠大柳树浑身紧绷伺机而动，随时准备着给那野兽以迎头痛击。

鱼死网破的时刻，很快就到了。猞猁在围绕闻桑生转悠过三圈之后，猛然停下了脚步，紧跟着加速向他冲来。与此同时，闻桑生听着那野兽粗重的呼吸，立刻知道这家伙狠咬的方向是自己的右肩膀。右肩膀既没挎三弦也没插京胡，是他最脆弱的地方，也是闻桑生重点提防的部位。因为心中有提防，几乎在猞猁飞跃的同时，闻桑生也猛然举起了手中的枣木棍，向着他听见的猞猁喘息声的方向挥去。

在人与兽的最后一次搏杀中，空气里发出了啪的一声脆响。紧跟着，闻桑生的心彻底凉了。

几乎在听见那声音的同一刻，闻桑生便通过手里枣木棍传来的触觉感知到他的木棍被冲过来的猞猁凌空用爪子拍偏了，并没有戳到那野兽的口腔或者喉咙。

面对着猞猁的疾速进攻，没有人有第二次反击的机会，更何况是闻桑生这样眼差的盲人，因此他只能紧闭着双眼静静地等待死亡的降临。

可命运又怎么会是一个凡人能看得透的呢?

就在闻桑生自感将死的时候，空气中响起了剧烈的摩擦声。那声音与众不同，有点像蛾子临空飞舞的动静，但是更大更疾，就好像有一个比一般蛾子大许多倍的东西快速飞扑了过来。

咚！空气中爆发出了一声闷响。

闻桑生通过声音和气流感知到，那半路上飞过来的东西与凌空的猞猁重重地碰撞在了一起，而后猞猁连叫都没叫，便与那东西一起摔在地上打了个滚。

哗！哗啦！哗啦！

在猞猁坠地之后，闻桑生又在耳朵边听到了连续的两串响动，而这连串响动将闻桑生内心刚刚落下些许的不安瞬间又吊到了更高处!

闻桑生看不见，但却通过声音揣测了所有发生在那猞猁身上的事情。当半路飞来的不明物和猞猁相互撞击的时候，那野兽没有发出一丝一毫的嚎叫声，这只能说明猞猁被什么东西以强力扼住了喉咙，且没有反抗更没有呻吟的机会。

猞猁坠地后紧跟着发出的哗哗声，那是骨头被硬生生弄断的动静，闻桑生路过肉铺胡同时，经常从屠户的肉摊子上听见类似的响动。紧跟着的哗啦声并不是很常见的响动，闻桑生只能和自己跑估衣铺做衣服时裁缝撕裂布匹的声响联系到一起。

当这几个声音所透露的信息在闻桑生的脑袋里串联起来后，一幅恐怖的画面便立时里成形了——一只猞猁，被什么更大更凶猛的生物凌空抓住，瞬间便被硬生生扯断了脖子，然后又被无情地摁在地上开膛破肚扒了皮毛。

这可是堪比修罗场的情景。纵然是像闻桑生这样的盲人，也能感受到其中的残酷，更何况他已经闻到了弥散开来的血腥味。更重要的是，什么样的怪物能对猞猁这样的凶兽完成一击必杀的攻击呢？当它吸完猞猁的骨血，吃完猞猁的皮肉，又会怎么对付他呢？闻桑生想不出，但是越想越绝望无助，闻桑生唯一期盼的只是能与那猞猁一样得个短暂且少痛的死法。

在闻桑生胡思乱想双腿打战的时候，那哗啦声终于渐渐小了下去，四周归于平静。闻桑生只能听见自己心脏的快速跳动声。又过了会光景，在猞猁坠地的地方，一个铜铃样好听的女人声音道："拉弦的，你没事吧？"

听见那女子的问话，闻桑生心中一震。

杀死猞猁，又对着尸体开膛破肚的居然是个声音极好听的女子，这足够让闻桑生意外。十年无黑无白的苦难磨砺早让他的耳朵变得极其灵敏，如他愿意，他可以在闹市里分辨出一只猫的脚步声，也可以在三十步之内听见一只老鼠的呼吸声。一根针、一阵风、一支曲，只要是听过的响动他都能谙熟于心，都能敏锐地抓住它们所表达的正常人也不好抓住的信息。

闻桑生向来自信于自己耳朵，但现下正是自己的敏锐耳朵告诉他，面前的女子是堪比虎豹豺狼的存在。她是个怪物吗，还是又一只潜伏在坟地里的魑魅魍魉？这女子不管是什么都远比那猞猁更让闻桑生畏惧。

因为畏惧，闻桑生没有回答那女子的问话。也因此，那立在猞猁尸体处的女子又用好听的声音道："喂！眼睛瞎，嘴也哑巴吗？问你话呢！"

听着女子的第二次问话，闻桑生那忐忑的心神这才被拉回了些许。紧跟着他摇了摇头回答道："我，没事。"

"哦。"姑娘笑着，继续用好听的声音回应，"你这人真有意思，大晚上跑坟地里拉什么曲子，不知道夜里危险？要不是我在，你可早就变猫粪啦！"

这女子说话口无遮拦，但是并不能缓解闻桑生内心的困惑和紧张，他甚至一度怀疑她是什么玩意儿幻化的精怪。带着忐忑，闻桑生冲女子说话的方向拱手道："多谢姑娘救命之恩。但这荒郊野岭又大晚上的，您又为什么在这儿呢？"

女子非常爽快地回答："我是西山里的猎户，家住这附近，听见你弹曲闻声过来的。"

"啊？"闻桑生听愣了。

"惊讶什么？"女子反问完又说，"你弹曲我不能听？"

"不是，"闻桑生摇了摇头木然回答，"我只是想不出这地方附近会有人住，还有人听我弹曲。"

女子爽朗地笑了一声，告诉闻桑生："说出来我不怕吓着你，我听了你十年曲了！你每个月初一、十五都来弹《悲欢令》，偶尔还会弹《叹颜回》《关山月》和《小行舟》。我还记得有一回你《悲欢令》弹错了一个调子，在柳树下被你师父骂还哭鼻子，哈哈哈。”

“那是我十四岁的事。”听着女孩的话，闻桑生心潮澎湃地回忆，“姑娘怎么称呼？”

“单飞燕，”女子回答，“你叫我燕子就行。”

“燕子，这名字真好听。”闻桑生热着脸恭维又激动地说，“你，你在这坟地里听了我十年的曲，为什么不早出来和我说一声呢？”

燕子回答：“我爹不让，而且你弹得好我怕扰了你的曲音，所以只敢远远地听，静静地品。”

“哦。”闻桑生点点头，感觉心中暖暖的。

十年的时间，竟然有一个姑娘一直在默默注视着自己，听他弹曲还出手救他，闻桑生心生感激。十年光阴，这姑娘可是除了师父浊眼龙唯一关心他的人了，这种被人关心的感觉真好。

就在闻桑生心生感激的时候，燕子又一次开口道：“我特别喜欢听你弹曲，你以后能多来几次吗？”

“这，”闻桑生摇了摇头略带遗憾地回答，“恐怕不行。今儿是我最后一次来了。”

“最后一次？为什么？”燕子好听的声音中满是失落。

闻桑生听着她失落的声音非常不忍，于是急忙把今晚师父浊眼龙废规矩的事情说了。说完他不忘告诉她：“师父废了规矩，以后我便不好过来了，但我住城里柳叶胡同，在京戏班子上差。你若愿意随时来找我，我给你拉曲还免费带你看戏。”

“你说的啊，那我进城甩皮货的时候可真就找你听曲去啦！”

听见闻桑生的邀约，燕子原本失落的声音再次变得激动起来。

那声音听在闻桑生耳朵里，仿佛天籁。这一切都让闻桑生雀跃不已，于是他也激动地回应："你是我恩人，也是我知音，能让你高兴，我肝脑涂地！"

燕子那边没了言语，闻桑生只听见她的呼吸越来越快，似乎她挺紧张。须臾后，她忽然岔开话题慌慌张张地告诉闻桑生："对了，前两天我见你师父独自来过一次，在赑屃头上刻了些应该是字的东西。"

"赑屃？"

"就是你刚才摸的石碑兽头，我们这儿叫它赑屃。"燕子又说，"你师父刻下的字想必就是给你的交代，只可惜我不认识字，不知道写的什么。"

"哦，谢谢。"闻桑生点头说道，"我会摸字，摸一摸就知道师父给我留的什么话了。"

说话间，闻桑生便往石王八的脑袋处前进。再次来到石王八的头部附近，闻桑生伸出手去感触那石王八脖颈上的字迹。很快，他就品出了师父浊眼龙留在石王八上的字意。

当闻桑生的指尖接触到石王八头部凹凸的文字后，他立刻意识到那是三行用锉刀划刻的字迹。品着凹凸感，闻桑生知道这确实是师父浊眼龙独特的手笔。那字迹的内容是：

> 桑生，你读此字时，师已死。
>
> 勿问死因，此乃命缘。
>
> 好好活着，安生度日，此为师最后叮嘱。

3

三段参差不齐的遗言触摸下来，闻桑生愣了。而后他再不敢沉浸在死里逃生遇知音的喜悦中，而是惊恐地连连后退。他没有眼睛，也因此他恐惧的表情更加骇人。

燕子急忙问："咋了？你师父给你留的啥？"

闻桑生颤抖着回答："遗言！"

"遗言？"燕子愕然，"你师父死了？"

闻桑生摇头道："我，我师父三更天在门口碰到了一位故人说是要叙旧，然后就把我支了出来，这是为什么啊？"

燕子沉吟了半晌告诉他："哪儿有半夜找人叙旧的故人啊，分明是你师父过去得罪的仇人上门报复。"

说话间，闻桑生听见燕子迈着轻盈的步伐走到那石王八身边。她停稳脚步又说："你师父早知道有人要来找他寻仇，这才给你留了遗言，又把你支到这儿好让你活命。"

燕子说出她的推测的同时，闻桑生也猜到了这其中的环节，他再也淡定不了。闻桑生略微扭头听风辨认了一下方向，跌跌撞撞地沿着原来的路向北平大城走去。

"你干吗去啊？"在闻桑生身后，燕子焦急地问。

"找我师父！"闻桑生回答，"我不能不管我师父！"

"可是，"燕子跑到闻桑生身边又道，"你一个瞎子就算回去了能干什么？回头要是连你也被仇家杀了怎么办？"

听着燕子的苦劝，闻桑生停下了脚步。片刻后他长叹一口气道："我得给我师父收尸！我得给我师父报仇！这是当徒弟的本分！"

听了闻桑生的话，燕子心里满满的佩服。

"有缘再见。"说完，闻桑生继续划拉着导盲棍坚定地往回赶。

在走出十几步后，闻桑生听见燕子在背后喊他：“喂！你个瞎子，走得和蜗牛一样，等你赶回去你师父都凉透了。不如我背你回去吧，这样能快点。”

闻桑生闻言一震，缓缓地回答：“可你是姑娘，我……”

“你这人穷讲究什么劲！”说着，燕子快速跑到闻桑生身前，不由分说地将他扛在背后。

在被扛起的一瞬，闻桑生立刻估摸出燕子应该是个中等个头身材健美的姑娘。她穿着土布袄裤，身上有一股皂角的香味，腰间别着一个葫芦，葫芦边还系着一把被兽皮裹着的匕首。燕子的头发编成了辫子，又粗又长又香，发丝里还编着带驱虫香草味的“五毒绳”，那绳子和发丝偶尔蹭在闻桑生面上，怪痒的。

“趴稳了！”燕子跑了起来，速度快得让闻桑生惊愕。他在心中暗暗赞叹这姑娘不愧是猎户出身啊，壮得很！

得益于燕子矫健的身手，当闻桑生感觉到第一缕晨光照射到他面颊带给他温暖的时候他就已经回到了阜成门。而后，他又指点着狂奔的燕子回到他居住的柳叶胡同。在闻桑生距离柳叶胡同还有百十步时，他原本期待却不安的心便开始绝望沉寂。在距离胡同口还有三十多步时，闻桑生彻底绝望了。

“燕子，别跑了，放下我吧。”闻桑生告诉单飞燕，“闻到空气里有股烧焦的气味吗？”

“有。”燕子放下闻桑生又说，“四周的人有的还提着水桶呢，好像是什么地方着火了。”

闻桑生无奈：“应该是我和师父租住的房子着了。”

“不，不会这么巧吧？”燕子愕然道，“咱们还没进胡同，我想……”

“哎。”闻桑生长叹一口气，然后按照记忆往柳叶胡同里走去。又三十多步后，闻桑生走到了自己和师父浊眼龙租住的房子前。在门前站定，闻桑生伸出手却并没有摸索到自己记忆中那扇噪声极大的木门，他只摸到了一块微热潮湿的焦炭。

闻桑生问燕子：“过火的地方有多大，还剩下啥？”

“烧了三户，你家里只剩下一片焦炭。”燕子报告完灾情又告诉他，“我刚才听邻居说火是三更天烧起来的。”

“我刚才也听见了。”闻桑生回话时，整个人都在微微抖动。

“接下来，你怎么办？”燕子关切地问。

“找师父。”说话间，闻桑生已经跨过了烧焦的门槛。

“街坊说早有人找过了，没发现尸体。”燕子告诉闻桑生并假设道，“兴许，你师父跑出来了。”

“没有，我师父没跑出来。”闻桑生无奈地说道，“他的身子就在这儿，我能闻见那股烧焦的味。”

“哦。”燕子轻拉着闻桑生的手说，“我陪你一起找吧。”

不知道为什么，当燕子提出要帮忙的时候闻桑生感觉很熟悉，也再没有拒绝，就好像他们两个是认识了十几年的老交情老知音一般。

寻找浊眼龙尸体的过程没有用多久。在闻桑生顺着气味，徒手扒开废墟中一大片还有热度的木灰时，燕子和一些赶来帮忙的邻居发出了尖锐的叫喊。

“哇！”

“哎呀！妈呀！”

除了呼喊，闻桑生还听见许多人匆匆离开的脚步声。

闻桑生问：“燕子，我是不是挖到我师父了？”

“是，”燕子颤抖着回答，“他的头出来了，就在你右手边不远。”

“嗯，”闻桑生颤抖着又问，“烧得很惨吗？”

“是，”燕子回答，“脸都烧化了。”

闻桑生叹了一口气，同时他内心异常失落。脸被烧化了，他没有办法确认身前这具尸体是否是师父本人，但他突然想起了什么，继续用手扒着尸体周围的木炭，将尸体的腿清理了出来，而后哆哆嗦嗦地将手摸向尸体的右腿肚。

“你，你在干吗？”燕子看着闻桑生的举动惊愕地问，“都烧得露骨啦，你摸着不硌硬吗？”

闻桑生将尸体的右腿仔细地摸了一遍。收回手他叹了一口气，回道：“这就是我师父。”

“你怎么确定的？”

闻桑生沉默片刻，告诉她：“我师父右小腿年轻的时候被恶人打断过，碎成三节又长起来的。虽然长好了但骨头还是弯的，我给他老人家洗脚的时候摸过。”

说完，闻桑生蹲坐在地上冲着尸体哭着道：“就是我摸出来的这个样子。”

浊眼龙的尸体被发现的那一日，只有他的徒弟为他哭泣着。

北平城失火死了人，这自然引起了巡警衙门的注意，但是和城里无数大大小小的普通案件一样，浊眼龙的死也是草草结案。毕竟这浊眼龙只是一个瞎乐师，没背景、没势力、没本事。警察局犯不着为了一个这样的人投入更多的人力去侦查，况且巡检验尸的又说尸体确实没什么致命的伤痕，定是被烟熏火燎致死。

因此，在浊眼龙死去的第三日，巡警营便以“盲人眼拙，点灯失火，躲闪不及，烟熏致死”的因由结案。至于闻桑生说的那个嫌疑很重的胖子以及浊眼龙死前的种种疑点，则全部作为“盲人臆断”而不予采纳。

浊眼龙的死仿佛瀚海里的一朵水花，没有掀起什么涟漪来。但他的徒弟，也只有他的徒弟闻桑生坚定地认为，自己师父的死是有大蹊跷、大阴谋的。

那晚的胖子到底是谁？为什么胖子要向浊眼龙师徒念那许久无人弹唱的《韩信算卦》？为什么师父早早在石碑上刻下了遗言？那人既然要杀浊眼龙灭口，却又为什么独独放过闻桑生？师父又到底是因为什么才招来放火烧尸这样残酷的报复？

这些问题像警钟一样敲打着闻桑生的脑袋让他起疑，让他困惑，让他愤怒。也因为那些不甘，师父浊眼龙没了后，他脑子里满是那些问题，满是因为那些问题所引发的思索。

对闻桑生来说，师父浊眼龙是比父亲还亲的人，自八岁被乌鸦啄瞎了眼睛起，师父便是闻桑生的一切仰仗，是闻桑生心里的明灯。现在师父突然没了，闻桑生的生命里便只剩下了对未来的迷茫和对世界的愤怒。

这世道太乱了，连盲人都有人坑害！更因为盲人弱势就没人给他申冤，也懒得替他申冤！闻桑生不甘哪，可除了不甘又能怎么样？

鲁莽幼稚的愤怒无助于解决问题。闻桑生在戏班子和浊眼龙挚友的帮助下草草掩埋掉尸体，之后便抱着浊眼龙留给他的唯一遗物——那把他弹奏《悲欢令》、被师父称为“水连珠”的三弦琴，跑到孔庙里对着祖师爷左丘明的塑像孤独地跪了三天三夜。

他强迫自己冷静下来，他残破的身体似乎也只有在冷静和现实的双重夹击下，在身残志坚的祖师爷面前，才能渐渐发掘出那真正的潜力。闻桑生终于在第四天的凌晨拖着疲惫的身体重新站了起来。

他饿了，他要挣嚼裹儿去了。他忘不了师父浊眼龙对自己的好，因此咽不下他无辜惨死的这口恶气。临走前，他对着祖师爷左丘明发誓，一辈子唯一忤逆一回不按照师父的遗言安心过日子，而是要凭着自己残破的躯体，用一生的努力尝试调查师父的死因，还师父一个公道和真相。他固执地认为，这才是一个徒弟的本分。

就这样，闻桑生在浊眼龙去世后的第四天强迫自己振作起来，直到第三个月才逐渐适应了一个人的孤单生活，并找到了新的工作。

民国时，北平城还有由盲人组成的“瞎儿会”，专供盲人互助之用。经过瞎儿会各位委员的介绍，闻桑生在城西一个叫“百顺喜”的京戏班子里又找了份拉京胡的差事，挣着一天三毛钱的工资。偶尔他还和戏班子出出堂差，在富户人家红白喜事的场子上挣些红包抽头。

虽说给有场地的大班子拉京胡的差事工作固定且管住处，也不算累人，但三毛钱的工资实在是没什么油水，基本的吃喝嚼裹儿、身命洗涮全照顾下来，闻桑生便积攒不下什么应急的钱财，更不能完成浊眼龙曾经交代的“要攒钱治眼睛”规矩和自己对祖师爷的誓言。

因而上正工之余，闻桑生还不得不干点副业贴补用度，同时开阔见闻调查市井。他试过的副业很多，比如跟着隔壁说琴书的赵小腿抄早，帮着“鹧鸪天”“喜鹊巢”的姑娘弄弦子，甚至还跟着城里专业做孝子的“哭丧团”和“和尚团”做法事。

可以说北平城里只要能来财的，盲人能干的，他感觉能打听事的工作闻桑生都干过。

尝试过这些副业之后，闻桑生很快发现他最喜欢干且干得最好也最能来钱的营生，却是一项在北平城里人人讳莫如深，视为禁忌的暗生意——蹚鬼市。

第二章　大柳树

4

北平这座大城，白天和黑夜完全是两副面孔。

在白日里，大城里的人都谦虚得体，顾身命爱脸面。大城的白日和谐热络，大教汉民会友作揖，旗人遗老见面打千，大家场面上都挂着笑容和和气气。在夜晚，这凉风瑟瑟的北平大城却是撕了脸面步步惊险，暗黑的街道也成了巡警衙门和“黑五类”的天地。

自古以来，有天才有地，而要知道北平的夜里是个什么天，首先就得知道巡警衙门。

这北平的巡警衙门自打前清的时候就有，本是清廷抽调九门提督和北洋军的差役仿照西洋组建的新式警察。可虽说他们穿的是新式制服、拿的是新式刀械，但平民百姓依旧喜欢管他们叫衙门，他们也依旧干着古时候提督衙门和顺天府差役的事情。

早些年，干巡警衙门可是少油水的苦差事，因而被坊间的平民戏称为“臭脚巡”，更视为不入九品的末流官差。自从北平城被北洋的段大帅坐了镇掌了权，这巡警衙门便和宪兵队警卫营一起成了段大帅严控地方的力量。

在段大帅的大力支持下，巡警衙门权势日益膨胀，短短几年便扩了队伍添了枪械。到闻桑生加入“百顺喜”的年月，巡警衙门整合乡绅保甲和省政府机构设立了警政、警法、警保、警学、警务五局。

这五局被“夜么虎子”畏称为五路“飞虎衙门”。衙门下又设行政、司法、国际、调查、侦缉、特别刑侦等十六科和诸路巡警道，编制里有几千号的巡警、侦缉。这些警察又和宪兵队的“大令爷”一起，共掌着北平城前、哈、齐、东、安、德、西、平、顺内九门。以及东便、西便、广渠、广安、左安、右安、永安外七门，就是只苍蝇想出入北平也得跟他们眼前过。

一时间巡警衙门风头无两，就连民国的参议员以及前清的小皇帝见了巡警总长、次长、科长等，也得点头哈腰礼让五分。所以，一到夜晚这巡警衙门就成了北平城的天，而与巡警衙门相对的黑五类则是北平城夜里的“地”。

黑五类是北平城里五种只好甚至只能在晚上干的行当，这五种勾当分别是偷子、强盗、暗门子、鬼市和打更巡夜。五类行当统称“暗买卖”，其内又有等级，偷抢二事并称“下二等买卖”，蹚鬼市和暗门子合称“贱二等买卖”，只有亦差亦民游走于黑白之间的更夫被称作“走正路的”。

可不管走正路的、走下贱路的都过着夜黑则出，鸡叫则收的勾当，寻常人看不见他们也不想看见他们，便也就觉得他们越发神秘和不可捉摸。

也因为这一层夜色的遮掩，北平城里的良民把这些游走于黑暗之中的人蔑称为“黑五类”或者“鬼”，干黑五类的蹚爷地方上又多叫作“夜么虎子”。“夜么虎子”本意指一种其貌不扬昼伏夜出的蝙蝠。

浊眼龙没了之后，闻桑生便在北平城的鬼市干起了贱二等买卖，当了半个捞外财的“夜么虎子”。说闻桑生算“半个”夜么虎子，是因为他不偷抢且还有正经营生，鬼市只是有一搭没一搭地去。同时闻桑生蹚鬼市除了挣些外财，还有一个更大的目的，那就是查找师父浊眼龙的死因，查找那一日三更天找浊眼龙叙旧的“故人”的真身。

闻桑生虽然眼瞎，但心如明镜似的。虽然不知道那晚大火罪魁祸首的脸，那人的声音、体形以及口气做派，他却早就记得死死的。而且闻桑生记得尤为清楚，那人曾说过“我这人确实是做暗生意的，但我不做偷抢的下二等买卖”。

一个胖男人不太可能身处风月行当，他连坐都坐不稳，自然也不像是走脚力巡夜更的主儿。因此凭着那罪魁祸首留下的这句话，闻桑生把调查的矛头直指向鱼龙混杂的鬼市。而顺着自己的推理，闻桑生这才义无反顾地踏入了北平鬼市的旋涡之中。

老北平人但凡蹚过鬼市的都知道，鬼市并不是指代一个确切的地方或者市场，也没人知道北平城到底有多少鬼市。大家只知道在北平城某一些特定的看似普通或者冷僻的街道胡同之中，一到了夜晚便有几十甚至上百提着灯笼带着物件撂地摆摊子的蹚爷。

这些人夜里三更天出市，凌晨五更天鸡鸣前收市，行事低调，买卖东西也不吭不响不叫价，所销售的也多是些不干不净的偷抢拐骗之物，卖的价钱不是低到让人掉下巴，就是高到让人咋舌。

和北平良人齐身命爱脸面的习惯不同，鬼市上的人仿佛商量好了一般，都穿着灰黑土布衣物，更借助着夜色以及墨镜、帽子、围巾等物尽量掩盖脸面，隐藏自己的身份。甚至可以说隐藏身份便是鬼市上头一号的禁忌规矩，就算是亲爹亲儿子在鬼市上撞见了也绝不能更不敢直呼其名。否则暴露了自己在白日的身份真名，难免被仇家寻衅或被巡警衙门盯上。

鬼市是个鱼龙混杂的地方，没人确切知道鬼市上会有什么样的东西买卖出来，买卖的东西是什么来路，也没人知道鬼市背后是被什么样的人暗中掌控的。

充其量大家只看见巡警营会定时来鬼市上收撂地摆摊子的人“法律钱”，然后睁一只眼闭一只眼，留下这藏污纳垢但能为他们来财进宝的“黑金窟”。也因为巡警衙门的纵容和庇佑，到段大帅坐镇北平大城的时候，北平的鬼市异常兴旺发达，内外城里遍地开花，甚至有做偷抢生意的下二等买卖人前脚得手后脚就去就近的鬼市甩货销赃。更有夜里的暗门子、皮条客跑到人气旺盛的鬼市上明目张胆地拉客，直搞得本就神秘兮兮的鬼市更加乌烟瘴气不堪入目。

鬼市，俨然要成为北平城所有黑五类和魑魅魍魉的集散地了。而就在这个躁动不安无法无天的市场上，闻桑生却混得悠然自得，甚至还有了一种如鱼得水的快感，这北平的鬼市远比他原来想象的要精彩刺激得多。

闻桑生自打蹚起了鬼市之后，很快就发现这里的人都是无身份的，再加上全都爱拿帽子墨镜等护住脸面，所以只要他把买卖的东西往地上一放，头一低便没人知道他是个盲人，也就没人会成心拿假货假钱和缺斤短两的东西糊弄他。第一次闻桑生在正常人的世界和行当里被平等看待，只这一条便让他兴奋不已。

另外，这鬼市上除了偷抢的玩意儿，还有许多的残次货品和被误认为废品的宝贝古玩。那些货品有的不值什么银钱，有的值钱却无人认识，就宛如一个个暗雷般潜伏在鬼市的各个角落。盲人自然看不见，但明眼人长着眼睛也不好看出。

鬼市上有暗雷，再加上大家习惯性地将物件藏着掖着混合着卖，闻桑生发现，在鬼市上买卖东西，眼睛多数时候就是个累赘。拿眼看东西甚至还可能被对方故意设下的视觉圈套误导，反不如用手摸、用鼻闻、用耳听来得实在。因此也是第一次，闻桑生在正常人的世界和行当里掌握了一种远高于正常人的赚钱手段。

就这样，闻桑生凭借着敏锐的听触嗅三觉和夜幕的帮助成了鬼市里的一条泥鳅，没几个月便掌握了鬼市的运行规则和买卖技巧，成了鬼市上有点名号闷声发财的人物。

别人逛鬼市都是“蹚”，这“蹚”字有浑水摸鱼摸石头过河的意思。而闻桑生逛鬼市则是少见的“抄”，这“抄”字可是抄底抄家之意。是他凭借着观感上的优势和对于夜的熟悉，逢低买入逢高卖出的奇妙本事。

熟悉了鬼市的路子后，闻桑生渐渐有了两个身份。白天他是在“百顺喜”里默默拉三弦的盲乐师，晚上他则是游走于大柳树胡同和大栅栏前街等地鬼市中的“夜么虎子”。

“夜么虎子”是做暗买卖的江湖人，这江湖人晚上出门就总得有个花名代号。而闻桑生给自己想的代号，便是那些嫌弃他眼瞎晦气的家伙明着暗着常叫他的蔑称——报丧鸟。

报丧鸟这名号白日里带着侮辱，夜幕中却带着煞气，反而能镇得住魑魅魍魉。夜里，闻桑生就化身为报丧鸟做暗买卖。

报丧鸟抄鬼市是极有手段的，每次他基本上不需要什么进货的渠道。只要空手在市场上溜达一圈，问问价格摸摸东西，再细听听市上的口风，他便知道什么物件卖低了什么东西卖高了，什么东西风险大什么东西利润足。

碰见能入手的玩意儿，略微压价之后报丧鸟便拿着东西或立地或跑别的鬼市上出售，只一两个时辰便准能多赚三五毛甚至一块大洋的银钱，从而换得一些好嚼裹儿，顺便攒下浊眼龙定的规矩钱。

而除了本事好，报丧鸟在鬼市上也有自己的原则。他懂得克制欲望，不乱碰那些风险极大的物件。更知道自己没势力，不能像那些恶贼、警棍一样把对方逼迫得太急，压价或抬价太过。也因此，在报丧鸟入鬼市的头几个月中，他混得无惊无险、顺风顺水，悠悠然间他真的有点喜欢这个暗行当了。

5

当然，报丧鸟一个盲人在暗夜里撂地摆摊子，虽说极大地规避了自己的短处，但也还是有许多不方便的地方。比如尿急去个厕所，挪个大物件什么的，他自己一个人都不好完成。

在混了几个月的鬼市之后，他便渐渐地有了两三个熟悉的能帮他临时看着摊位的朋友。而在这些朋友里又数一个花名叫“小铜锣”的十四岁小子和他关系最好，也最听他的话。

小铜锣是报丧鸟在鬼市上遇见的最小的家伙，这家伙虽然是个男孩，但声音很脆细像个小姑娘一样，也因此才得到了“小铜锣”的称呼。

报丧鸟和小铜锣的认识非常有戏剧性。那是报丧鸟进入鬼市第三个月，刚学会抄市的时候。那会儿是腊月天，白日里闻桑生跟着“百顺喜”戏班子刚在昌平给一地主做寿唱了一台大戏。

在寿宴上戏班子先唱《龙凤呈祥》，后唱《一捧雪》，紧跟着是《梅龙镇》和压轴的《定军山》，一台堂会下来，真真是唱念做打，连文带武，精彩纷呈。

戏班子唱得卖力，地主爷听得也得劲，因而堂会散了之后那地主老财便大方地给每个人都赏赐了许多东西。除了足额的红包利市，还有糖果点心茶水大餐。临走前赏了口外干货八件盒子，又赠送了戏班子每人一顶东陵灰鼠皮的暖帽子以示恩典。

大腊月送暖皮帽子可是雪中送炭的好事情，“百顺喜”班子的人都感恩戴德，许多人当时便喜气洋洋地戴在头上甚是张扬。而这些人里，只有闻桑生对这顶帽子没什么兴趣。

闻桑生是盲人，纵然头上顶出个花儿来，他自己也看不见什么神气的派头，享受不到那种快乐。而且他老早就有一顶能防风御寒的好帽子，还是他用抄鬼市的钱从大前门外的鲜鱼口买来的黑猴清水毡。

闻桑生自己用不上灰鼠皮帽，他视为知音的单飞燕是猎户，家里产皮货，有更好的黄鼠皮顶戴，也用不着这样的鸡肋玩意儿，因此他便在晚上化身为报丧鸟的时候把这帽子拿去大柳树的鬼市里卖掉了。寒冬腊月，上好的灰鼠皮帽自然是畅销货，再加上鬼市虽然利润薄，但买卖的都是急切人，不像当铺那样一个劲儿地压价抬杠，报丧鸟很快便以两块大洋的紧俏价格，将这顶帽子卖给了一个蹚爷。

这两块大洋，刨去师父浊眼龙定的规矩钱，足够报丧鸟一个多月顿顿都添肉了。卖了皮货得了钱，报丧鸟那天夜里在鬼市上也就没事了，于是他趁着巡警衙门的人还没来收“法律钱”赶紧撤了撂地的土布，压低了毡帽慢悠悠往住处里走去。

路走到一半时报丧鸟尿急，听了听四周的动静后便转弯进了他常常撒尿的一个旮旯儿。但就在那背风的旮旯儿里，他刚刚收了导盲棍正思量着解开裤绳痛快放水的时候，听见自己右前方有断断续续的哭声。

显然，有个家伙正蹲在这旮旯儿里哭呢。有人哭并不奇怪，毕竟鬼市上鱼龙混杂，难免有干下二等买卖的“夜么虎子”见财起意不守规矩，在销赃的同时再顺手干些鸡鸣狗盗的事，这被害人受了偷盗坑骗自然难免哭泣。

不过“夜么虎子”在鬼市上偷东西是极坏规矩的行为，被同行发现是要砍手的，送到巡警衙门也是没人敢包庇的重罪，所以那些胆儿肥的家伙也往往专挑看上去软弱的生面孔下手。而被人偷了钱物还哭泣的家伙，也一般都是些单纯想着在鬼市上投机牟利的老实人。

因此，报丧鸟听着那旮旯儿里细碎的哭声，便知道这家伙绝对是个初蹚鬼市的“雏儿”。没势力没钱，哭得连胸骨肺子都跟着颤，想来身子骨儿还特瘦弱，应该是长期营养不良。

报丧鸟不是个喜欢多管闲事的主儿，但听见这人哭他不得不冲他多说几句话，因为那晦气家伙挡着报丧鸟撒尿的地了。

一开口，报丧鸟便言道：“我说哭丧的，你挪挪地儿。你坐的这旮旯儿是大伙儿惯常撒尿的地方，你触霉头是够晦气，但总不能再惹一身臊气吧。”

那哭的人以脆细的声音回道：“哦，妨碍您撒尿了。对不起。”

蹚鬼市还说“对不起”，这人显然是特别生的生手，这样的人在恶鬼扎堆的市场被人偷抢坑骗那是再正常不过的了。碍于面前这位生手的前途，报丧鸟苦笑过一声后随口规劝道：“小子，听哥一句劝，鬼市不是你该来的地方，好好回家找别的正经营生去吧，别赔了夫人又折兵。”

听着报丧鸟的规劝，那小子长叹道：“我也知道我这人命背，但是我没办法。我干娘快死了，我得想辙给她置办棺材，这怎么说也是一当儿子的本分吧。”

本分？报丧鸟细品着这两个字忽然有所触动，沉吟了片刻后，他问小子："你叫什么？"

"院儿里的都叫我鼻涕，我还有大名叫……"

"不许说真名！"报丧鸟厉声打断了这小子的报号，"也不许说别人都知道的外号，想在鬼市混，你得有新脸新名号。"

"哦。"那个自称鼻涕的小子稍稍沉默，然后回答报丧鸟，"我想不出啥新名号来。"

"我给你取一个吧。"报丧鸟利索地冲他说，"你声音细脆，就叫'小铜锣'吧。往后蹚鬼市时，别人问你叫啥，你就报这个号。"

"谢大爷赏名号。"小铜锣回应报丧鸟，又问，"不知道大爷怎么称呼？"

报丧鸟自陈："叫我报丧鸟，多余的不方便告诉你。"

说完这话，报丧鸟才问："小子，你干娘怎么了？你又为啥在这儿哭？"

小铜锣踌躇了一下，回答报丧鸟说，他是个自六岁起便没人要了的孤儿，后来是他干娘好心才收留了他，让他在干娘的店铺里干些零星打杂的事情。

但前一阵，他干娘得了肺痨，即将不久于人世，过往积攒的银钱也因为治病花光了。这小铜锣无奈，又想在干娘死时尽最后一点孝心，给干娘办个像样的发丧。因而才将自己唯一值钱的一顶帽子和干娘用不上的一点金银细软拿到鬼市上卖掉，想换一副棺材板。

可不曾想，今儿他东西是卖出去了，收的却是混了铅锡的假银钱。辛辛苦苦一晚上下来没赚着钱事小，不能尽孝给自己干娘发丧事大。因此，一败涂地的小铜锣这才蹲在尿臊旮旯儿里不停地哭。

听完小铜锣的话报丧鸟沉默了半晌，开口道："小子，连假话都说不圆乎，你还蹚鬼市？实在是没什么能耐啊。"

“啊？”小铜锣愕然，旋即战栗地问道，“你，你怎么知道我说的是假话？”

报丧鸟冷笑道：“你干娘都快病死了，还能留下金银细软让你变卖？你是偷的吧？甩了赃走得太匆忙才没看清人家给的是假钱，对吗？还有，你干娘得的是肺痨？我怎么觉着应该是花柳病呢？”

“你，”听着报丧鸟的话，小铜锣惊恐中后退了几步，颤巍巍地说，“你，你是巡警衙门的巡警吗？你，你是不是早盯上我了？”

“我要是巡警，可不会盯着你这样没油水的废物。”

“那，”小铜锣道，“你，你怎么知道我干娘得的是花柳病。”

“没这点本事，我还混什么鬼市呢。”报丧鸟毫不客气地回道，“我不光知道你干娘得的是花柳病，我还知道你是八大胡同里的小力巴。”

“啊！”小铜锣被报丧鸟这么一吓唬，顿时浑身颤抖了起来，抖得连牙齿都跟着咔咔响。

颤巍靠墙扶稳后，他又问：“你，你是人是鬼呀？怎么连这都知道？”

报丧鸟冷笑道：“这鬼市上，什么时候有过人呢？”

报丧鸟知道这小铜锣是烟花巷里的下等差役，在他自己来讲本是再正常不过的。因为这小子身上除了尿臊味，还有股淡淡的男人不该有的脂粉味和不常见的苦药味。脂粉味来自“合欢香”，是烟花巷里姑娘们常用的水粉，也是他闻桑生给那些姑娘们弹琴添声色时闻惯了的气味。风月场的姑娘不太可能得肺痨，反倒是梅毒、花柳病等更能要人命，再加上报丧鸟又在小铜锣身上闻到了些许他在烟花巷里常常嗅到的治疗花柳病的苦药气味，才有了那些揣测。

卖身女子，那是下九流的勾当，只比黑五类的暗门子好一丁点儿，北平城里的人自来看不起她们，但报丧鸟觉着小铜锣是个重情义的家伙，于是便高看了他一眼，也有心帮他尽这份孝。

于是，在小铜锣惊愕不已的时候报丧鸟告诉他：“别管我是怎么知道你身世的，我只问你，还想给干娘尽孝心吗？”

“想。”小铜锣回答。

“想就好。”报丧鸟指指自己又说道，“跟紧了你哥哥我，今天晚上，我帮你把这份孝心圆了。”

报丧鸟撒了尿回身往外走，与此同时那小铜锣才惊愕道：“哥，你，你原来是个眼差的呀。”

“嗯。”报丧鸟点头道，“你倒是长眼睛，连假钱都不认识，有屁用！”

“啊？是。”小铜锣失落地回应，如跟屁虫一样又和报丧鸟重新进了这大柳树的鬼市。

报丧鸟今天甩货早，当他再回来的时候，这鬼市才真正到最热闹的时刻。他凭着听觉辨认出今天晚上鬼市上热络非凡，摆摊子的不下一百二三十号人。听细碎的脚步声，买东西的客人也得有两三百号。这三四百人拥挤在巴掌大的大柳树胡同里都不怎么说话，呈现出一种异样的静默。虽然报丧鸟看不见这场面，但他也能感受到鬼市上那种人头攒动却三缄其口的诡异气氛。

这样的地方首先就得当心丢钱，同时还得把自己的真身捂得更严实一点。将刚刚赚下的两块银圆塞进毡帽里后，报丧鸟拉住了小铜锣的手。摸索到小铜锣手指的一瞬，报丧鸟发现这小子的手有特别多的血口和老茧，想来是自小在烟花巷里常年干拖洗地板的工作所致。报丧鸟更进一步地揣测到了小铜锣的真实身份。

“哥，你拉我手干吗？”小铜锣硌硬地问。

“你引导着我走。”报丧鸟将自己的导盲棍和灯笼交给他，并强调：“尽量别让外人看出我是个瞎子，这样好做买卖。”

小铜锣会意，引导着报丧鸟一路前进。

6

就这样，小铜锣带着报丧鸟挨个儿摊位蹚，每到一个摊位报丧鸟都听小铜锣先报出那摊位上主卖的东西以及价位，而后对感兴趣的亲自下手摸一下，时而点点头时而摇摇头，但就是不开口也不进货。

不一会，报丧鸟来到了一个卖酱菜的摊位。酱菜是北平人常吃的食物，这寒冬腊月天气没什么新鲜菜，酱菜便成了贫苦人家下饭的主菜和抢手货，因此这鬼市上便也偶尔会有人卖这种大路货。报丧鸟知道，这酱菜本就是比较普通的东西，寻常年月里再怎么卖价钱也上不去，再加上鬼市的特殊环境和隐晦的进货渠道，这里的酱菜应该比正常市面上的要便宜一半才对。双手可捧的一小坛子酱菜，充其量也就是一两毛钱，着了急七八分钱都能拿下来。

当小铜锣有一搭没一搭地问那主家这酱菜多少钱时，摆摊子的卖家却用阴沉的声音回答：“两块袁大头，一坛子。”

“两块大洋？还是大头洋！”小铜锣惊愕道，“你抢呀，就是那六必居的酱菜也是五坛子才卖一块钱的。”

“两块大洋？”报丧鸟低吟，忽然心中一阵激动。他感觉这位摊主卖的酱菜，可太有学问也太便宜了。

鬼市上，可能再没有人拥有比报丧鸟更敏锐的嗅觉。

报丧鸟知道，一般来说北平鬼市上所卖的东西来路多不正，物品质量上的暗坑又多，这样的玩意儿捂在卖家手里日久天长甩不出货，极容易招惹麻烦。因而在这儿卖东西的人都讲究一个手快，最好当天摆摊子当天就出货，不能拖泥带水囤积居奇。

而也因为追求这种手快的心态，鬼市卖的东西往往极便宜，寻常的物品在这里能以低于白日世面一半的价格蹚下来，像报丧鸟这种“抄手”则更是多数能以四分之一甚至更低的价格抄货转手。

但是在极个别的时候，鬼市上也会出现一些价格比寻常世面要高得多的商品。就比如此时此刻，报丧鸟面前的酱菜。平日里市面上最多卖两毛钱一坛子的东西，在这位摊主这里能卖出两块银圆的价格，整整十倍的超高溢价，简直贵到令人咋舌。这样的玩意儿不懂的人绝不敢碰，懂门道的人却都知道这算得上是天上掉馅饼的买卖。不过这馅饼能不能吃到嘴里，吃到嘴里又会不会烫舌头，却还是需要一些额外的技巧和抄货的本事。报丧鸟自认有这样的本事。

听着小铜锣的抱怨，那摊主冷声回了三个字：“不买滚。”

摊主说话带凶腔，吓得小铜锣后撤了半步，报丧鸟听到这三个字则立刻细品了一番。摊主说那三个字的口气充满了蔑视。虽是随口一言但底气十足，尽管刻意压低了声音但却也字字如响炮般脆生。品着那三个字的发音，报丧鸟立刻明白对方至少是个有内功的练家子的。而练家子摆酱菜卖，还卖得比市面上贵十倍，报丧鸟便只能想到一种可能了。

循着自己的想法，报丧鸟摸索着从帽子里取出他刚赚的那两块银圆。他将银钱放在掌心里递过去，说：“这位摊主，犯不着和我小兄弟置气，我要一坛酱菜。”

那摊主伸手将报丧鸟的两块银圆快速接过去。在伸手接钱的那一瞬，报丧鸟感觉到对方的手十分稳健，明明两块银圆是一起拿走，却并没有发出丁点儿碰撞的声音。且他的手也没和报丧鸟有任何皮肤接触，仿佛把那钱从报丧鸟手里变没了一般。

薄而沉重的两块银圆用指尖捏起来不发响动、不沾皮肤。这摊主下意识展示的细节其实极难办到，这样俊俏老辣的指头功夫绝对是下二等买卖里的“大豪贼”才有的本事。这北平城里贼多，有大能的豪贼却是凤毛麟角，十个指头都能数得过来，一下子这摊主的真实身份报丧鸟便猜出了六七成。

对方接过银钱后对着那袁大头重重地吹了口气以辨认真假，而后袁大头立刻发出了悠长的嗡嗡回响。随着那人的一口猛吹，报丧鸟在他的口气间闻到了一股淡淡的鸦片膏的残余气味。闻着那味报丧鸟会心一笑，又估摸出了此人另外三成的身世来历。

在那细微的回响声结束之后，摊主这才对报丧鸟又言：“选吧。”

“好。”报丧鸟伸出手，轮番摸索起卖家摆出的酱菜坛子。通过一番摸索，报丧鸟感觉到这位摊主摆出的八坛酱菜从外边摸着没什么区别，但是当他掂量起来又微微晃动了几下后，立刻察觉了它们的非一般之处。

八坛酱菜有的重得像灌了铅一般，也有的一晃荡，里面的东西便会和坛壁发出碰撞的响动，似乎放着什么特殊的东西。品着这些独特响动，报丧鸟在心里暗暗盘算起来。正如他先前所料想的那样，这些坛子里边有的不光是酱菜，这位卖酱菜的摊主也是醉翁之意不在酒。心知肚明的报丧鸟将那几坛子酱菜都摸索了一遍，然后选择了其中最轻的一坛拿在手中。

“我就要这个了。”报丧鸟回。

“拿去。”那人答了一声，便算是结了买卖。

在这笔买卖的过程里，报丧鸟与摊主只说了三句话。但就在这三两句话之间，他已经知道这些卖到天价的酱菜坛子里是些什么，这卖东西的人又是什么来历背景了。当然，报丧鸟也好闻桑生也罢，他都不想多事，也不想过分深究这货和卖货人的门道。

在得到自己想要的东西之后，他带着小铜锣急匆匆离开了摊位，拐进闹市附近的旮旯儿里。确定四周没有旁人后，报丧鸟让小铜锣将酱菜坛子的封口打开，又让他伸手进去找找里边除了黄瓜和辣萝卜条，还有没有别的什么“货”。

“哗”的一声脆响，小铜锣打开了酱菜坛盖。几乎同时，这小子好奇地咦了一声。

报丧鸟问：“看见什么了？”

“这是……”小铜锣没立刻回答，颤巍巍的口气变得越发惊惶。喘息了半天，他终于说道，“哥，那，那坛子里是只人手！齐腕斩断的人手！”

“别慌。”报丧鸟沉着嘱咐，他心中已然猜测到了这结果。而且，他还猜中了另外的事情。

“小子，你把那死人手拿出来。”报丧鸟命令道。

“啊？”小铜锣一百个不乐意。

“快点。”报丧鸟催促道。

“是。”过了很久，小铜锣拿出了断手。

“他拳头攥着吧？”报丧鸟问。

“是。”小铜锣答，“攥着的指缝里好像还有东西，黄的。”

“掰开，把东西拿出来。”报丧鸟又命令。

“啊？”小铜锣又踌躇。

“这是咱花钱买的货，让你取货你怕啥。”报丧鸟催促。

“好。”小铜锣掰开了那紧紧攥着的手，顺带折断了几根指头。

“咦？”又一阵好奇的声音从小铜锣口里发出，不过这次多了一些兴奋。

“看见什么了？”报丧鸟又问。

小铜锣兴奋地回答：“蜜蜡，鸡蛋那么大的蜜蜡！”

“猜宝猜中了。”报丧鸟点头。

报丧鸟早知道，这种将宝贝藏在酱菜坛或者别的什么隐藏物下的卖东西法是北平鬼市独有的一种发明，鬼市里叫“猜宝”，是干下二等买卖的一些大盗为了隐藏赃物快速出货而采用的一种独特的售卖方式。

猜宝之事报丧鸟心中明白，但小铜锣对此疑惑不解。这小家伙在发完最初的感叹后，又迫不及待地问报丧鸟：“哥，您一出手就拿中这么大的宝贝，怎么做到的啊？为啥那家伙会往酱菜里藏抓着蜜蜡的断手？”

报丧鸟告诉小铜锣，刚才那摊位上卖东西的人是个急需要钱去抽大烟的豪贼。他刚做了一笔大户人家的脏买卖，但偷的东西少金银多冥器，故而不敢找典当行这类的敞亮地方明着变现，因而这才按照鬼市里猜宝的规则，把他偷的物件放进酱菜缸里摆卖。

猜宝这种卖东西的方法其实和赌博类似，懂行的买家听了那极端不合理的价格之后，便会付出两块银圆来博取一次赌运气的机会。至于坛子里五花八门的东西，或值钱或不值钱，甚至邪性，但一定都是那人偷抢来的物件。

如果酱菜坛子里的东西比两块银圆多，那买主自然是赚钱；如果比两块钱少，那买主便是赔的。但不管买主赚还是赔，这偷东西卖的摊主总归是把货卖出去了，比留下些价格鸡肋或者不好推销的贼赃要安稳得多。

还有一点，这摆摊子的贼人对被他砍下手的家伙或者其亲属一定是无比憎恨的，所以才把那人的残肢放在臭咸菜缸里，成心羞辱一番。和小铜锣解释完门道，报丧鸟将那只死人手捡起来，随手扔上了胡同的房顶。

“咱做贱二等买卖的，只管发财不管恩怨。”报丧鸟说完自己的原则，又告诉小铜锣，“今天哥命好，偶听出来他这坛子东西里有只手，手里有颗石头来回碰撞，想来只可能是琥珀或者蜜蜡。”

小铜锣听完茅塞顿开，同时他又问：“您真神。您不怕摆摊子的放一颗搓脚石在坛子里糊弄人？”

报丧鸟冷冷一笑：“下二等买卖有下二等买卖的规矩！尤其常在鬼市上销赃的豪贼更不敢随意糊弄人，要是经常随便拿一块烂石头骗买家会引起众怒，到时候断了路子，往后他即便偷了东西也没用了。”

“哦，您真是把他们的想法都吃透了。厉害！”小铜锣恭维道。

“误打误撞而已。”报丧鸟淡淡地回道，“鬼市这地方没人看得透，咱也只是凭借着些许长处发点薄财。”

“这怎么能是薄财呢。”异常激动中，小铜锣滔滔不绝地告诉报丧鸟，“我干娘以前就有一镶蜜蜡的戒指，上边有拇指盖那么丁点儿的蜜蜡，就值三十块大头洋。这鸡蛋大的一块蜜蜡，少说也得两千块吧。咱们发达啦！咱们下辈子……”

啪！毫无征兆中，报丧鸟反手给了小铜锣一耳光。

“哎呦！”小铜锣捂住脸叫了一声，但依旧把蜜蜡攥得死死的。

这一巴掌之后，报丧鸟毫不客气地冲小铜锣警告：“你小声点。两千块，两千块地乱喊，要把巡警招来吗？”报丧鸟这一巴掌确实狠，却也有狠的道理。

小铜锣抚摩着脸，畏声道：“我错了，我听您的。您说咱们接下来该怎么办？”

“能怎么办？”报丧鸟道，“这东西是偷抢的物件，又是稀罕宝贝，多少人盯着呢。留着肯定是祸害，马上倒手卖了。”

小铜锣点头又问：“咱卖多少钱呢？”

报丧鸟伸出两根指头回答：“二十块现洋。”

“二十块？这值两千块的东西，二十块就出手，太少了吧？”小铜锣听傻了。

价值两千块的东西二十块出手，报丧鸟的这个定价听上去似乎匪夷所思。但是他自己心中明白，二十块是这块大蜜蜡在鬼市上最合适的价格了，再高的话极容易招来灾祸。况且那猜宝的豪贼冒着砍头的危险才卖两块银圆的东西，他报丧鸟一倒手便翻了十倍，还有什么可抱怨的呢。作为一个在暗夜中混吃的弱势盲人，报丧鸟几乎是本能地将所有事情设想得又细致又谨慎。

因此，他再三告诫小铜锣：“想在鬼市混，切记不要贪心！你把宝贝揣身上，按我说的马上去卖。卖了赶紧脱身，但记得看清楚钱的真假，别再上当了。”

小铜锣老老实实地拿着东西去鬼市里倒卖了，报丧鸟则在他俩分手的旮旯儿里安静地等，他心中并不怕这小子会吞独食。报丧鸟虽然没有眼睛，但他自信自己看人的本事还是有些的。

和报丧鸟设想的差不多，过了三五刻钟后，小铜锣回来时候，报丧鸟听见这小子裤兜里有清脆的银钱响动，听声音应该是二十块银圆的样子。但是当小铜锣高兴地立在报丧鸟身边嘻嘻笑着正准备报喜的时候，报丧鸟又毫无征兆地给了他一个耳光。

“啪”的一声脆响之后，报丧鸟惊恐地质问：“小子，你到底卖了多少钱？”

“二，二十啊。”小铜锣带着哭腔回答。

“胡说！”说话间，报丧鸟举起了手中的导盲棍。他的棍尖越过小铜锣的肩膀，一脸严峻地指着小铜锣身后那狭窄的胡同口低吼道，“你背后怎么会有鬼？”

“背后。”小铜锣诧异地回身往报丧鸟指点的方向看去，紧跟着他发出了一声恐惧的喊叫，“哎呀！妈呀！”

7

报丧鸟最担心的事情发生了。虽然看不见，但是他知道小铜锣之所以会尖叫，一定是因为他在那胡同口看见了一个于黑暗中站立的人影。这人应该正拿贪婪狰狞的眼睛盯着他们两个，那家伙的眼神一定很像他八岁那年啄瞎他眼睛的乌鸦。

这只“乌鸦”不一般，按报丧鸟的揣测，他应该是那些在鬼市上专门盯有钱或者刚刚得大钱的买卖人，从而黑吃黑的“夜么虎子”。

鬼市行话里叫他们“追魂鬼”。

小铜锣前脚卖了蜜蜡，后脚就有人跟踪上来，这样的家伙不是“追魂鬼”又是什么？根据报丧鸟以往的经验，被这类追魂鬼盯上的人必定是刚做了百十块大买卖的人，所以这才有他刚才给小铜锣的那一巴掌。

面对着突如其来的变故，报丧鸟和小铜锣都进入了极度的紧张状态，特别是第一次蹚鬼市的小铜锣更是冲那人颤巍巍地喊道：“我，我告诉你！我们可是俩人，而且刚才我可看见巡警了啊！你要是敢抢劫，我马上报警！”

面对着小铜锣的警告，那人却喘息着一边走近一边道：“别怕。我只是想问问刚才是你在卖蜜蜡吧？”

听着这人的话，报丧鸟皱起的眉头舒缓了一些。这个追着蜜蜡找来的人语气活泼，应该是个二十多岁的年轻人，但是喘息特重显得气虚，感觉身体不是很好。而且报丧鸟还听出这家伙走路的时候步声清脆，穿的应该是西洋皮鞋，这皮鞋在北平可不是一般人家能穿得起的。

品着这些声讯信息，报丧鸟大致估摸出这是个养尊处优的阔少爷。一个阔少爷或许会来鬼市上找新鲜感，但绝不会是来抢东西的“夜么虎子”。这人不是“追魂鬼”，只是个心急想买蜜蜡的买家。瞬间，报丧鸟的惊异和紧张解除了，但小铜锣依旧怕得不行。

面对着对方的质问，小铜锣矢口否认：“我没卖蜜蜡，我卖的是鸭梨。”

“别装了。”来人急匆匆走进胡同又冲小铜锣说，“我想要那蜜蜡，多少钱卖？出个价吧？”

“这？”小铜锣挠头，非常为难。

一旁的报丧鸟听着对方的意思，彻底安心之余，他只得代替小铜锣告诉这家伙：“对不起先生，东西甩出去了，您腿脚晚了一步。”

“卖了？”阔少爷声音失落，紧跟着又冲小铜锣问，“没关系小子，你刚才卖给谁了？快告诉我他长什么样子，我给你……”在这人说话间，报丧鸟听见了皮夹子拉锁的响动，而后又听见一连串的银圆响动。“十块大洋。”那人最终说。

只告诉一个消息就给十块大洋，这彻底坐实了此人阔少爷的身份，但同时这家伙为何如此执着于一块蜜蜡也引起了报丧鸟的好奇。

他是失主吗？报丧鸟感觉不像，因为如果是失主的话，这人上来就应该先打小铜锣一顿才是。阔少爷要蜜蜡的起因成谜，手里的钱却是实实在在的。面对着十块大洋的巨款，小铜锣兴奋得不行，他当即就冲这人说道：“刚才买我蜜蜡的是……”

就在小铜锣即将说出那人的样貌时，报丧鸟却强行命令道：

“小铜锣，不许说！说了我就打死你！”

“为什么不让？十块大洋呀！”小铜锣失望。

“你也太独裁了。”阔少爷同样抱怨，并且又冲小铜锣诱惑，“你快说，说出来我再给你加十块。”

“不许说！”报丧鸟再次表明自己的立场，言辞间没有丝毫商量的余地。

放着好好的钱不挣却要和别人作对，这看上去非常不近常理，但报丧鸟有自己的考虑。他知道在鬼市上最大的规矩就是隐藏身份，买家也好卖家也罢，都有夜晚和白日两张脸。或许某人晚上是个闲来蹚市的“夜么虎子”，白天摇身一变就可能是某个衙门的官差或者黑帮的头目。在这样复杂的环境里，如果为了点小钱就把合作伙伴出卖了的话，极容易得罪人，万一碰上了惹不起的主儿甚至会招来灭顶之灾。

报丧鸟的处心积虑小铜锣不懂，那位阔少爷自然更不懂，也不想去懂。

“够了！我问他，没问你。”说话间，这位阔少爷竟然向着报丧鸟猛冲过去，抓着他的衣领一把将他摁在了墙壁上。而后这位身子骨儿不怎么好的少爷冲报丧鸟发狠道：“我张树庭想得到的东西，就没有得不到的！”

听着对方竟然主动报出了自己的姓名，报丧鸟心中一阵鄙夷冷笑。显然这又是鬼市上的一个雏儿，而且看综合素养还没小铜锣高呢。张树庭或许想努力在报丧鸟面前装出一副凶神恶煞的样子，但可惜报丧鸟压根儿看不见。而且在报丧鸟“眼”里，这位阔少爷和傻子没什么两样。

面对抓着自己衣领的张树庭，报丧鸟平静质问：“张少爷，我问您件事。您认识我吗？”

“不认识啊。”张树庭不解回答。

“哦，”报丧鸟笑道，“那就好。”他猛然顶出自己的膝盖，准确而重重地在张树庭的命根子上给了一下。

“砰”的一声过后，张树庭不得不松开了报丧鸟的衣领，捂着下体号啕大叫，发出一种欲哭无泪的呜呜声。

报丧鸟从容迈过他的身子找到小铜锣。在离开前，报丧鸟说道：“张少爷，不管您能不能听进去，我都劝您一句，没事别逛八大胡同啦。把身子骨儿玩垮了钱花光了，那些姑娘也不会对您付出真心的。”

“你，”张树庭用痛苦的声音质问，“你怎么知道？”

报丧鸟没有理会他，而是在小铜锣的搀扶下出了胡同出了鬼市。

在鬼市外俩人将要分别的时候，小铜锣忍不住问：“哥，您怎么知道刚才那人逛八大胡同呀？您听说过他？”

报丧鸟之所以知道张树庭爱逛八大胡同，是因为刚才在和他起冲突时，闻见他身上有酒气和女人的胭脂香味。而且和小铜锣身上的合欢香还不一样，那家伙身上的香叫“兰芝香”，是用麝香制作的高等香料。在北平大城，只有中上等的烟花巷姑娘以及下等烟花巷里的头牌才用得起。

微笑中，报丧鸟只是告诉小铜锣：“张树庭，我也没听说过，你知晓他吗？”

“听过这么号人。”小铜锣自豪地说道，“张树庭是晋商票号‘日高昌’的少爷，北洋大学堂毕业的高才生，去过欧罗巴，参加过反内战游行，是一新青年，也是八大胡同里有名的‘姐夫’。”

“挺有前途的啊。”闻桑生点点头又说，“那怎么堕落成登徒浪子了呢？”

“不清楚，但我知道他为谁痴狂。”小铜锣八卦道，“张少爷爱恋咱北平城头一等的花魁——白揽春，为了那女人的芳心几千几万地扔银子，还净买些珠宝和西洋花露水献媚。”

“那叫香水。”报丧鸟纠正后说，“照你这么说，这张少爷买蜜蜡应该也是为了那女人吧，他追上花魁了？”

“没。传闻白揽春是狐狸精转世带妖气，眼光特高。连陆军总长都看不上，更别说他，据说丫连人指甲盖都没碰过。”小铜锣又揣测道，“不过浪子嘛，越是追不上越眼馋，越眼馋越追。”

“不管他了！”报丧鸟伸出手道，“小子，把钱都拿出来，咱俩掰掰。”

小铜锣从裤兜里把那二十块大洋掏了出来。

报丧鸟拿着钱掂了掂，取了其中两块放进帽子，其余的递回去，又告诉小铜锣：“两块是我的本钱，剩下的你拿回去给你干娘置办棺材。如果还有多余的买顶好帽子，再买条好围巾，以后鬼市上别露白脸。”

“这，”小铜锣带着难以抑制的激动冲报丧鸟说，“哥，我谢谢您。以后您就是我亲哥，我跟着您混。”

报丧鸟挥了挥手，在鸡叫前拐过街口，消失在了晨光之前的北平胡同。

这就是报丧鸟第一次遇见小铜锣的情景，也是他第一次遇见张树庭的情景。不过这件事情远没有结束，牵扯的人也不止这三位。在那次倒卖蜜蜡的事情发生两天后，北平城的报纸和大街上流传着一条诡异血腥的大新闻。

据记者和鬼市上的蹚爷们说，刚死了的侦缉队高队长家前几日遭了盗窃。

这一次的盗窃很诡异，那贼人趁着夜色竟神不知鬼不觉地摸进了高队长的灵堂，还把高队长尸体上那握着蜜蜡宝石和孔雀宝石陪葬的双手斩下一并带走了。

更离奇的是，那盗尸的贼人得手之后，在高队长尸体的脑袋上留了一张燕子形状的纸条，上边写着：

上次承蒙关爱，打伤我手，今日送你西去，双倍讨还——燕子李三

燕子李三，自然是北平城中能数得过来的豪贼之一，恰巧也是烟瘾最重最记仇的豪贼。报丧鸟得到这条消息的时候毫不意外，他既不为贱卖了蜜蜡而惋惜，也不羡慕燕子李三那飞檐走壁来去无影的身手。甚至报丧鸟还告诉小铜锣，这燕子李三虽然本事好，但好抽大烟且办事张扬还爱记仇，恐怕命不久矣。

小铜锣自然对报丧鸟的预测不信，甚至还说他是“吃不着葡萄说葡萄酸”。

对此，报丧鸟无奈一笑，只告诉他：“我是报丧的乌鸦，乌鸦能闻到将死的人味。”报丧鸟的话当时让小铜锣一愣，而后竟果然应验了。

半年之后，这位燕子李三在八大胡同的二等烟花巷“思凡堂”里搂着姘头烧烟膏的时候，被巡警衙门的侦缉队给抓了，还登了报纸。燕子李三有身手，据说被抓时身边还有手枪，按理说他本可以从容逃跑或者放手一搏，但可惜因为刚抽了大烟，魂魄还在云中雾里飘着，最终只落了个束手就擒的悲凉下场。

这件事的结果引得小铜锣对报丧鸟佩服异常，甚至小铜锣还把那新闻纸上的豆腐块拿给报丧鸟“看”。燕子李三真名叫李鸿，果然死在了监狱里。

对此，报丧鸟却是淡然一笑。他告诉小铜锣："死的是李鸿不是燕子李三，燕子李三也死不了。"

报丧鸟自相矛盾的话让小铜锣费解，但这一回他没有多解释。报丧鸟只是默默地拍打了几下小铜锣的头，给了他一个奇怪的微笑。

不管怎么说，传奇豪贼燕子李三死了。燕子李三一死，鬼市上的蹚爷少了一条高品质的供货渠道，一时间那些"夜么虎子"都为之惋惜哀叹以为大不幸。不过大家的日子总还得过，闻桑生依旧在晚上扮演着报丧鸟，用天生的谨慎和对黑暗规则的熟悉闷声发着财。

入鬼市满一年的时候，凭借着在鬼市上的获利，闻桑生搬出了"百顺喜"戏班子的大杂院，在戏院和大柳树鬼市的中间地点租了一处独门独屋的"刀把"小院，以方便自己行动。

得益于鬼市的进项，闻桑生的生活质量越来越高，但同时他依旧没忘记自己入鬼市的目的和在左丘明神像前许下的誓言。他始终记得要找到师父的死因，尽徒弟的本分将凶手绳之以法。

只是在这人海茫茫的北平城要找一个人谈何容易，况且就算是找到那人了，他一个盲人又能怎么样呢？甚至有的时候，闻桑生也感觉为师父浊眼龙报仇只是一种奢望。不过奢望偶尔也有转化成希望的时候，闻桑生师父的死再起波澜时，是闻桑生入鬼市一年以后的一个春日。

第三章 夜么虎子

8

那日的前一天，北平城的上流社会出了件乐事。

当时的外交长官陆忠祥给老母过寿辰，和坐镇北平的段大帅一起在城东饭店“保德宫”吃了奢华的“王母蟠桃宴”。宴席结束后，外交长官又和段大帅一起邀请政界名流和保定军校的校友在中和戏院里听堂会。上等人的堂会上自是名角会聚大戏连连，有杨小楼的《水帘洞》、梅兰芳的《贵妃醉酒》、刘喜奎的《花田错》、谭鑫培的《洪羊洞》等，一时间群星璀璨，耳升天籁。

这样奢华的堂会放在任何时候都是稀罕景，那些陪同的高级官员自然是全神贯注，只苦了他们下边的小官小兵全在戏院外候着空留遗憾。

不过这下等人也有下等人的乐子，在高官老爷们共聚一堂的时候，许多胆大的兵丁排长便开小差去往城东边的打磨厂以及八大胡同附近的下等烟花巷，找他们的乐子了。

太平年月里，大兵集体逛烟花巷是很来财的事情。因此那一天，北平城烟花巷里的姑娘们一个个使尽浑身解数赚了个盆满钵满。就连小铜锣这样的也顺带着得了银圆赏赐，还白捡了一双不知道哪位大爷留下的臭皮靴。

军靴这东西在当时是稀罕货，确实能卖个好价钱，但烟花巷里捡到的臭皮靴就是另一回事了。为了将这货甩掉，小铜锣便又去鬼市上找他的老大报丧鸟帮忙。

报丧鸟到底是有两把刷子的高人，闻着那皮靴的异味，他毫不犹豫地拿煤球弄黑了鞋面，又将两大团报纸和卫生球塞进去，硬生生将气味掩盖。然后便趁着最浓的夜色和小铜锣一起卖，直等到天亮前最混沌的时候才囫囵着把这靴子卖了三块银圆。三块银圆，这可是双八成新靴子的价格。

得钱之后，报丧鸟收了小铜锣一块钱的好处费，划拉着导盲棍回了自己那独门独院的住处。报丧鸟回去得格外晚，街道上也格外清冷，高官军人们的热闹丝毫渗透不到他租住的胡同小院。在报丧鸟拖着疲惫的身体走到家门口时，那报晓的公鸡打起了鸣。

鸡叫起时，他报丧鸟从夜里的乌鸦又变回了白日的闻桑生。自从蹚鬼市以来，平平安安地听到鸡鸣声成了闻桑生的享受，因为这意味着一夜的惊险过去了，白日的安稳生活即将到来。闻桑生每次听见鸡的鸣叫他都有一种放松的感觉。但唯独这一日的鸡鸣声，让他骤然紧张了起来。

因为在鸡鸣之后，闻桑生听见了一曲三弦声，而且那弦子乐声音断断续续极特殊，是一首叫作《八音流水》的古调。

闻桑生颇知这首《八音流水》的来历，那是他师父浊眼龙十五年前讨生活时偶然在杨柳青一北宋墓地的残碑上得到的。浊眼龙刚发现那刻着古乐的碑文时，摸索出它应是一种失传了八百年的珍贵宫调曲谱。收录的曲谱因为年代久远残缺不全，浊眼龙将残碑拓片拿回去反复推演，最终也只得出其中八小段古调内容。因为残谱有八段，所以他管这乐律叫《八音流水》。

浊眼龙是一生痴乐的手艺人，他得到这残谱后欣喜若狂视为珍宝，更视为秘诀，只传教过他的瞎眼徒弟闻桑生。而今闻桑生却又听见了师父浊眼龙独传的曲调，这怎么能不让他惊愕。瞬间，闻桑生的神经绷得很紧，本能地伸出手去摸了摸自己家的木门，可他家的门上还落着锁头呢。

闻桑生糊涂了。他租住的房子里就自己一人，而且还落着锁，不可能有人进得去，况且就算是进得去，那也只能是做下二等买卖的贼人小偷。任何小偷进家也不会在偷东西的时候拨弄弦子琴，甚至弹奏《八音流水》呀。

这样自相矛盾的事情让闻桑生费解，他甚至开始怀疑是不是师父浊眼龙的“魂儿”想他，回来找他了？在极其忐忑又略微期待的心境下，闻桑生摸索着打开了小院的门。他一只手抓着灯笼，另一只手紧紧抓着导盲棍步入了自己的房间。

忐忑中闻桑生进屋，又循音走进了自己睡觉的小屋，此时那鬼魅样的三弦弹曲音却戛然而止。干燥阴冷的空气中再听不见一丝一毫的响动，哪怕是人的呼吸声也没有，闻桑生拿鼻子闻了闻，并没有什么生人的气味，却有一股说不清道不明的淡淡臭味。那不是活人身上应该有的味，倒像是某种野兽或者死人微微腐败的气味。

无从揣测的死寂，空气中的可怕气味让闻桑生乱了分寸，他后退一步将手中的导盲棍护住胸口，大声道：“师，师父，是您回来了吗？”

当啷！极细碎的三弦声在闻桑生放琴的座位处响了一下，声音如流水，却是他师父浊眼龙留给他的那把“水连珠”发出的动静。

但只一下一切又归于沉寂，闻桑生依旧无从判断那拨弄弦子琴的是什么。

就在他心里七上八下的时候，闻桑生忽然感觉背后一阵冷风吹过，紧跟着一个毛茸茸还带尖牙的玩意儿冷不丁趴在了他的肩膀上，还用爪子挠他脖颈。

闻桑生禁不起这样的吓唬，当即蜷缩起身体一边后撤一边连喊“大仙饶命”，闻桑生窘态毕露。与此同时，一阵铜铃样好听的笑声却从闻桑生刚才站立的地方响了起来。

“哈哈！终于吓到你了！原来闭住气再披俩狐狸皮你就发现不了我啦！”听着那好听的声音，闻桑生提到嗓子眼儿的心落了回去。这声音的主人不是精怪，而是自己一年多前在北平城西乱坟场里结识的红颜知音——单飞燕。

单飞燕是个好姑娘，也稀罕闻桑生，这一年多来她趁着和爹进城甩皮货的机会，总找闻桑生听曲看戏，闻桑生也难得有一个知音真心欣赏他的曲子，因而倾囊相授，在弹弦品乐之余也教导她一些乐律。这其中，自然包括闻桑生看家的《八音流水》。

随着越来越多的接触，两个人的关系也变得热络起来，也就爱互相开一些恶作剧的玩笑。可是像今天这样大早上的跑到家中开玩笑是很过分的，闻桑生也绝想不到。

在定了下心神后他冲单飞燕讲：“燕子，你吓死我了！我还以为是家里闹鬼啦。”

“鬼没有，燕子有一只。”带着遮掩不住的笑意，燕子话锋一转声音略带严肃地道，“哥，我今儿这么早找你是有一消息想告诉你。”

“这么早？消息？”闻桑生敏锐地问，“恐怕是大消息吧？”

“对你来说是大消息，我知道怎么找杀你师父的仇人啦！”

嗡！闻桑生头脑一鸣，紧接着浑身都颤抖了一下。

他迫不及待地从地上坐起来，牢牢抓住燕子的双手。“那人在哪儿？告诉我！”他激动地问。

“别激动，”燕子回答，“我从头讲。”

9

单飞燕所说的事情同样发生在昨天，就在陆忠祥请段大帅吃寿宴的时候，北平城里还发生了一件小事。

单飞燕跟着他爹单老汉从西山里进大城甩皮货，往日里她跟爹甩皮货都是大清早进城中午前交货，事毕她便找个由头出来找闻桑生听曲看戏。但昨日那些高官参加寿宴许多街道戒严，收单家皮货的“鸿记”恰好也在戒严地段之内，收不了货放不了款，单飞燕便只好和她爹就近住在便宜的小旅店里等第二天早晨再说。

父女俩住店起初没什么事情，可在夜半二更天燕子起身如厕找“尿鳖子”时，却看见住房放茶壶的桌角隐隐潜伏着两个圆滚滚暗红色的大影子在微微蠕动着。

燕子是猎户，眼睛比一般人敏感些，纵然没光也能看些东西。发现不正常蠕动的影子，她立刻定睛细看。而细看之下她才发现，那蠕动的两个东西竟然是活物，是她从没见过的两只红色毛发兽头獠牙眼放绿光的怪物。这两个怪物脸部血红狞笑如鬼，身体似狐却比狐狸大，似狼但比豺狼小，可不管是什么野兽，都绝不应该是大城旅店里该出现的玩意儿。

猛不丁看见这么两个东西，纵是单飞燕也吓了一跳，而在恐惧之余心乱的她本能地将刚拿到手里的尿鳖子扔过去借以防身。但让她万万没想到的是，当那只尿鳖子打中怪物时，那两个怪物竟同时又是一变，站了起来变成了人的形状！其中一毛皮妖怪站起身后，使一空翻躲过尿鳖子跳出了窗户，另一个又出一招“鹞子跃”也出了窗户沿着墙头飞奔而去。直到这时，单飞燕这才借着月色和街道的煤油灯看清楚那两个怪物的真身。原来，那是两个趁着夜色使手段开窗进屋偷盗皮货的毛贼。

刚才单飞燕起夜时恰巧堵住了他们的退路，俩贼无处可走便索性把偷来的狐狸皮和挡脸的恶鬼面具装扮上吓唬人，这才导致了单飞燕的误判，继而在她惊慌时得了机会跳窗脱身。这事要放在别人身上也只有自认倒霉的份儿，但落在她单飞燕身上就只能说那俩贼不走运。

燕子是个暴脾气，见着有人偷皮货还吓唬她，当即怒不可遏。愤怒中，她跃出窗户追着这俩飞贼的影子狂奔而去，在段大帅他们听戏的同时，北平的房瓦屋顶间上演了一出“钟馗捉鬼”。

夜色里，那两个毛贼抓着燕子家的两翎狐狸皮，使着轻功时而翻墙跃瓦、时而上房过梁，单飞燕则凭借亲爹教授的“八步赶蝉”紧随其后。这两个贼人初时心虚，见有人追便一阵惊慌狂奔，但眼瞅着追人甩不脱，只得在城南大店“荣眼轩”的三层楼房顶上停下步伐，借月色亮出匕首严阵以待。

月夜下，毛贼瞅清追来的是个女子后有些惊愕也有些轻视，不过这俩还算是守规矩，并没有一上来就使横。

那带头的一个瘦高个儿吹着春夜的冷气冲单飞燕明讲：“丫头，道上有规矩，出五百步还拿不回货的就应该放了。你认栽吧。况且真动起手来，你在我们夜叉兄弟手里捞不着好。”

听言，燕子不屑一笑：“夜么虎子的规矩我们山里人不懂！就算是讲规矩也得按我的来。”

那人一愣后追问：“你什么规矩？”

“四句话。”单飞燕回答，“欠债还钱！杀人偿命！偷物剁手！疾恶如仇！”

单飞燕话说到这儿，双方也没什么可谈的了。那带头的家伙啐了口吐沫，将偷来的狐狸皮放在屋瓦上，举着刀便冲单飞燕刺来。贼人五大三粗又是练家子，如果扎中肯定会对单飞燕造成致命的伤害，不过可惜此贼力量有余而灵巧不足，对单飞燕的威胁并不比西山里的猞猁更大。见着对方发狠，单飞燕轻盈闪过，紧跟着转身飞起一脚正踹在这贼的腰眼上，直接让他头朝下跌到了荣眼轩的楼房下。

那大贼从三层楼坠地之后估计折断了什么地方，身子竟发出咔嚓一声脆响，他号啕着在地上打滚，没几下又口喷鲜血昏死过去。眼瞅着单飞燕人狠手黑，二号毛贼吓丢了魂，以至于连跑的勇气都没了，只放下皮货冲单飞燕磕头求饶。但单飞燕属于那种一根筋的人，疾恶如仇的她并没有把那求饶的毛贼放了，反而抽出随身的匕首要按照她的规矩砍掉这贼人的一只手。

没了手，人这一辈子也就彻底毁了，因此那贼人百般不愿。他又自知打不过单飞燕，便拿各种胡话来讨好燕子。恐惧中，这家伙不经意间告诉燕子："我，我们夜叉兄弟在北平黑五类里很吃得开。姑娘留我一只手，以后有什么仇家想打听想调查的，我帮您跑腿，一查一个准。"

单飞燕没什么仇人，故而听着这小贼的口风很自然地想到了闻桑生，想到了闻桑生为他师父浊眼龙报仇的忠义誓言。

"所以，我就帮哥你问了问去年你师父被杀被烧的事情。"单飞燕告诉闻桑生。

闻桑生有些忐忑地问道："问出些什么了吗？"

"那小子像是有把刷子。"单飞燕继续说道，"他告诉我，去年一年北平的失火案他知道的有三十二起，共烧死十六人，其中就有柳叶胡同你师父的那一次，他还去过火场捡漏儿。"

接下来，单飞燕告诉闻桑生："他说那次失火前，有夜么虎子看见你师父住的柳叶胡同里走出来一个胖子，胖子手里抱着一大布包钻进了一辆汽车，汽车刚一消失你师父住的地儿就冒烟了。"

"胖子！布包！"听着这些信息，闻桑生激动不已。显然那贼人口中的胖子正是那晚与他师父浊眼龙叙旧的"故人"，这家伙手里多出来的布包应该也是从他师父家里掠夺来的什么东西。

眼瞅着查找自己师父的死有了线索，闻桑生迫不及待地问："燕子，那贼人接下来怎么和你说的？你快告诉我！他是不是知道那杀人的胖子是谁？他是不是看见那胖子的脸了？"

"他不知道。"燕子气馁地说，"他说那场火里死的只是一个穷乐师，还是瞎子，没油水可捞，这没油水的事情没人会深究。"

"哦。"闻桑生失落地点头。这个结果和一年前巡警的报告几乎一样，没人会在乎一个瞎子的死，顾不上也不想顾。

闻桑生的失落让燕子揪心，她话锋一转道："但是，他告诉我有一个地方是可以继续深查这件事的。"

"什么地方？"闻桑生急切问道。

"是一处鬼市。名字特奇葩，叫什么'夜壶楼'。"

"夜壶楼？"闻桑生一下子听愣了。

那个被燕子抓住的夜叉告诉她，夜壶楼是北平城里的一个鬼市。

和其他鬼市不同的是，这座夜壶楼里买卖的东西看不见摸不着，都是些北平、津门、保定等就近的大城市里各种真假难辨、涉及范围极广的小道消息。鱼龙混杂的夜壶楼信息来源渠道不一而足，一般说来透露消息的多是地方流氓、老太监和店铺伙计，不过偶尔也有要员和巡警衙门的口风。

那个夜叉贼还信誓旦旦地保证，那地方只要肯花钱有耐性再加点手段，就能有意想不到的惊喜。也是在夜壶楼，这个北平最大的匿名消息市场里，曾经有安福系和津保派政要的通电文稿、研究系议员的国会演讲稿、奉系的密电码甚至北平的城防图以及燕地鬼窟图等稀罕玩意儿流出来，被人买卖利用从而直接或者间接地影响过北平乃至全国的局面。至少，去年燕子李三被抓时，巡警衙门就是从这夜壶楼里得到的线报。

“所以，我感觉你去那里打听那次火灾，十有八九准能得到真相。”

“居然还有这样的鬼市，”闻桑生颇为意外地点头，“那我是应该去一次。”

“好。咱一起去呗？我知道地点，而且你一个盲人不方便，我当你眼……阿嚏！”话还没说完，燕子忽然打了一个喷嚏。

听着这个突如其来的喷嚏声闻桑生有些急了，他忙说：“这么冷的天气出来追贼！着凉了吧？”

“有点。”单飞燕又告诉闻桑生她知道这些消息后便急忙跑来找他诉说。可不曾想闻桑生不在家，扑了个空。

春夜冷风中，燕子追贼时由于匆忙穿得单薄，再加上运动减少，身子也就冷了起来。最后她实在受不了冻才翻墙入室躲在闻桑生的小院里，围着粗处理的狐狸皮保暖，还趁机吓唬闻桑生。但即便如此，这丫头还是让自己成功着了凉。

闻桑生很心疼这位知音，在察觉出这丫头身体异样之后，马上弄了些红糖水和大青根给她驱寒，并且改主意不让她和自己去夜壶楼。闻桑生打心眼里把燕子当成一块糖，含在嘴里怕化了捧在手里怕摔了，舍不得她多受一丁点儿罪。他认为燕子受了风寒，应该回去好好调养。而且她是有父母的，虽然猎户家庭对孩子的约束比较松，但燕子追贼一夜不归，家人肯定也惦念她的安危。而且闻桑生纵然没了燕子打下手，到晚上还有小铜锣可支应，那小子虽然不比单飞燕能打，可对于北平的鬼市非常熟悉，应该也能帮上忙。

单飞燕虽然性子好强但是讲理，在闻桑生的好言相劝下她也认识到把老爹一个人撂在客栈里不妥当，便顺从了闻桑生的意思。恋恋不舍中，单飞燕拿着皮货回客栈找老爹交差，闻桑生则回京戏班子里若无其事地上差给人拉京胡，扮演着白天的角色。

戏园散场三更天快到时，闻桑生跑一“二荤铺子”吃了碗热腾腾的卤煮火烧后，才围上围巾戴好墨镜提着灯笼，从瞎子闻桑生再次化身为暗夜里的报丧鸟，去找小铜锣蹚夜壶楼了。

10

报丧鸟和小铜锣的联系方式简单而原始。如果两个人都想出市了，便会在大柳树鬼市的一棵老柳树下碰头；如果一个没来，那么另外一个等个几刻便回去，或者自己去蹚市。

这一日报丧鸟运气挺好，刚走到约定的地点他便听见小铜锣喊：“大哥，您可算来了。”

说话间，小铜锣拍了拍自己的裤兜炫耀道：“我今儿又捡着宝贝啦，您摸摸看。”

“把那玩意儿扔了！”报丧鸟摸过之后对着小铜锣说，“蠢货，你捡这催命的玩意儿干吗？”

小铜锣被唬住了，结结巴巴地说：“我，我就见它像个小西瓜似的挺好看，随手……”

报丧鸟给了小铜锣一个脑瓜崩，厉声说道：“小铜锣，我早说过咱们盘子小，不能卖杀人掉脑袋的东西，否则出了纰漏不是被炸死就是被侦缉抓进‘鬼打颤’。”

说完，报丧鸟拍拍小铜锣的头问道：“‘鬼打颤’那地方你想去？”

小铜锣不敢吱声了。

“好啦。”报丧鸟责备完，语气缓和了一些说道，“我刚才太激动，不应该打你，把手雷给我。我给扔护城河里去，不能留更不能卖。”

报丧鸟硬要手雷，小铜锣自然不甘心。不过这小子一向听大哥的，故而在扭捏了片刻后还是把那鹅卵形的东西交到了报丧鸟的手里。

报丧鸟将手雷装进裤兜后，顺手将三个大洋拿出来递给小铜锣。他说：“拿着，给你的钱。”

小铜锣抚摩着沉甸甸的大洋，意外而激动地冲报丧鸟说：“哥，您对我真好！这卖不出去的东西您还给我三块大洋补偿，我怎么感谢您呀？”

“这不是买手雷的钱。”报丧鸟微微摇头，解释道，“我要包你。从今天开始，未来三天晚上你都和我走。”

“这，”小铜锣一脸难为情地说，“哥，我一男的……”

“滚！”报丧鸟无奈地回道，“我对你没兴趣，给你钱是为了让你和我去一个地方。”

“啥地方？”小铜锣好奇。

“夜壶楼。”报丧鸟直言。

“啊？那个地儿！”小铜锣听着“夜壶楼”这三个字，不由自主道，“那您还是让我回去吧。”

小铜锣知道夜壶楼，而且对它如此畏惧，倒是让报丧鸟非常意外。他问道：“你知道夜壶楼，为什么提起它你那么害怕？”

“那地方邪性，知道还不如不知道呢。”小铜锣回道，“哥，您知道那地方是怎么来的吗？”

“不清楚。”

“那是个鬼楼！闹大鬼的地儿！”小铜锣胆寒着道。

“你一夜么虎子怕鬼？”报丧鸟有些不屑地说道，“鬼市里，连你我都是鬼。”

“不是开玩笑！”小铜锣严肃地说，“真的，那地方有鬼，真鬼！”

小铜锣异常严肃的态度让报丧鸟感觉奇怪。他不得不问：“为什么你这么说？那楼里到底发生过什么？”

小铜锣沉吟了一下，而后说道：“这事，得从夜壶楼本身开始说。”

小铜锣告诉报丧鸟，夜壶楼早年的时候叫“仙酿坊”，是一有钱的地主在前清的时候开的一座酒肆，就在东城的河边。那时仙酿坊老板有一种独有的桂花酒味道很浓，所以很受欢迎，没几年便借着这一招鲜积了很多的银钱，从而娶了三房美妾又得了五六个胖儿子。

钱多了之后，这位仙酿坊的老板便想着把仙酿坊变成仙酿楼，于是他便在原址的基础上招募工人进行扩建。但凡扩楼必先挖地基，而就在仙酿楼挖地基的时候，那老板从地里挖得了一宝贝。那是一只纯金打造上刻四只镂空骷髅，骷髅眼睛由翡翠、蜜蜡、玛瑙、琉璃、孔雀石等八种宝石镶嵌的“八宝尸陀金夜壶”。

北平是八百年之古都，多少帝王将相享乐于此，挖出些古人遗留的宝物不足为奇，但如此巧夺天工的金夜壶还是引起了京华之地的轰动。名贵宝物出土之后，仙酿楼的主人自然是最得意的，想他事业如日中天，膝下儿女成群正是人生最美好的光景，又平白无故得了如此异宝锦上添花，简直是羡煞旁人。

但这羡慕的人多了，便难免有一些眼红非议的流言蜚语乱传。

这些声音里有人说这只夜壶造型诡异不吉，根本不是什么不世出的宝物，而是仙酿楼将要衰败乃至于灭族的征兆，是魔物。

这些人还煞有介事地举例子说，五代时有蜀国孟后主得“七宝夜壶”视为珍玩，没几年便亡了国家；清朝的和珅得过一痕都斯坦玉的夜壶，据说比嘉庆皇帝的御用夜壶还精美，没几年便也被抄了家；更不用提近代的袁世凯晚年喜欢一只铅质包金的精工夜壶，只当了几天皇帝便一命呜呼。那些八字硬邦邦的大人物都驾驭不住的玩意儿，现今又出现在了仙酿楼的地基里，这不摆明了是他家这大厦将倾的预兆吗？传闻有板有眼特别邪乎，仙酿楼的老板却不以为然。他依旧我行我素地将这夜壶视为珍宝，甚至连睡觉都舍不得松开。

说到这里，小铜锣加重口气道：“谁能想到那些流言竟都是真的。那刻着骷髅的金夜壶里确实有‘不干净’的东西缠上了他们一家子，最终他们都变成了……”他欲言又止，口气中带着胆怯。

“变成了什么？”报丧鸟忙问。

追问下，小铜锣告诉报丧鸟：“那仙酿楼的老板得了金夜壶之后，家里怪事连连。”

起初他家的几个儿子不知得了什么怪病先后夭折了，后来又有美妾得了失心疯，大晚上竟然光着身子跳了护城河。

再后来这仙酿楼里的人又发生了变异，一个个眼睛变得通红还特别畏光，发展到后来，那大老板和几个太太出门时不是把自己包裹得严严实实就是让差役代劳各种工作，总之是不露真容了。仙酿楼凡此种种的古怪越来越多，但还不至于彻底坏了名声。至于仙酿楼变成夜壶楼的由头，则还是起于那只金夜壶。

相传八年前，有三个胆大艺高的贼结伙想偷仙酿楼镇宅的八宝金夜壶。

某天晚上，这三人仗着本事神不知鬼不觉地跳进了仙酿楼老板的屋子，揭开了老板的被子，撞见了正抱着那金夜壶睡觉的老板。

“然后三个人都完啦！”小铜锣打着寒战道，“三个练家子，一个从仙酿楼掉下去摔死了。一个被仙酿楼的老板割了脑袋，尸体就丢在门口。还有一个最惨，虽然逃出来了，但是被那老板吓得得了失心疯，现在连屎尿五谷都分不清。”

“是挺邪门，”听到这里报丧鸟也不由皱起眉头，忍不住问小铜锣，“你怎么知道得这么清楚？”

小铜锣吞吐了一下才讲：“得了失心疯的那个以前是我干娘的老相好，我亲眼看见他疯的样子。还听见他疯了之后，曾断断续续地说‘夜壶楼的老板已经不是人啦！他全家都被那骷髅夜壶摄了魂魄，变成了某种不人不鬼的东西！’”

小铜锣的话说得真切，连带着报丧鸟也不由得犯起了嘀咕。不过，查找师父浊眼龙死因的动力还是驱使着报丧鸟接着问：“那后来呢，为什么夜壶楼会变成鬼市？”

“还不是因为那里够‘鬼’嘛。”

小铜锣告诉报丧鸟，这夜壶楼老板“变鬼”之后，所有人都嫌晦气。白天没生意夜晚没人气，连巡警都绕道走，也自然没人在那附近收“法律钱”。时间一久，这地方无法无天的好处就被许多黑五类发现了，陆陆续续有胆子大的“夜么虎子”往那附近摆摊子。那地方也因为警力少，接着又成了许多特务、革命党和派系密探接头买卖情报的地点，渐渐演化成了一个纯粹买卖各种小道消息的鬼市。

“原来如此。”报丧鸟恍然，彻底明白为什么那夜叉贼会让燕子去这个地方找火灾的消息了。他冲小铜锣说，“我正好有件事情要去打听，所以今晚还是要去蹚。”

“那，我可不可以不去？我怕。”小铜锣忐忑地问。

“成。”报丧鸟点头同时伸出手，“把刚才我给的那三块银圆还我！”

被报丧鸟这么一要挟，小铜锣当即笑呵呵地改了口风：“哥，您眼睛不好，我还是跟着去一趟吧。不过咱俩说好，就在夜壶楼周边转悠，可不敢进那楼里头。”

“我是去打听消息，不是去撞鬼的，进去干吗？”

“那就好。”小铜锣轻声应承，言语间颇有如释重负之味。

报丧鸟是耳朵极灵的人，听着小铜锣说话间吞吞吐吐的意思，立刻便明白这小子关于夜壶楼定还有什么要紧的隐晦之事没敢和他透露。不过报丧鸟现在不想纠结这些，刨根问底太深了，他也怕把小铜锣吓跑。两个人商量定后，便按照过去的一贯做法由小铜锣引导着报丧鸟往夜壶楼鬼市走。

11

大概在四更天时，小铜锣将报丧鸟带到了夜壶楼鬼市。

“到了。”小铜锣停下脚步，随口告诉报丧鸟，“您右手边是河，左手那河沿街是鬼市，前边五十步就是夜壶楼。”

报丧鸟略微点头，同时他支起耳朵仔细收集着这座特殊鬼市的声讯信息。

在右手边的地方，报丧鸟没有听见潺潺的流水，显然那河是干的。在略微靠左手边的地方，他听见了许多人细碎的脚步声和话语声，非常热闹。而在报丧鸟的正前方，这些熙熙攘攘的人流后边，则还有一种巨大但更不易察觉的嗡嗡声。

那嗡嗡声低沉且长久，暗藏着很大的能量，声波甚至能从地砖间隐隐传导过来，像是一个将死巨人最后的挣扎与鸣泣，这可是庞然大物才能发出的震撼响动。感受到那动静后，报丧鸟亦明白过来，这嗡嗡的响动正是那传闻闹鬼的夜壶楼过夜风时产生的动静。

“三层的大木楼，飞檐斗拱。听风响和故宫的角楼有得一拼，这么好的地方，可惜呀！”品着风响，报丧鸟摇了摇头。

“好？”小铜锣带着胆寒道，“我怎么感觉那楼阴森森的，像是个恶鬼头！”

“谁让你有眼睛呢。”报丧鸟拿导盲棍指着左手边的市场说道，“去蹚市吧，就当那楼不存在。”

“哦。”小铜锣应了一声，和报丧鸟一头扎进了这买卖消息的鬼市。

夜壶楼鬼市报丧鸟是第一次来，但他并不是一个鬼市生手，所以经过一番旁听和摸索后，报丧鸟很快便掌握了这里独有的一些基本运营规则。总的来说，这鬼市里的消息五花八门，但最多的还是：“某某人贩子新拐了一批漂亮姑娘。”“巡警衙门又要严打了，具体时间……”“某某少爷最近又开始逛赌局了，人傻钱多。”“城东赊刀匠和博山艮字门闹翻了，要打擂台，胜负内定，赔率……”

此外，报丧鸟还发现，这个鬼市里的人要想把消息卖出钱，也必须有独门技巧。为了把自己知道的独家号外提高价格，消息灵通人士简直和说书的一样。他们先将自己知道的情况添油加醋地免费说一半吊人胃口。等人气聚拢得差不多了，或者有买家对他的消息显露出特别浓厚的兴趣时戛然而止，并冲那些等下文的人说：“想听全套？八毛钱。”

因为大家挣的是口舌钱，所以听动静这里比一般的鬼市要热闹很多，服务也殷勤些。如果不是那座孤寂且时不时“哭泣”的夜壶楼在旁边镇着，这里更像是天桥的说书场。

蹚市时，报丧鸟问过几个自称消息灵通的人士，是否知道去年柳叶胡同火灾的事情。可那些人不是直截了当地说不知道，就是和他闲扯一堆北平城治安消防的大规划，再骗他掏钱继续听，总之没有一丁点儿实质性的内容。最关键的是那些说话的人语气里带着怯气，报丧鸟一听便知道他们十有八九都是来临时忽悠着骗钱的。一来二去间，报丧鸟终究没什么收获，甚至他听多了都有些烦闷气馁。

可就在四更天末尾报丧鸟已经有点想收市回去的意思时，这市场里突然而来的一声与众不同的呼喊吸引了他的注意力。

"喂！你们这儿谁的消息最准？谁告诉我那人叫啥我给他一块大洋，带我找着这人我给他十块大洋。"

紧跟着，报丧鸟听见了拉皮夹子和银圆晃动的响声。

报丧鸟听愣了，原本准备离开的脚步也停顿下来。肾虚的声音，异常熟悉的口气，贼呆瓜的问话方法，细听之下还有高档皮鞋的响动。这一切都让报丧鸟意识到这人正是一年前和自己发生过肢体冲突的日高昌阔少爷、八大胡同里有名的姐夫——张树庭。

在报丧鸟"眼"里，张树庭是一特奇葩的存在，或许在白日里他是天资聪慧的骄子、商界名流，他那种与人打交道和做生意的方法也没什么问题。但在晚上这鱼龙混杂的鬼市里，这位骄子就仿佛是别人碗里的饺子，他和鬼市格格不入的处事方法简直就如给自己脑门儿上贴了个"快来吃我"的标签一样。这种人，在鬼市比瞎子还瞎。

报丧鸟不爱管闲事，但是听完张树庭的话后不得不管。因为受这位少爷启发，他心里忽然有了一个调查的思路、取巧的办法。用手推了推小铜锣，报丧鸟问："小铜锣，你回身看看，咱们附近有没有一阔少爷。”

“阔少爷？”小铜锣道，“这儿的人都捂着脸，看不出谁是少爷来。”

“他不会捂脸。”报丧鸟非常肯定地道，“那个张树庭，一年前咱们会过的那个！”

“哦？”小铜锣踮起脚尖望了望，而后兴奋地道，“看见了，看见了。个儿挺高，穿着西洋服，看着肾还特虚。他手里好像有把琴，三弦琴。”

“就是他。”报丧鸟当机立断，“咱跟着他走。”

“跟着他干吗？”小铜锣诧异，“回头他认出咱们来，该报复啦。”

“我自有打算。”

毫不客气地说，刚才张树庭的话给报丧鸟提了一个大醒。这夜壶楼鬼市的信息真假难辨，但是依照报丧鸟对鬼市的熟悉，知道这里总有几个“百事通”，总有几个“包打听”的。现在的问题是怎么在浑水里找到这些高人一等的家伙，怎么利用这些人来为自己办事。

报丧鸟是个眼差的盲人，物力财力也有限，自不可能在短时间内找到这些家伙，但是到处撒钱买消息的张树庭就不一样了。报丧鸟并不清楚为什么张树庭抱着把三弦琴来鬼市，还一定要找鬼市里消息最灵通的人打听事情，他只知道这小子目前顺人找人的策略很对，照他这样广撒网多投入的方式，应该能在短时间内找到这市场里消息最广最灵的人。

而只要这位少爷找到这样的人，报丧鸟也可以借鸡下蛋，拿出相对多的钱来向这些消息最广最灵的“包打听”问事。退一步讲，如果这些人都不清楚那年的纵火案，这个鬼市里也基本就没有人能告诉报丧鸟真相了。由此报丧鸟改变了策略，不再挨个儿摊位地听了，而是尾随着张树庭一路前行，准备坐收渔翁之利。

张树庭人傻钱多，不停地以金银之物为诱饵，问那些撂地摆摊子的人谁的消息最灵，那些人有的摆手有的应答，更有的胡侃，但鲜有人主动引路带他去找人。不过在问过了十几个摊位之后，终于有一个家伙冲这位阔少大声道："我认识您要找的人，他叫'死人王'，夜壶楼这一片打听消息他最灵，就在这附近，我带您去。"

"得嘞！走着！"说话间，张树庭就跟着那位撂地的"夜么虎子"去寻那个被叫作死人王的家伙。

不远不近的距离上，报丧鸟偷听着他们的话不由点头："这么快就打听出由头了，钱多就是好。"

小铜锣发出一阵鄙夷地笑，那声响颇为古怪。

"笑什么？"报丧鸟问。

"我笑那小子傻呗。"小铜锣轻声道，"您不知道，他马上就要死啦。"

小铜锣带着嘲讽的口气告诉报丧鸟："知道吗？他被带路的家伙勾到一黑胡同里去啦！肯定是他今晚露的钱财太多，那引路的见财起意想要劫他！"

说起来挺巧，在小铜锣刚刚告诉他状况的时候，报丧鸟便听见这鬼市深处一巷子里传出了一声"砰"的闷响。报丧鸟耳朵灵，知道这响动是擀面杖类的棍棒发出的，声音在一条巷子的墙壁上弹了几个来回竟有回响。所以那巷子呈直线略弯，很窄而且前后都有入口。

综合这些，报丧鸟立刻估摸出刚才引诱张树庭进巷子找高人的家伙应该有同伙设伏，等张树庭到达巷子里指定的地点后，暗中埋伏的同伙就从阴影里蹿出来将他打残，再趁机抢财物。

报丧鸟刚品出发生于巷内的事情时，心中一惊忍不住道：“这个蠢货撞鬼了，得赶紧救他。”

“救他？”小铜锣诧异，“这种人太自以为是早晚得出事，没得救。”

“我不能让消息断了。”报丧鸟坚决。

“我，我可不敢去。”小铜锣踌躇。

“不用你去，我自有办法。”报丧鸟将灯笼交给小铜锣，拿着导盲棍独自迈腿向那传出声音的暗巷走去。没多久他便到了巷子口，先竖起耳朵去听。

这一听，报丧鸟立刻发现在距离自己二十步左右的地方有呻吟声传出，其间还有一个贪婪的声音不断指挥着：

“你们快点脱，他的裤带可是镀金的。”

“金表我拿。”

“还有那皮鞋，我见过，劝业场卖一百五十块光洋哇。”

“三弦不要，卖不出去的东西拿着是累赘。”

“法兰绒的手绢，金线五瓣梅？这，这是白揽春那个狐狸精的绣活！我闻闻，松手吧你就！”

“哎哟！这货裤子也不赖！脱下来，我穿。”

“你们这些豺狼。”张树庭低声嘶吼。

砰！又是一闷棍的响动。

听着那巷里的动静，报丧鸟渐渐不淡定了。鬼市虽然乱但至少还是在北平地界上，这北平城的人虽然杂，大家都讲个规矩，再下等的工作也都是有底线和讲究的。像这般穷凶极恶到扒衣服偷皮鞋的龌龊家伙，报丧鸟还是头一回见。更可怕的是，这些混蛋自破了底线，一步步做得越来越过，再这么下去真的可能杀人灭口。

报丧鸟可不想让张树庭死，他当机立断要出手拉这位大少爷一把，至少帮他把命保住。心念既定，报丧鸟再不于暗巷口偷听，而是舍了导盲棍一个箭步闪身出来，昂首冲着里边大喊："都不许动！我是便衣！"

"啊？"

"灰大褂！"

"扯呼！"

随着报丧鸟一句话，巷子里传出了三个男人的惊恐呼喊和错落脚步声，但随即又有人用阴狠的声音对他的同伙道："都不要慌！"

说完，那人又冲报丧鸟讲："这位警官，你是侦缉队的？证件总得露一下吧，还有手枪呢？"对面的贼人上来便怀疑报丧鸟的身份，看来报丧鸟的讹诈并没有带来理想的效果。

虽然看不见，但报丧鸟知道他的对面有三个手持棍棒凶器凶神恶煞的"夜么虎子"。以一敌三，他一个瞎子但凡处置失当一丁点儿都会丢命。面对强敌，报丧鸟不想打也打不过，因此他开动脑筋想着退敌的方法。片刻之后，他想到了。

就在气氛越发紧张的时候，报丧鸟借着夜色的遮掩忽然把手伸进自己衣服的裤兜里，捏出兜中的几块银圆重重地搓了搓。

啪！啪啦！

随着银圆磕碰，一两声清脆的金属响动快速发出。紧跟着报丧鸟把银圆捂在袖筒里，冷冷地冲那些人说："诸位，刚才谁要枪来着？想吃枪子儿想进'鬼打颤'的尽管来。"

"啊？"在报丧鸟说话的时候，那三人又是一愣。显然，他们以为报丧鸟从兜里拿出来又捂在袖子里的是手枪，刚才的动静是在拉枪栓开保险。

三人停住步伐之后，报丧鸟忙不迭训斥道："孙子！你们知道被抢的是谁吗？是我们上峰下令要暗中保护的商会要员！你们抢劫他，嫌命长？”

“要员？”那劫匪里有人惊恐地说了一声，紧跟着报丧鸟听见一阵渐渐远去的跌跌撞撞的脚步声。

几块银圆的响动吓走了那些不守规矩的混蛋，报丧鸟也捏了一把汗。接下来他可以问张树庭正事了。回身叫过小铜锣后，报丧鸟在他的引导下走到张树庭面前。

而后，他弯腰向不停呻吟的张树庭问道：“张少爷，您没事吧？”

张树庭听见报丧鸟的口音，愕然回道：“又是你？一年前咱们见过。”

“您还记得那档子事呢？”报丧鸟颇为意外。

“我永远忘不了你的声音。”张树庭愤怒地喊道，“知道吗？你那一膝盖让我在床上躺了半个月。”

“这你可怨不得别人。”报丧鸟告诉张树庭，“今儿我没动手，你不照样挨揍吗？说难听点，您天生就是挨揍的体质，不适合蹚鬼市。”

“你以为我想来啊，”张树庭呻吟着抱怨，“我是为揽春来这鬼地方找修琴师的。”

“白揽春，修琴师。”报丧鸟又嘀咕起来。

白揽春是八大胡同里头一等的姑娘，也是他张树庭最迷恋的花魁，他为她跑腿再正常不过。八大胡同能坐到头一等地位上的花魁可不是光靠长相就行的，必须得有本事，得会点弹弦清唱、吟诗作赋。因此那三弦琴是八大胡同里上等姑娘的标配，她白揽春作为花魁找个琴师调音修弦也正常不过。但当这两件本都正常不过的风月事同时出现在这凶恶的鬼市里时，一切就太不正常了，不正常到让人匪夷所思。

报丧鸟好奇地问：“巧了张少爷，我来这儿也是打听人的。您看咱这样好不好，您告诉我您要找什么人办什么事，咱俩摒弃前嫌一起找，成吗？”

张树庭被报丧鸟救下后似乎对他的印象有所改观，因而他道：“你也算个文明人。好吧，我告诉你，其实我的事也就是揽春的事。”提起白揽春，张树庭的声音陡然变得精神起来，精神得仿佛没挨过打。

12

张树庭告诉报丧鸟，他与手中这把三弦琴的事情，起于五日前白揽春作陪的一次茶局酒宴。那日的欢场酒宴中，张树庭花重金邀请他贪恋的花魁白揽春出局，为他和他的生意伙伴在桌间献媚助兴。

而白揽春也没有让他失望，当时便借着三弦琴的声韵先献唱了一首京调大鼓《关公盘貂蝉》，后又亲手弄弦给客人们奏了古曲《平韵串》和《阳关三叠》。白揽春容颜绝美仿佛天上的仙姬，身段娇柔又好似龙宫的蛟女。除了样貌，她还有一等的琴瑟功夫，撩拨琴弦时一双艳手上下纷飞将《平韵串》的“欢”和《阳关三叠》的“离”表演得淋漓尽致。

曲终乐尽时张树庭和在座的宾客都听得痴了，几乎不知天上地下，悠悠然回味了一番才爆起了满堂的喝彩。满堂喝彩中那主角的可人儿却忽然眉头紧锁，似生了什么心结。见美人不悦，张树庭讨好地问其因由，那白揽春也不遮掩，当即便告诉张树庭她之所以忧愁是因为自己手中所用的这把弦子琴有些制作上的瑕疵。

“有瑕疵？”张树庭满不在乎地说，“扔了！我给你买把新的呗。”

听着张大少爷的海口，白揽春锁眉摇头。她又对他讲，若一般的弦子琴她白揽春自不会上心，但今日这茶局上献媚的三弦琴很不一般。它是白揽春从制琴名店“仙乐坊”花大精力大价钱特求来的“苏州工”。

自古以来，琴器制作北不如南。如说起乐器良品，当首推苏杭二地的工艺，而“仙乐坊”又是苏州工里的佼佼者。白揽春是个靠琴弦挣身家的女子，又是最高等的花魁，自盛名以来便一直用苏作的名琴以壮声色。她常年订购“仙乐坊”的高等乐器，更和“仙乐坊”的掌门师傅廖大海相交甚好。

半年前白揽春坏了把三弦，便向“仙乐坊”下了再购一把好料弦子琴的订单，直等到五日之前她才得了这把用海龙弦、水蚺皮、硬红木制作的名琴。这把三弦声色棒做工精，白揽春得了就爱不释手，得琴当日便捧着它出了张树庭的茶局做首献。

两曲奏乐下来，白揽春却敏锐地注意到，这把名琴虽然声响乐润，可是余音不正。它中弦起滑音的时候有一段特长但不易察觉的杂响在琴鼓内游荡，想来是制作这把琴时什么地方出了瑕疵所致。

张树庭爱白揽春爱得发狂，始终想找机会在白揽春面前表现。听花魁叙述完弦子琴的毛病，他张树庭便自告奋勇要帮白揽春跑腿修琴，然后硬讨了这琴拿去找琴师修理，还夸下海口说五天之内一定修好。

让他万万想不到的是，这苏州“仙乐坊”的琴，北方的制琴师傅根本不会修，非但不会修，那些人愚笨的耳朵甚至听不出琴里有杂音。本地匠人不行，而把三弦送回南方去修，一来一回少说也得十天半个月。耽误白揽春用琴事小，他张树庭在花魁面前丢人现眼事大。

眼瞅着要丢脸，忽然有个路子杂的朋友给张树庭支招，说这北平夜壶楼的鬼市场上有许多能人异士，说不定能帮他联络到可以修理名琴的高人。如此一来，张树庭这才瞒着家里匆匆忙忙来到这鬼市上自作聪明地使出顺人找人的撒钱大法，打听能修三弦琴的高手。进而，才有了他和报丧鸟的再一次相遇。

报丧鸟听完白揽春和三弦琴的事情，沉默了片刻。而后他忍不住伸出大拇指，有些激动地道："白揽春这女子真是厉害！厉害！"

"什，什么意思？"张树庭不解。

不等张少爷继续发问，报丧鸟便告诉他："我师父曾言世间有三种奇耳天分，分别称'顺风耳''羽耳''磬耳'。顺风耳能顺风听见百里之外的晨钟暮鼓，羽耳则能五十步内听见一只羽毛落在地面的响动，第三种磬耳则是能通过一两首曲声听出磬的瑕疵或者其他乐器的好坏。"

很显然，这位能通过两首曲子听出三弦瑕疵的花魁白揽春，便拥有对乐律反应极其敏锐的天赋磬耳。这样的奇女子，报丧鸟怎能不钦佩。

报丧鸟心中对白揽春佩服的同时也冲张树庭感叹："张少爷，我也很佩服您的用情。"

"我也佩服你。"张树庭接茬道，"我第二次来这种破地方，就又看见你了，这也算缘分吧。"

报丧鸟微笑着说道："其实真不算缘分，只不过在这里您比较好认比较好找而已。"

"行了，别说没有用的啦。"张树庭催促道，"事我都告诉你了，你到底有没有办法帮我找人？"

"您原来的办法就挺好。"报丧鸟笑道，"我感觉您继续撒钱去问一定能找到答案，只是这次我帮您鉴人，便不会再碰到见财起意的追魂鬼了。”

“行！”张树庭坐了起来，在暗巷子里缓了一阵后才在小铜锣的搀扶下往外走。当报丧鸟也跟着张树庭的步伐开始移动时，这家伙才惊愕地说道，“你，你原来是个盲人啊？”

报丧鸟点头，同时伸出指头放在自己嘴上：“嘘，小声点！您让一瞎子打过，说出去多丢份。”

张树庭露出尴尬的神情。

三个人互相搀扶着出了胡同后又多问了几家摊位，发现大部分的人都说这里消息最灵通的人叫“死人王”。可就在报丧鸟和张树庭想详细问问那死人王是谁时，搀扶着张树庭的小铜锣却忽然失声道：“哥，咱们被人盯上了，好像还是那伙敲张少爷闷棍的夜么虎子。”

“啊？”报丧鸟和张树庭同时惊愕失声。

相对于张树庭，报丧鸟对鬼市和“夜么虎子”还算是熟悉，因此在最初的无措之后，他就问张树庭：“张少爷，您个高，帮我们看一眼，他们大概多少人？”

张树庭伸长脖子愣愣地观察了一番，匆忙告诉报丧鸟：“七八个。其中两个我见过，就是刚才偷袭我的。”

“这帮混蛋属王八的，咬住不松口了。”报丧鸟咒骂了一句。

“怎么办？”小铜锣急切问道。

“稳住。”报丧鸟摆了摆手，“我刚才骗他们说自己是便衣，他们畏惧我的身份，肯定不敢贸然过来，最多只是在观察。”

“那咱们趁现在逃吧？”张树庭问。

“逃个屁。”报丧鸟回答，“我是个眼差的，一跑起来全漏兜。到时候他们看出端倪，非活剐了咱们不可。”

“啊？”小铜锣急切道，“跑也不能跑，吓也吓不住，干等死啊！”

“别慌！别慌！”报丧鸟重复道，“一定有办法。一定有办法。”

报丧鸟在极力地安慰着他的两个同伴，但是他心里其实也七上八下没个着落。也偏在这个时候，北平的夜里忽然起了一阵妖风。这风夹杂着柳絮到处纷飞，弄得报丧鸟鼻子里痒痒的。一般来说杨柳阴风惹人心烦，但随着这股痒意报丧鸟却想到了一个不是办法的办法。

“小铜锣，”报丧鸟低沉着声音问，“你先前说夜壶楼闹鬼，所有人都忌讳？”

“是。您不会是想？”

“进夜壶楼！快！”报丧鸟命令，同时便顺着那风声往夜壶楼的方向走去。

小铜锣带着哭腔喊：“那是‘鬼楼’！我不去，而且现在是四更天，那里边正……”

“别说了，”报丧鸟发狠道，“你不去我去！一会儿他们抓住你大卸八块的时候，你别哭爹喊娘。”

张树庭也在一边帮腔道：“小子，这个世界上没鬼。你多看看《天演论》，另外我还推荐你看《神灭论》，是范缜……”

“你也别说了。”听着四周渐渐围拢向他们的脚步声，报丧鸟毫不犹豫地道，“快走！”

第四章　铁西瓜

13

再之后，没有任何多余的话，报丧鸟挨着小铜锣，小铜锣战战兢兢地搀着张树庭，三个人不快不慢地向夜壶楼走去。夜壶楼楼体过风的呜呜响动在报丧鸟耳朵里渐渐扩大，那低沉的哭泣声也随之变成了狰狞笑声一样的动静，就好像一只妖怪在欢迎它的猎物。

匆匆找到夜壶楼的正门后，报丧鸟和张树庭一起拉开了那滚铁的门环。出乎报丧鸟意料的是那夜壶楼的门没有锁，又或者已经没人去锁。在身后那些人急切又恐惧的叫骂声中，他们全冲了进去。

“拿身子堵住门。”报丧鸟告诉那二位，“坚持到鸡叫，他们自然就会散了。”

“哦！”应答间，张树庭和小铜锣学着报丧鸟的样子，坐在夜壶楼门框下用身体挡着门，大口喘息着。

门外，那些眼红的混蛋狠狠冲着门叫骂了几句冷笑了几声后，旋即平静了下来。和报丧鸟想的一样，他们没有胆量撞门，更没有胆量尝试，但他们有胆量幸灾乐祸。

听着门外渐渐远去的脚步声，报丧鸟那紧绷的神经才逐渐恢复了平静，他不敢闲着，立即支起耳朵听这传闻中闹鬼的夜壶楼里的动静。一听之下，报丧鸟内心又犯起了嘀咕。他听见了一种过去从未听过的古怪动静。那声息吱呀吱呀的断断续续，但频率很趋同，有点像是几十只蟋蟀之类的夜虫鸣叫的音调，可是声源在众人的头顶上，还好像悬浮在空中。而且细听之下，报丧鸟发现这声音与夜壶楼外部过风的声音比较同步，绝不像是这楼房漏风所能造成的鸣响。

正在狐疑的时候，他忽然感觉有什么东西掉在了自己的手背皮肉上，旋即拈指弹开。那东西小小的、软软的，像是某种肉团或者小肉虫的卵。

奇奇怪怪的声响，掉落的莫名肉团，让报丧鸟越发迷糊，因而他轻轻推了推小铜锣：“看看这楼房顶，有什么东西吗？”

“我看不见，”小铜锣小声胆怯道，“这楼里黑咕隆咚。”

“灯笼呢？”报丧鸟问。

“早灭了。”小铜锣抱怨道，“早劝你换只马灯，可你不听。”

“不慌，我有备蜡。”说着，报丧鸟往怀中去摸。

“哎呀行了！这是木楼，用火容易出事。”张树庭从怀里拿出了个铁家伙，自豪地告诉报丧鸟他们，“我有手电筒，国货。”

接着报丧鸟便听见了一声清脆的开关响动。

“手电筒，”报丧鸟嘀咕，旋即又道，“那敢情好。麻烦您看看楼顶上是什么在响。”

“我看看！这是……”张树庭声音趋小，同时他的呼吸却越来越急促。

报丧鸟耳朵灵，听着张树庭的呼吸就知道事情不对劲。但就在报丧鸟刚准备开口问时，那小铜锣忽然如炸雷般大喊一声道：“鬼哇！”

随着这一声叫嚷，张树庭的方向传来了一阵金属落地与滚动的声响。显然他的手在抖，抖得手电筒都掉在了地上。

“鬼！鬼！”说话间，小铜锣转身就要开正门出逃，如果不是报丧鸟死死顶着门，还拿手揪住他的衣领，这小子肯定早就跑没影了。

“你想跑哪儿去？”报丧鸟低吼道，“出去被那些人截了，一样是死。”

报丧鸟的话让小铜锣安静了一些，而后他又转身问反应不那么激烈的张树庭：“张少爷！房顶上到底是啥？快告诉我。”

张树庭没小铜锣那般惊恐，但也是打着颤音说：“死人！密密麻麻吊在房顶上的死人。”

吊死鬼？报丧鸟头脑里瞬间出现了一幅惊骇的画面：十几甚至几十具尸体，被人用绳索拴着脖颈吊在夜壶楼大堂的天花板上，距离地面五六米高，死气沉沉。夜壶楼是木楼，晚上过风时会产生微微的震动。而顺着震动，这拴着死人的麻绳发出吱呀吱呀的尖锐声响，拽着这些死人微微晃荡。

这画面光想想就让人不寒而栗。报丧鸟咽了口吐沫，感觉自己的手也开始抖了，那些关于夜壶楼的离奇传闻不禁浮现在他的脑子里。

偏在这时，小铜锣又抱怨：“我早说这楼闹鬼，你不信，现在好了。咱们出不去，早晚都得被死人王摄了魂魄，变成那些吊死鬼。”说着说着，他哭了起来。

“死人王？你说死人王就住在夜壶楼？”报丧鸟敏锐地捕捉到了“死人王”三个字。先前报丧鸟和张树庭在打听事情的时候，数次听这里的“夜么虎子”提起过死人王，但是没有人愿意深说此人或者带着他们去找。现在小铜锣又在不经意间透露出死人王就住在夜壶楼的消息，报丧鸟便越发怀疑这小子是不是知道些更紧要的内幕。

紧紧抓住小铜锣的衣领，报丧鸟问：“小子，你老实和我说，是不是夜壶楼的老板，就叫死人王？”

“是。”小铜锣颇为胆寒地回道，“这老板姓王，死人王是鬼市里的夜么虎子给他起的恶名。”

“来之前你就吞吞吐吐，是不是还有什么重要的事情没和我交代清楚。因为你怕我知道了这个死人王，反而会闯夜壶楼执意去找这人？”

小铜锣点头道：“我就是这个意思。”

“到底隐瞒了什么？现在说！”报丧鸟迫不及待地问道，“这个死人王到底有什么可怕的地方？”

小铜锣摇头：“我不敢说。”

“你已经进鬼楼了，还有什么不敢说的。”报丧鸟低吼，“再不说实话，回头咱们犯了楼主的忌讳，都得死在这儿！”报丧鸟指着天花板上那些发出吱呀吱呀声响的吊死鬼接着说道，“你以为那些只是摆设吗？那是警告！是立威！更是犯忌的下场！”

“好，我说。我说。”小铜锣被报丧鸟这么一恐吓，才磕巴着把他刻意隐瞒的有关夜壶楼的秽闻都吐了出来。

小铜锣先前告诉过报丧鸟，夜壶楼楼主得到的那只金夜壶里边封着不干净的东西，那东西缠上了那楼主把他变成了不人不鬼的存在。他没说的是，那东西除了把夜壶楼主变成不人不鬼的形态，还给了他强大的法力。

雕刻着骷髅的金夜壶拥有什么样的法力没人知道，大家只知道这位老板忽然变得博闻多识起来。虽然整天关在夜壶楼里足不出户甚至不敢见阳光，但是北平夜里几乎所有的案件、买卖以及丢失的宝物与失踪的人员，他都能说出个子丑寅卯来，真仿佛是开了天眼画了神目。

可以说，正是因为他这样的神通夜壶楼才成了北平买卖情报的聚集地，这位坐镇夜壶楼不人不鬼的死人王则是北平鬼市的“神目”。

“他这么灵，”张树庭道，“那你们直接把我带到这楼里不就得了，为什么非要……”

“不是说了吗？我不敢来。”小铜锣着急道，“而且，你以为向这种神通广大的大人物打听事情空口便能来话呀。”

“钱我有的是。”张树庭满不在乎地说。

“不是钱。”小铜锣挠头，“和死人王打交道，要恪守三条规则。”

小铜锣告诉报丧鸟和张树庭，这个死人王有了名气后，给各路打听事情的人定了三条奇葩规则。

其一，每天晚上四更时分夜壶楼才会开门纳客，他准时在夜壶楼三层的阁楼里等候来问事的人；其二，上夜壶楼找他的人必须捂住眼睛，绝不能睁开偷看他哪怕一眼，否则吓死在里边概不负责；其三，上夜壶楼打听事情的人必须得准备一套像样的礼品，至于这个礼品好不好上不上眼全凭夜壶楼死人王的一句话。如果他说不好不要，那么绝不会告诉来人任何信息，除非……小铜锣欲言又止，口气里满是忐忑。

“除非什么啊？你这孩子说话怎么总是只说半句。”张树庭忍不住抱怨。

“除非以命换信息！”小铜锣终于道，“没合适礼品的，就从这夜壶楼的三楼推下去一个活人。只要血溅当场死得够惨，那死人王就会乐呵，就会和对方聊一晚上。知无不言！”

“变态啊这是！”张树庭狠狠拍打了一下门板。

报丧鸟听着这最后一条诡异而血腥的规则，也感觉心中毛毛的，但是他的反应没有张树庭那么大。沉默片刻，报丧鸟伸出手指着头顶上那些死人问道：“这么说，这些吊死鬼都是为了真相而牺牲或者犯忌吓死在这里的？”

“谁会知道这些。”小铜锣回答。

“太无法无天了。”张树庭抱怨，“就没人管吗？巡警就看着这样的变态逍遥法外？”

“巡警？”小铜锣带着嘲讽道，“巡警不也得靠死人王破案。”他忍不住又提起了去年燕子李三那档案子。

他告诉报丧鸟，燕子李三最嚣张的时候政府曾出动了一百号巡警和三百号宪兵联合围剿，连机枪都带上了结果还是被人家溜走，顺手还打死了两个宪兵五个巡警。后来听说，那巡警衙门的大官实在感觉交不了差，便按照死人王的规矩带着一千块大洋和一只慈禧用过的翡翠瓶子做礼，蒙着眼睛闯了夜壶楼。出来之后，那大官只带着十个侦缉奔了八大胡同，第二天便抓住了正在烟花巷里抽鸦片的燕子李三，其效率之高令人咋舌。

“连巡警破案都得靠死人王，他们敢收拾他？”小铜锣极尽嘲讽。

“可是，可是……”张树庭一时语塞，口气中是满满的不服。

“都别说话了。”报丧鸟却忽然冲他们言，同时他将一根指头伸出来指着黑暗的正前方道，“有人来了。”

“人？我瞅瞅。”小铜锣沉默了片刻，然后带着颤音道，“您，您听错了吧？那根本就不是人哪！”

虽然小铜锣歇斯底里地喊着他们前边的东西不是人，虽然这小子和张树庭都在往报丧鸟身后躲，但是报丧鸟认准了这家伙绝对是个人。正儿八经的人！因为来者有着人的脚步声以及人的呼吸。

随着那脚步声越来越近，报丧鸟冲身后的小铜锣问："你们到底看见什么了？"

"妖……怪！穿一身白，而且没，没有脸！"

"没有脸？"报丧鸟诧异，旋即抬头问对面那个家伙，"先生，您是个人，不可能没有脸。想必是戴着面具装鬼故意吓唬人吧？这样可不好。"

对面的家伙嘀咕了一声，没有回答报丧鸟的话，而是径直问道："你们是闯夜壶楼的吗？"

"不是。"小铜锣忐忑回道。

"不是？"来者冷哼一声回道，"那就赶紧滚！这里不是躲猫猫的地方。"

"啊？"小铜锣听着心里更急促了，因为他们不能走，或者说要走至少也得等到鸡鸣时分外边的鬼市收了。

"你别乱答！"报丧鸟冲小铜锣说完，又冲来人回答，"我就是来闯夜壶楼的！我要见死人王！我要问他事情。"

"知道规矩吗？"

"知道，我们备下了重礼。"报丧鸟又答。

"要问话的跟我来。"那人略微停顿后又说，"其余的臭虫，出去！"

张树庭忐忑地问："可不可以在屋子里等？"

"滚！"接待者毫不犹豫地拒绝。

"慢着，"报丧鸟叫停并从中调和道，"他们不能出去。具体原因我可不可以靠您近点再说。"

“嗯？”接待者踌躇。

“您放心。”报丧鸟将墨晶眼镜摘下来，露出曾被乌鸦啄过的双眼，“我是个眼差的，什么也看不见，对您构不成威胁的。”

那人终于同意：“过来吧！”

14

报丧鸟听着呼吸声渐渐靠近了那人，当他距离那家伙足够近时，忽然在对方的身上闻到了与众不同的气味，那是一股不易察觉的臭味。这臭味报丧鸟过去倒是闻过，却是在他给人拉丧曲出白事时在腐烂的死人或者坟地上闻到的。

闻着那气味，报丧鸟不可抑制地想起了夜壶楼的那些传言。这夜壶楼里的人都被那刻着骷髅的金夜壶变成了某种不人不鬼的存在。

“停！”就在报丧鸟胡乱思索的时候，那人忽然冲他喊，“你距离我足够近了，有什么赶紧说。”

报丧鸟收起了胡思乱想，然后悄声告诉那家伙：“我怕我带的礼物不能让死人王满意，那二位是我骗进来给死人王做牺牲品的。把他们放走了，我怎么取悦死人王呢？我把谁推下楼呢？”

“嗯，”那人道，“那让他们留下等，你和我走。”

“您再稍等，稍等。”报丧鸟笑呵呵戴上墨镜，快步走回张树庭和小铜锣的身边。

他对张树庭低声道：“想活命必须见死人王了，把你身上值钱的东西都拿出来给我，我去见他。”

“为什么你去？”

报丧鸟指着自己眼睛：“你忘了死人王定的规矩了吗？不怕被吓死就你去。”

“好吧。”张树庭拿出皮夹子并告诉报丧鸟，“里边还有两百京钞、三十银圆。对了，还有一百美金。按汇率能折大概两百来块银圆或者一百多两白银。”

“您家不愧是开票号的。”报丧鸟把皮夹子收了过来，又说道，“还有您那裤腰带，也给我吧。”

“裤腰带……”张树庭大窘，“你要它干吗？”

“金的呗，我早听见了。”报丧鸟无奈又劝，“保命要紧！”

“成！你可千万记得给我问帮揽春修琴的事情。”说完，张树庭老老实实将腰带递给了报丧鸟。

拿着张树庭的东西，报丧鸟点了点头，而后转身将导盲棍递给那戴着面具的家伙，又说道：“我看不见路，麻烦您带着走。”

那接待的家伙沉默地抓住报丧鸟的木棍，带着他踩着吱呀响的楼梯由夜壶楼一层大堂直奔三楼死人王的所在。这路没多长，但每走一步木地板便会在空荡荡的鬼楼内引起一大串吱呀的回声，听在报丧鸟耳朵里就像是许多幽灵哀号的动静。

接待者带报丧鸟走了一百零八节台阶，而后忽然站定。“到了。”他松开报丧鸟的导盲棍说道，“推开面前的门，你就能见到死人王了。”

“好，谢谢。”报丧鸟伸出手摸索到了一扇粗糙残破但厚重的木门，吱呀一声推开。

伴随着这声吱呀一阵微风从门里飘出，风里夹杂着一股死人的腥臭，还夹杂着一个奇怪而沉重的喘息声。

“进去！”接待者命令。

报丧鸟咽了口吐沫点了下头，摸索着迈过门槛跨进了死人王所在的屋子。

砰！门重重地在身后关上了。

起初是一阵沉默，除了那沉重的喘息声什么都没有。报丧鸟不得不对着喘息的地方拱手，主动问："死人王老先生在吗？"

"竟然来了一个瞎子。"一个兴奋而模糊的声音从屋子里传出。

开口第一句话只有八个字，但就是这八个看似平淡无奇的字真真地吓得报丧鸟一个哆嗦。瞬间，一种前所未有的恐惧笼罩在他的全身。报丧鸟这辈子活到现在也没有听过比这八个字还让人恐惧不安的声音了，就连一年前那只差点儿要了他命的猞猁也比不上。

死人王说的话字里行间都没有问题，问题出在他说话的语气和口齿间的气流上。报丧鸟发现，每当此人说完一个词进行停顿之时总能听见牙齿磕碰的咔咔脆响。

作为一个耳朵灵的盲人，报丧鸟听过太多人说话了，他知道正常人无论如何说话，无论有什么样的口吃症状，也不会发出这种牙齿磕碰的声音来。因为正常人有嘴唇，嘴唇会将那种骨头碰触产生的小声音兜住，从而让其消失。现在他却听见了那种本应消弭的声音，这也就意味着面前的这位死人王是没有嘴唇的。他所有的牙齿全部暴露在空气之中。

没有嘴唇的脸，浑身死人一般恶臭的气味。这会是怎样的一个人，怎样的一张脸啊！

报丧鸟的惊恐已达极致，先前小铜锣的警告一次次在他的脑子里回响，他甚至有些分不清面前的死人王，到底是活死人还是死活人！

"我，我。"报丧鸟磕磕巴巴的感觉有些喘不上气。

"说话都这么费劲，"死人王见报丧鸟慌张，反而冷笑威胁，"信不信我把你的魂魄也用那金夜壶收了去，让你变成和我一样不人不鬼的东西？"

死人王的话是戏谑也是警告，报丧鸟品着这话的含义，知道如果再不开口就会有很不好的事情发生。如果再不知所措地惶恐下去他恐怕得死，楼下那两位也得死。

为了能活命，为了被迫害死的师父浊眼龙，他必须直面这个没有嘴唇不人不鬼的东西，没有逃避的余地。报丧鸟收起了内心的惶恐，冲死人王直接道："我有些事情想向您打听，也知道夜壶楼的规矩，麻烦您开始吧。"

"好！有胆量！"死人王挪动了一下他阁楼里的凳子坐在里边，又拍了拍他面前的桌子道，"瞎子，我这个人最喜欢受人'孝敬'啦。你给我带了什么？"

报丧鸟颤巍巍地将张树庭的皮夹子和裤腰带放到死人王的桌面上，硬着头皮说道："我有大洋，有京钞，还有美金，美金能顶二百多两白银呢。最重要的还有这条金裤带。"

报丧鸟知道，对死人王这样的大角儿来说，这点东西是上不了台面的。为了增加礼品的分量，报丧鸟又扯淡道："您仔细看看金裤带。这可是花魁白揽春用的玩意儿，上边还带着她的体香呢。"

死人王旋即带着嘲讽的口气说："小子，你蒙谁呢？白揽春会用男人的裤带？"

"她女扮男装的时候用的。"报丧鸟回答道，"名人嘛，出门的时候乔装下，方便。"

"哈哈哈！瞎子，你这说假话的本事真不错，差那么一丁点儿我就信了。"

说话间，死人王忽然毫无预兆地靠近了报丧鸟。近到报丧鸟都能闻得到这家伙口鼻间隐隐飘出的那股恶臭，听得见他没有嘴唇的嘴巴有哈喇子流淌出来，或者说那是死人的恶臭以及流淌的尸液。

这恶心的面孔冷哼道："小子，你如果能把白揽春带过来让我睡一夜，我或许会满意，但只是她的裤带，免了。”

闻言，报丧鸟的心中生出一丝绝望。眼看着生意要黄，他忙冲死人王挽回道，“要不这样。您看您想要什么，告诉我，我马上去给您办，等下次来……”

“行了！我对你的礼没兴趣！我感兴趣的只有你！”

听着那牙花子漏风的可怖声音，报丧鸟心中一沉，忐忑道：“您什么意思，想对我干什么？”

“我很好奇一个瞎子能来我这里打听什么事情？一个瞎子为什么有胆儿来闯夜壶楼？你一个如此孱弱的人居然有这个胆量，所以我多给你一个机会呗。”

“什么机会？”报丧鸟忙问。

死人王身上的恶臭气味略微远离了报丧鸟，而后报丧鸟听见一连串细碎的翻找书纸样的声响。在这细碎的声响里死人王再次开口：“我知道你一楼还有俩朋友。看在你是瞎子的分儿上，只要把他们中的一个叫上来，我就让我的人帮你把他推下去摔死，然后我就告诉你你想知道的事情。怎么样，好机会吧，报丧鸟？”

“你竟然知道我的名号，”报丧鸟急了，“你如此天眼神通，为什么非要杀人才愿意告诉我想知道的？”

“我和夜壶都要吃魂喝血才能诉说真相，这是不得已的规矩！”死人王的言辞间透着疯狂、冷酷和莫名的怪诞，以及对自己深不可测之能力的自信。

可这是规矩吗？在报丧鸟看来不是。他感觉这只是一个人心理扭曲的体现，那金夜壶奴役着他，他又利用金夜壶的能力来奴役别人，并从中获得一种畸形的满足快感。

用报丧鸟今天新从张树庭那里学来的文明词讲——这不变态嘛！面对这个变态报丧鸟感觉恶心，但就是这样一个变态却是鬼市的眼睛，极可能有帮助报丧鸟报师仇的线索。报丧鸟踌躇了。

是骗张树庭或者小铜锣上来以人命获取消息，还是放弃这一切，放弃他曾经对祖师爷和亡师发过的誓言。艰难的抉择让报丧鸟踌躇，可那没有嘴唇不人不鬼的“死人王”偏偏又不给他踌躇的时间。

“拿谁的命换一个真相，快选！”

“我……”报丧鸟终究没能下定决心。

“选不出？那看来还不够刺激呀！”死人王这个变态狞笑着又说，“咱们来点更刺激的！知道我的金夜壶吧？我现在敲击十下八宝金夜壶。十下之后你必须选一个替死的人，否则……”

“否则什么？”报丧鸟满脸冷汗地问。

“我就把你推下去，让你血溅当场！拿你的魂喂我的宝贝！”

“你，你敢！”报丧鸟惊恐，“我，我朋友会给我报仇的！”

“你错了，他们巴不得你死呢！”死人王阴险地说道，“你死了之后，金夜壶就会显灵告诉你朋友他们想知道的一切。他们会靠我的信息去发财，去得到想要的女人。我让他们欲望成真，他们只会谢我，哈哈哈哈。”

死人王的话报丧鸟竟无从反驳，而也在这时，死人王敲击金夜壶的第一声骤然开启。

15

嗡！一声悠长低沉但极具有穿透力的响动瞬间灌进报丧鸟的耳朵里。催命的声音让他身子一震，也迫使他在那瞬间将全部的精力都本能地投入到品味那个声响中。而后在恍惚间，报丧鸟忽然感觉这八宝金夜壶的响动竟然有些熟悉。他似乎在哪里听过这独特的响动。

嗡！第二声响动紧跟着第一声而起，这一声比先前更响，像是一只嗜血猛兽刚刚睡醒的低吟。报丧鸟全神贯注听着这独特而熟悉的声响，陷入了沉沉的思考。

嗡！嗡！在死人王的敲击下，那金夜壶发出了一声又一声的催命响动，每响一声便宣告着报丧鸟他们三个人中有一个倒霉的家伙距离死亡又近了一步。

嗡！最后一声敲击以最高亢的声响结束，紧跟着那死人王用激动而期待的声音问报丧鸟："想好了吗，是你死成全别人还是别人死成全你？"

这时，报丧鸟推了下墨镜后竟露出了一个诡异的笑容，他毫不犹豫地说："我用别人的命来换我的答案，我的真相！"

"聪明！果断！"死人王癫狂地追问，"是谁？快把他叫上来！我要看血！"

"不用叫他们，"报丧鸟笑得更放肆了，他直截了当地告诉死人王，"我就用你的命来换我的答案！"

报丧鸟的话让死人王一愣。旋即，这不人不鬼的家伙冷冷道："你这话真有意思，拿我的命换你的答案！怎么个换法？"

报丧鸟冲死人王拱了拱手道："在敲打那金夜壶之前，我确实以为您是个什么来着。对！变态！但您敲打完那十下金夜壶之后，我忽然明白了。您没中邪，既不癫狂，也不嗜血！"

随后报丧鸟伸出大拇指冲死人王道："您只是真聪明真小心而已。"

死人王喉咙里发出了令人费解的嘀咕声，同时报丧鸟听出他的呼吸变得急促起来。没有嘴唇的人，因情绪带来的呼吸变化反而更容易被报丧鸟捕捉到。

报丧鸟知道自己的话已经说到死人王的心坎里去了，因此他放心大胆地继续道："文人有个词叫什么来着？一叶障目。您就是用这一叶障目的法儿来保护自己的。但可惜，我报丧鸟是个眼差的，我的眼拿叶子可挡不住。"

说完，报丧鸟后退了几步，与死人王拉开了一段他感觉相对安全的距离才继续说道："死人王，您所有的本事都来自那只金夜壶。那夜壶给了您神力，让您张目，能看见鬼市乃至北平夜里所有的龌龊，这本事好。可只有一点儿我不太明白。"

"什么？"死人王问，急切的声音更大了几分。

报丧鸟质问："您的金夜壶为什么是镀金的假货呢？"

"镀金？你怎么知道是镀金！"死人王大窘。

"简单。"报丧鸟回答，"我曾经给别人做过几次白事，并因此去过几回望山，我记得望山神庙里有位申通大师，他手里就有只镀金夹铜的佛磬。"

报丧鸟又言："您肯定不知道吧？镀金的、纯金的、镀银的、金包银的、铅混金的器皿发出的声响是不一样的。你们有眼人听不出，我这瞎子却一听一个准呢。"

死人王沉重地呼吸着，那声音中竟带了几分恐惧。

"这就有意思了。"报丧鸟一面将手偷偷滑进自己的裤兜，一边又对死人王揭示道，"您是大地主出身，真金白银的肯定见过，可让您魂牵梦绕的宝贝竟然只是个镀金的假货。这多丢份？也和传闻的不一样，可是怎么会不一样呢？"

报丧鸟故意停顿，然后一拍脑袋道："当您敲击到第十下，我想通了。这金夜壶只不过是您用来遮人眼目的'叶子'，是您在鬼市里的面具。您用个假夜壶骗着所有人，让人们都以为这夜壶楼被附身了。您的宝贝吃人，从而恐吓贼人让他们不敢偷窥您的真面目，对吗？"

死人王没有回答，呼吸却越发沉重同时手在抖动，哈喇子也滴答滴答地从齿缝中流出。他像一只斗败的恶狗。

“没有神力，没有死人王，也没有不人不鬼的存在。”报丧鸟颇为同情地揭示道，“您只不过是一个得了麻风病的可怜人。您怕自己得绝症的消息传出去毁了家业，所以用金夜壶、闹鬼和神目精心给自己编织了一张面具，把自己从一个病人变成了叱咤鬼市的死人王。”

报丧鸟平静的话终于引起了死人王的剧烈反应，他近乎哀号般地质问报丧鸟：“你！你到底是人是鬼？为什么连我得麻风病你也知道？”

“一叶障目而已。没了金夜壶这层假象，其余的都不难猜测。”报丧鸟微微摇头后继续说道，“为了挣钱我曾经给麻风病人拉过丧曲，知道这种病会让人身体发烂发臭甚至毁掉五官变得不人不鬼。而且这种病‘传家子’，您一个人得了想必一家子人都有感染。”

死人王叹息一声，像个泄了气的皮球一样，说：“我布了十年的局，没想到今日会被个瞎子识破，很好，很好！”这时，死人王可能自感再没什么能隐瞒报丧鸟的了，便索性一股脑儿将自己的身世主动倾吐了出来。

死人王前半段的身世和小铜锣说的类似，只是在他事业如日中天想扩大仙酿坊的时候并没有挖出所谓的金夜壶，而是发现自己得了要命的麻风病。

麻风病是种恶症，它的可怕之处在于并不立刻要人命，而是让人的五官四肢都扭曲变形溃烂生疮，把人变成不人不鬼的样子，病人在经受数年甚至十数年的病痛折磨后才会离开这个世界。因为麻风病过分惊骇恐怖，故而自古人们便对于麻风病人带有深深的恐惧和歧视。任凭你是官老爷还是大富翁，只要一染病立刻就会被隔离抛弃在专门的“麻风局”里，在孤独和落寞中走完残生。

但死人王不想失去眼前的一切，不想让自己得到以及即将得到的东西丢失，所以自知道自己得了麻风病后，他便开始了疯狂地想招自救。

麻风这种病，彼时是没什么治愈希望的，因而死人王便另辟蹊径隐瞒自己患病的真相。他杀掉了知情的几个奴仆，弄死了同样染病的儿女，还残忍地用自己的死皮结痂“过毒”，让他的几个妻妾也感染了麻风成了自己的“病奴”。

再之后，他又一手炮制了金夜壶和夜壶楼闹鬼的传闻，并由此借着人们的恐惧断了贼人偷窥自己银钱和秘密的心思。就这样，死人王便安安全全地待在夜壶楼里，成了真正的孤寡财奴。

虽然保住了自己的安全和金银，但是时间一久，死人王便产生了孤独的感觉，而且随着病痛日益加重的折磨，这使他急需一个发泄的渠道。于是那些在夜壶楼外摆摊子的“夜么虎子”，便自然而然地进入了夜壶楼楼主的视线。

“夜壶楼的鬼市是我控制的！鬼市开时，我最喜欢乔装打扮去听那些消息，还会派人收集消息加以记录保存。我知道怎么用消息挣钱，如果没有染上麻风，我活得一定会比过去滋润。”

死人王继续夸夸而谈：“知道我是怎么知晓你的名字吗？因为你买卖过燕子李三的蜜蜡。那一笔生意做得太漂亮！别人佩服便多念叨了几句，恰好被我的人听见了，说有一个蹚鬼市的瞎子自称报丧鸟。”

报丧鸟听完死人王的诉苦后沉默了半晌才道：“你我虽不是一路人，但同病相怜，我蹚鬼市很大原因也是为了享受做正常人的乐趣。”

“好个同病相怜！”死人王说道，“你知道了我的秘密本应该死，但既然你我同病相怜，我给你个活命的机会。只要你一辈子留在夜壶楼为我所用，我就不杀你！”

报丧鸟想都没想一口否决：“我不会留在夜壶楼当你的狗！”

报丧鸟的话，激怒了死人王。

“你个瞎子连条狗都打不过，又凭什么拒绝我！”说话间，死人王猛然向报丧鸟的方向冲来。

与此同时，报丧鸟将裤兜里那小铜锣从烟花巷里捡来的手雷高高举起。虽然报丧鸟不知道怎么让手雷爆炸，但他还是冲死人王大喊：“退回去！这铁西瓜您认识吧，再靠近一步咱们同归于尽！”

死人王惊愕道：“你，你怎么会有骑兵的铁西瓜？”

“老天爷饿不死瞎家雀，更何况老子还是吃死人肉的报丧乌鸦。”报丧鸟硬气地喊道，“我说过，我要用你的命换我的答案，我现在还是这句话。”

死人王被迫停下了他的脚步：“你打算怎么换？”

“你的真身只是个麻风病人，如果我把这消息透露出去你就什么都没了。”报丧鸟亮盘子，“现在我问什么你回答什么，如果答得让我不满意，我就让你真正的面目大白于天下，让你失去十年来积攒的一切。”

“确实狠，确实要我的命。”死人王平静地回道，“那你想问什么？说吧。”死人王妥协了，报丧鸟也知道他定然会妥协。

死人王精心设计的面具下是一张没有嘴唇的丑陋的且尤为自私的脸，如此自私的人是豁不出去和报丧鸟同归于尽的。

面对着妥协的死人王，报丧鸟心中一乐，紧跟着急忙问话：“一年前，柳叶胡同发生了一起纵火案，烧死了一个琴师。”

“知道。你等等。”死人王回答，接着他的方向又传来一阵翻书的声音。

须臾，死人王开口道：“死的琴师也是一个瞎子，杀他并纵火的人是个穿大褂戴大帽的胖子，临走时拿着一包东西开着一辆没牌子的黑色汽车离开。第二天那汽车被人发现时已烧毁在了郊外护城河里，那车里没人，自然也没人知道凶手从那盲琴师的手里拿走了什么。”

“对！就是这个！”报丧鸟激动地继续问道，“快告诉我，那杀我师父的胖子是谁？我怎么才能找到他？怎样才能杀他报仇。”

“恐怕要让你失望了。”死人王道，“我不知道那胖子是谁，要是有知道的恐怕也不敢说。”

报丧鸟心中一阵失落，但他依旧不甘心：“什么叫知道的也不敢说？”

“问题出在汽车上。”死人王回答，“汽车可是稀罕东西，不是平民老百姓能用得起的。但是那人不但开了还烧了灭迹，足见杀你师父的人必定有钱有势且小心翼翼，这样的人不可能留下什么证据。”

“一个位高权重的人处心积虑去焚杀一个手无缚鸡之力的盲乐师，这怎么会？”报丧鸟听咋舌了。

“事实如此。”死人王又说道，“这事荒诞且深藏玄机，但也不是完全没有办法去查。”

死人王的话，让报丧鸟听出了一些隐约的希望。他忙问：“您这话什么意思？您是不是还有什么办法帮我查到那杀人的凶手？”

死人王笑道：“小子，你知道为啥我是鬼市的夜眼吗？因为我除了会看，还有另外一项大能耐。”

“什么大能耐？”

死人王自信道：“我和你一样，会通过有限的点剖析拼凑出一个面来，进而了解全局。”

“哦？”报丧鸟期待，“那这件事您怎么拼凑？”

“简单！”死人王道，“你把你知道的全告诉我，然后我与你将所有线索叠加起来，就能勾勒出杀人者的大概。”

报丧鸟点了点头，忙不迭地将失火那晚所遇到的胖子以及师父浊眼龙主动将他支开并且提前在石王八的头部雕刻遗言的事情和死人王说了。

在听完报丧鸟的话后，死人王沉默了半晌。然后他终于开口告诉他：“报丧鸟，杀你师父的人很不简单，此人一定是北平城里极有权势的上流人物。”

“如何推得？”

“有人看见行凶者从你师父处出来时拿着包东西，说明他杀人是为了夺物。”死人王一步步剖析，“你仔细想想，你师父家里有什么招灾的宝贝吗？”

“三百块大洋，”报丧鸟回答，“那是我和我师父留着治疗眼睛的钱。”

死人王否定：“没有大人物会因为三百块大洋杀人，这宝贝不一定值钱却应该独特。”

“这，”报丧鸟摇头，“我想不出。”

“你一定能想得出。”死人王异常肯定，“你师父就你这一个徒弟，你跟了他十年，他不可能对你隐瞒什么，想不出是因为你心不到。”

“心不到。”报丧鸟重复着这三个字，强迫自己回想着他与师父十年相处的点点滴滴。

深入痛苦的回忆后，报丧鸟如被雷劈到般突然开口：“有！我想到了！”

16

报丧鸟忽然想起了师父说过的一些话。

浊眼龙在世的时候曾经常讲："当乐师的有两样东西万不能辜负，一个是自己的知音，一个是自己的琴器。知音是懂你的人，琴器是你懂的物。前者可托付，后者赏你饭。因而对知音和琴器，都得虔诚、爱护、知恩。"

浊眼龙的话，报丧鸟一直铭记。知音是什么，在遇见单飞燕之前并不懂，但是对琴器的虔诚是报丧鸟在师父浊眼龙身上早早就学到的。浊眼龙在世时买琴修琴都舍得花大价钱，每每琴物需要上弦保养时也都愿意花很大的精力去调弄，绝不糊弄。更为有趣的是，浊眼龙每得一把琴进家都要按祖辈的教导，根据新弦子的声色特点于琴框上刻下一个好听的名字，在使用时俨然如对待儿女。也因为这个过程，凡是浊眼龙一生中用过并收存的三弦琴的琴框上，都有他雕刻的独特命名。

据此，报丧鸟回忆："我师父一辈子用琴很多，但有一把名字叫'首阳采薇'的三弦琴是唯一不按声色取名的，也是他最珍视的物件。这把琴我师父只是偶尔自用，从不拿出去公演也很少让我碰。因为他说这琴是他的一位知音所制所赠，是他过去的一段刻骨恩情。"

"恩情，'首阳采薇'。"死人王品着报丧鸟的话悠悠道，"伯夷死于首阳兮，卒夭隐而不荣。送你师父琴的这个朋友堪比他的手足兄弟，而且还曾经和你师父共患难，是难得的真交情，所以他才以'首阳采薇'来命名。"

这时报丧鸟又听见了死人王快速翻书的声音。死人王问道："你师父那把'首阳采薇'琴的声色怎么样？做工如何？"

“声色极好，做工极优，但是卖不出钱。”报丧鸟摇头，“这年头兵荒马乱的，谁会对三弦感兴趣呢。”

“这就是问题的关键。”死人王言辞恳切地说道，“你师父一定是因为这把琴丧命的。”

死人王剖析，自清末民国以来国家各种大大小小的战事就没断过，在近百年的混战之中耗尽了民间的人力物力。百姓吃饭尚且困难，更没闲工夫玩弄乐器，甚至鬼市的贼都不会去偷乐器，因为偷了也卖不出去。民生凋敝下，除了高层的达官显贵以及靠乐器为生的乐师，谁还会对乐器音律感兴趣呢？

由此，死人王勾勒那一晚的案件道：“杀你师父的家伙开汽车，定然是上层人物指派，因为知晓并贪恋你师父收藏的宝贝名琴，故而强行索取。但是那琴融合着你师父过去的一段恩情，你师父不愿意给，这才在一来二去间让那杀人者动了邪念夺琴焚尸。”

剖析完火灾那晚的情况，死人王又告诉报丧鸟：“这个杀人的家伙势大权重且极有掌控欲和自信，因为你师父居然提前三天给你留了遗言。”这杀人者甚至允许受害人给徒弟留遗言，只能说明其人在北平的权势是大到一定程度的。大到浊眼龙不敢向任何人说出真相；大到浊眼龙只能任人鱼肉毫无反抗念头；大到浊眼龙只能以刻字的方法给徒弟留下遗言，让他好好活着千万不要去自寻死路调查他的死因。

从“首阳采薇”四个字中品出的这些信息，再结合着那日纵火案的琐碎证据，死人王大概勾勒出了此人的背景和轮廓。“有钱、有势、不择手段且爱收集乐器以至成癖，全北平只有三个人符合这条件。”说话间，死人王又是一阵翻找书纸的动静。

动静停止后他告诉满怀期待的报丧鸟：“这三个人，分别是一狐、一虎和一龙。”

“狐、虎、龙？”报丧鸟嘀咕道，“分别指谁？”

“‘狐’是指八大胡同的头等花魁白揽春，这女人妖媚入骨极懂乐律且痴迷琴技。‘虎’则是指城南恶霸柳东升，此人外号‘自来横’，手下有‘五百土混混儿’，称霸八大鬼市、斗灵诡局，自称黑道第一虎。他是土匪胡子出身，可这样的人竟然也痴迷乐器收藏，实在怪异。‘龙’则是指叱咤北平白道的吴光真，此人位高权重担任陆军总长，天下陆军的魁首。还是坐镇北平的段大帅的小舅子，号称段大帅手下‘飞龙四将’之首，是保定和东洋军校双料出身，书香门第有儒将之风清客之爱。这三人全都收集乐器且痴迷于此，你师父的琴应在其中一人的手里。”死人王信誓旦旦道。

“找到那把琴，也就找到杀我师父的罪魁了。”一年多的时间，报丧鸟从来没有感觉自己距离那杀人者如此近过，那是一种从未有过的复杂感觉。

虽然心潮澎湃，报丧鸟并没有被仇欲冲昏头脑。短暂的调整后，他一针见血地问死人王：“南城黑虎柳东升以及飞龙将军吴光真势大权重有嫌疑我理解，可为什么白揽春能与这些龙虎之辈并列？她纵然懂乐器，但也只是个下九流的柔弱清倌人吧？”

“就知道你会有这么一问。”死人王回答道，“其实嫌疑最大的恰恰是这下九流的花魁。”

“为何？”报丧鸟大惑。

“因为她不是人，而是只狐狸修成的精怪。”

报丧鸟给烟花巷姑娘弹过三弦琴，但他只能混迹于中下等的烟花巷。对于白揽春这样挂红牌的顶尖花魁却绝够不到，更不知道这姑娘为什么总被人信誓旦旦地说成狐狸精。

死人王告诉报丧鸟，白揽春算是个奇女子。她生得一双青眉媚眼，脸如荫山之兰。亭亭玉立，身如腊月之梅。除了色相，她还有一口好嗓子，能把北平风月行里最流行的鼓书、落子、昆腔等全唱得炉火纯青。更自学过小月仙、梅兰芳、刘喜奎等当红唱腔。如此貌美多才的女子，在八大胡同里想不红都难。

可花魁虽好，有一件事情很让她的客人们耿耿于怀，那便是这女子从来只当清倌人，纵然是如张树庭这般最要好的常客也不可能把她留下过夜。简而言之，这女人还没侍过头客。

八大胡同不是守身子的地方，一个女人红透了还不转炕面儿，并不能给自己带来什么贞洁和名声，只会带来一连串的污名和质疑。或许是同行的嫉妒，或许是顾客的意淫，便有人借着这由头说她白揽春是狐狸精转世。

当然流言这种东西讹传为多，虽然传得有板有眼，可死人王并不会就此随大流也说白揽春真是个狐狸精，更不会因此怀疑她就是杀浊眼龙的幕后主使。鬼市的眼从来是靠真相判断事件的。

“白揽春这女人身世诡异，性格多嫉而贪，手段阴毒而辣，有实事佐证。”死人王如是说道。之后又告诉报丧鸟，白揽春自出道以来很少和男子过分亲热，除了必要的敬酒点茶，她甚至都不会走近男客一尺之内。

可三年前，东城有一个叫哈癞虎的土混混儿偏偏不信邪，趁着酒性摸了白揽春的手臂几把，还强搂人腰要更进一步亲近。一来二去这白揽春便被惹急了，她当即丢下一句“纵然是大院里的姑娘，也得开盘子见三面才会留宿亲昵，你个癞头虎上来便轻薄算什么东西！”后便夺门而出。

哈癞虎是东城大地痞，又有司法局的亲戚，可以说黑白两道通吃算个人物。这样的人物被个下九流的勾栏清倌人如此羞辱自然是不乐意的，为了面子他第二天便带着十几个混混儿打砸了白揽春挂牌的“玉梅堂”。玉梅堂虽然是上等的烟花巷，但是像这样地头蛇的胡闹还是抵挡不住，在十几个混混儿的突然袭击之中，哈癞虎便把白揽春捆绑回了家宅，说是要将生米煮成熟饭污她名声。

八大胡同出了这么大的事情，自然惊动了为他们“作保”的地保和巡警衙门，但当巡警的人急匆匆赶到哈癞虎的家宅准备“维持地面”时，他们看见的却是另外的一番景象！

哈癞虎一家五口并一十二个手下赤条条躺在家宅院子里，全被人剖了胸膛挖了心肝，尸体还被拼凑出一个‘死’字。而那白揽春却坐在他家正屋踏着血迹淡然地抽着烟卷。死人王说至此也是一阵胆寒。

报丧鸟听罢，沉默了很久才言：“这个女人会不会也像你一样是精心布局包装自己？”

“怎么可能！”死人王断然否定，“她被绑是突发事件，毫无征兆。而且哈癞虎不是一般混混儿，得有多大的势力和人手能在那么短的时间之内把十七个人全部弄死且滴水不漏啊！”

“确实不可能。”报丧鸟点头赞同。

“这是白揽春的‘凶’。”死人王继续道，“可这女人的贪嫉，才是真正让人感到恶寒的地方。”

死人王又说白揽春去年清明的时候曾和别院几个姑娘陪几位贵客“咬春”。那晚咬春饭吃到一半时，白揽春当着众人的面夸赞其中一小班姑娘的玉镯子好看。

小班姑娘听了白揽春的话，礼貌性地告诉她：“姐姐如果喜欢本应赠送，可我手大，这镯子又戴得久了摘不下来。”

听了小班姑娘的话，白揽春当时只笑了下便再没多言。可谁知道就在咬春饭吃完的三天后，那个小班姑娘忽然尸沉通州河，还被人斩断了带玉镯的左手，浑身金钗银坠俱在却只丢了那只玉镯。

死人王压低声音道：“又过了几个月，那镯子便不知怎么的戴到了白揽春的左手上，细思极恐。”

“为了一只镯子就……”报丧鸟听完这些信息不由点头道，“若这么讲，她还真有杀我师父夺琴的大嫌疑，可执行的是个胖子，而且开汽车。”

“小子，你太小看这女人的魅惑啦！”死人王摇了摇头又讲，“白揽春魅眼勾魂，她虽然不是炕面儿上的，但只靠手段便能把男人玩得团团转。周遭更不乏颇有势力的狂蜂浪蝶，完全不需要亲自动手，甚至不需要知道你师父的存在便能得到她想要的东西。”

死人王停顿一下，又带着复杂的情绪感叹道：“传闻说男子只要和那女人对视一眼魂魄便会被勾住，再之后她只需一个眼色一声嗲音便会让那些官老爷、阔少爷心甘情愿为其所用，甚至不惜杀人越货只为博其一笑。”

死人王的话让报丧鸟很自然地想到了楼下的张树庭，这倒霉的阔少爷显然和死人王所说的“被勾魂者”如出一辙。

死人王又讲：“这女人的本事诡但终究只是个勾栏女子，也是狐虎龙中本事最小的。你若真想调查你师父的死因，从她开始最好。而且这女人爱琴，你和她多少也能有点交集。哦，还有一点最重要。”

死人王颇为语重心长地告诉报丧鸟：“自古以来这高层人物都是裙带纠缠的，就像一张大网。你若想查这些人，则必须想办法爬上这张网，而白揽春则是你仅有的能通向这网的手段。退一步讲，纵然她没有杀你师父，但只要你和她结交了还可以顺着她去调查那一虎一龙！”

17

死人王不愧是鬼市的夜眼，一番话下来顿时让报丧鸟有种醍醐灌顶的醒悟。

“多谢！”报丧鸟拱了拱手，转身想退出这夜壶楼从长计议。

就在报丧鸟刚表露出走的意图时，那死人王却用干硬阴损的声音叫住他道：“报丧鸟，你就这么走了？合适吗？”

“嗯？”报丧鸟停步，“您还想怎么样？”

死人王亢奋而诡异地说道：“报丧鸟，没人能不付出代价便从我夜壶楼里得到消息。燕子李三不能，巡警衙门不能，司法局、宪兵队他们都不能，你也不能！”

听着死人王的话，报丧鸟缓缓举起了自己手中的铁西瓜说道：“您还想干吗？”

报丧鸟听见死人王又要讨代价，便本能地举起了手中的手雷。

这个时候的死人王却得意道：“先前你举铁西瓜我怕，现在我不怕。”

“怎么讲？”报丧鸟警惕道。

“因为我知道你心里有牵念有执着，你和我一样舍不得死，更不愿死！”说完自己的初判，死人王又重点讲，“最关键的是，你心里不光有一个师父，还有一个女人放不下，对吧？”

听着死人王的话，报丧鸟本能地想到了他的知音单飞燕。“我这样一个残疾哪儿会有什么女人。”惊慌中报丧鸟掩饰道。

“行了！不用掩饰，你一定好奇我是怎么知道你有女人的。”死人王阴森地笑道，“昨日夜里我手下的夜叉兄弟不检点，偷盗一猎户的皮货时被个小丫头打残疾一个。那丫头身手好但可惜没什么头脑，心一软放了个‘舌头’，我听那舌头念叨那小丫头居然在房顶上问了和你一样的纵火案，这不能是巧合呀。”

报丧鸟紧咬牙关威胁道：“你要是敢把她怎样，我就把你得麻风的事情捅出去！”

“你要是敢捅，我就让那小丫头也染上麻风，让你看着她一点点烂掉。”死人王阴森地威慑，之后纠正道，“我忘了，你看不见，不过你可以闻。”

“畜生！”报丧鸟大吼。

“我是畜生，但是畜生现在捏着你的七寸了。”死人王讥讽道，“小子，你这辈子记住，混鬼市你有法儿制衡别人，别人也就有法儿制衡你。你能看见别人的真面目，别人也就能看见你的。”

报丧鸟又一次无言以对。

“好了，你我打平了。我其实不想吓唬你，谁叫咱同病相怜。”死人王缓和了一下气氛，“报丧鸟，我和你打个赌怎么样？我拿你相好的命和你对赌！”

报丧鸟自知没有讨价还价的余地，只能硬着头皮问：“怎么个赌法？”

“你颠覆了我对瞎子的看法，我欣赏你，想看看你能厉害到什么地步。”死人王亮盘子道，“我给你三十天，三十天之内你找到杀你师父的仇人并且手刃他就算你赢。”

“开什么玩笑！”报丧鸟窘迫道，“我是个眼差的，就算是找出了真凶，一时也不能……”

“试试呗。”死人王兴奋道，“你是报丧鸟，被报丧鸟闻过的，要么是死人要么是快死的。”

死人王的话，让报丧鸟想起自己八岁那年被乌鸦啄伤眼睛的画面。

“万一你完不成，”死人王冷哼一声，“我给你两个选择。第一，我要你女人的命；第二，你主动到夜壶楼来伺候我当我的‘病奴’！”

“如果我完成了呢，您给我什么？”报丧鸟冷冷地问。

死人王毫不犹豫地回答：“从此我这夜壶楼你随便来，但凡你问的事情我知无不言。我的手下你随便差遣。而你的一切，我绝不向外人透露半个字！”

毫无退路的报丧鸟沉默了一阵，问：“您怎么保证？”

死人王哀叹：“我是死人王，鬼市的夜眼！夜眼可不敢承假诺，否则是什么结果你应该懂。”

“我懂。”报丧鸟点点头，“我应了。”

“你不得不应！”死人王得逞地笑，“我已经弄死过一只燕子啦，不在乎再咬死一只。”

“明白，但我也再提醒您一句。”报丧鸟针锋相对道，“我是报丧的乌鸦，乌鸦专吃死人的肉！”说完这句发狠的话，他回身离开直奔底楼。

入三楼时报丧鸟自感孑然一身，出三楼时他的肩头却肩负着师父浊眼龙的仇和知音单飞燕的命，那种沉重感让他的心备感压抑。

三十天里，他要过招的是妖媚诡异的狐，凶狠贪婪的虎以及深不可测的龙。

报丧鸟回到小铜锣和张树庭待着的地方时，正赶上早晨鸡鸣。

迎着那亢奋的鸡鸣声，报丧鸟知道他的身份又从鬼市里的“夜么虎子”变回了那个弹琴拉胡器的平凡盲人闻桑生。

再次和大家碰头时，闻桑生听见小铜锣发出了重重的鼾声，张树庭虽没有睡但呼吸也是沉重而疲惫的。几乎一碰面，张树庭便质问闻桑生：“你出来啦。揽春的琴怎么样？死人王说什么了？”

听张树庭提起白揽春的三弦琴，闻桑生的脸色更加复杂了。琴的事情他没问，不过他是故意不问的，可以说当死人王指点闻桑生要先查白揽春时，他就已经决定不问琴的事情了。因为这把琴，正好是闻桑生调查白揽春这“狐狸精”的一个契机。

最初的几秒钟静默后，闻桑生狡猾地冲张树庭莞尔一笑，道："张少爷，修琴的事我问了。"

张树庭迫不及待地问道："什么人能修？你快说！"

"我！"闻桑生回答，"我有法子帮白姑娘修琴，而且保证她满意。"

"你？不是，"张树庭有些不可思议道，"你能修早说啊！为什么你们都是马后炮！"

"对不住，我一叶障目。"闻桑生先道歉，然后狡猾地解释，"忘了说我也是个琴师，除了懂乐律更会调音修琴，但给揽春姑娘修琴这种活儿我没做过。不过经死人王老先生一提点，我才明白原来自己的本事够，能帮大少爷这个忙。"

"你确定？"

"不确定，但这是死人王和金夜壶的意思。您不信我可以，但这鬼市里响当当的金夜壶好不容易显了灵您不试试吗？"闻桑生巧妙地把死人王搬了出来，当即说服了张树庭。

"好吧。那你修。"说完，张树庭把琴递给闻桑生，闻桑生没有接。

"我不能在这儿拿琴！"闻桑生言，"想修得去白姑娘府上，见到她人才行。"

"为什么？"

闻桑生略略一想后答道："因为修琴最好让用者亲听是否满意，而且我还可以把您勇闯夜壶楼的事迹给白姑娘说说，让她多知道些您的恩情。"有意无意中，闻桑生的话说在了张树庭的心坎上。

顿时，张树庭笑呵呵地道："你这人说话中听我喜欢，那就这么办吧。对了，你叫什么啊？"

感受着白日的晨光，闻桑生微笑回答："闻桑生，在'百顺喜'拉三弦。"

"记住了。"张树庭拍打着他的肩膀道，"不打不相识，你帮我解了围，咱以后就是朋友。"

"我怎敢和张少爷当朋友。"闻桑生摇了摇头。

"怎么不敢！"张树庭非常庄重地说，"民国宪法里说了人权平等，但凡平等的都能当朋友。"

"哦，谢谢。"能成为张树庭的朋友，闻桑生心中实是又惊又愧，但张少爷则没有那么一层杂念。

当两个人分开时，张树庭满怀期待地与闻桑生约定，三天之后的晌午准时去白揽春所在的玉梅堂碰头修琴。如果事成，他会给闻桑生意想不到的报酬。

只是他不知道，闻桑生真正想要的报酬是白揽春。

第五章　海花魄

18

三天时间，是报丧鸟与死人王约定赌局时长的十分之一，闻桑生用如此长的时间去准备这次见面多少有些奢侈。但是他不得不这么做，因为现在的他心中激荡不已情绪难平，如果贸然去了定不能发挥出自己全部的实力。

品乐修弦，最忌心浮气躁。

趟完夜壶楼后，闻桑生别了那二人，拖着沉甸甸的步子迎着阳光走回了住处。而后他脱掉了所有的衣物将之焚烧，以预防自己被那得了麻风的死人王传染。

那晚会过死人王后，闻桑生留下的只有那颗铁西瓜和导盲棍。留下铁西瓜是因为这一趟夜壶楼蹚下来，报丧鸟意识到自己太过孱弱了。作为一个狗都能欺负的盲人，他若想在鬼市中继续弄潮，必须预备一些应急的撒手锏才行。而那颗铁西瓜又恰恰是他目前唯一能明哲保身恐吓魑魅魍魉的玩意儿。

烧了衣服又精洗过全身，闻桑生吃了早点便去戏院上工，重复着他尺规一般的白日生活。整整三天，闻桑生表面的生活雷打不动，暗地里他却在养精蓄锐积极收集着有关白揽春的一切信息。

一般来讲，女人的闺阁之事是极难打听的，但白揽春是个公众人物，所以只需要极少的走动和一些鬼市的路子，闻桑生便掌握了那女人极多的情报。三天中，闻桑生知晓那白揽春今年实岁十九出头，虽然挂着玉梅堂的牌子，但因为“人红架子大”，早就搬出了玉梅堂大院，在一处四合小院里单立了门户。平时玉梅堂不怎么敢管白揽春这边的事情，只派了一个许姓的老妈子陪着她，总揽白揽春的局票、流水和抽红，也就是说白揽春对外的生意全由这位许妈接洽。

白揽春是花魁，自不可能单住，她身边除了许妈，还有一些负责她起居饮食的下人。来白揽春院子里做工的人不少，但大部分都是临时从玉梅堂抽调的杂工之类。真正算在她屋檐下的，只有一个叫白玉娇的八岁女童，是个随她姓的孤儿养女。以及一个被叫作傻二力的呆头呆脑的哑巴粗工。

许妈主外，白玉娇负责内勤，傻二力干粗活儿，这三人便组成了白揽春院子里的班子，也是闻桑生一定会接触的人。对他们，闻桑生都仔细地做了一番功课。

看似平静实则紧张的日子过了三天，初步平复了心绪的闻桑生背着浊眼龙遗留的三弦“水连珠”，叫了辆黄包车踏上了与张树庭的赴约之旅。这次去，他背负的不光是琴，还有燕子的命、浊眼龙的仇。

闻桑生是个盲人，纵然紧赶也多有不便，他到玉梅堂的时间比预约的时辰晚了一些。也因为时辰晚了，当闻桑生刚被黄包车夫给搀扶下车时，那张树庭便冷不丁一把抓住他急道：“你也不看看表呀，都几点了才来？”

“想看，看不见。”闻桑生无奈回道。

“行行行！赶紧和我走吧。”说话间，张树庭便抓着闻桑生穿过熙攘的大街走进一处偏僻清幽的院子。

初进白揽春的院子时，这日照下的庭院里恰好刮起了一阵微热的风。晌午的小风夹杂着一股浓浓的香味吹进闻桑生的耳朵和鼻孔里，让他感觉到一种别样的舒坦。惬意中，闻桑生大概知道了白揽春的院落是个正正方方的四合小院，四周有走廊围墙，正中则是一棵花期正旺的丁香树，肆无忌惮地飘散着浓郁的香味。

“独据方圆成一统，不赖。”闻桑生微微点头。

“许妈！许妈！”张树庭一过门槛，就迫不及待地往院子里喊。

“小点声。”闻桑生听着张树庭那急切的声音忙劝他，“白姑娘正在屋子里小憩呢，你别扰了人家清梦丢份。”

“午睡？”张树庭惊愕，“你连人家睡觉都听得出来？”

闻桑生一笑，指着正厅正屋的方向告诉他：“这么好的天气，正屋那边的门窗都关着，这明显是院子里的姑娘在休息，怕‘走光’吃亏，您常逛胡同的应该懂。”

张树庭惊奇道：“你个瞎子能听出门关不关？”

“门窗若留缝，会有过堂风呀，是人就能听出来。”闻桑生摇头道，“只不过你们有眼睛的，不做这方面的细品而已。”

就在闻桑生说话时，这小院侧厢的一处偏门忽然开了。而后，一个女人快步走出来同时冲张树庭埋怨道：“张少爷，能不能小声点？白姑娘正在屋里小憩呢，你扰了清梦丢份！”

来人说话带切口，听口音是南方人，而且有一股半老徐娘的风韵味，闻桑生立刻品出此人应该就是给白揽春掌财的许妈。

张树庭是熟客，见着许妈没什么拘束，只用很平常的语气道：“我把修琴师傅带来了。”

张树庭拍了拍闻桑生的肩膀，闻桑生顺势对着许妈笑道：“鄙人闻桑生，是个眼差的。”

“早晓得了。”许妈应承，旋即又告诉张树庭，“现在你不能进去，白姑娘正困觉呢。”

“平常这个点她早醒了吧？”张树庭困惑，“按理说她都该出下午的局了。”

“午局都回了。”许妈挑着高音相当得意地道，“今儿晚上白姑娘有肥局，财政部长的东，六国大饭店吃洋荤。”

“交通系的局，挺好。”张树庭酸涩涩地回道，“这么重要的局，咱更得赶紧把琴给揽春修好呀。”

“那是自然，不过揽春姑娘正困觉，还是不能让你去。”

哗啦！啪！闻桑生忽然听见几声清脆的响动，闻声应该是银圆，得有五块的样子。

“这点小意思您收下，”张树庭挺无奈地说，“待揽春醒了，立刻告诉我，好吧？”

“哎哟！”许妈笑着回道，“张少爷对姑娘一往情深，我自来佩服！就冲您这情谊，赶紧正堂里歇着，我这就给您安排去。”

待那人进屋后，闻桑生冲张树庭伸出拇指：“别人修琴挣钱，独您修琴倒贴。我服！”

“别挖苦我了。走吧，一会儿给我长点脸就成。”说话间，张树庭主动搀着他这位新认识的朋友进了小院的正厅。

虽然那许妈爱财，但得钱后招待张树庭也是真殷勤，闻桑生和张树庭刚一坐定，听见有个细碎的脚步声后脚就跟进了这屋子。来人将手里的一只托盘放下，把两盏香茶奉送上来。紧跟着一个童声女音脆声道：“早春的洞庭，姐夫和先生慢用。”

毫无疑问，这女童就是白揽春的养女白玉娇了。虽然只说了一句话，但字字珠圆玉润显示出她已有很深的唱功，更极懂礼貌分寸不恃宠而骄。此外，这孩子行走间步伐笔直轻盈，显然身板也很好。

以风月行的标准来说，她是个顶好的苗子，也难怪白揽春会把她收为养女。闻桑生估摸这孩子早晚会变成第二个白揽春，调教好了甚至还能“雏凤清于老凤声”。白玉娇将茶盏递到闻桑生手里后便退在了一边，而后少时报丧鸟又听见一个略微瘸拐的脚步走近自己，将两样果盘放在桌上。

“啊！啊！”那人只粗粝地吱呀了两嗓子，便走了出去。

“傻二力。”张树庭主动告诉闻桑生道，“一力巴，脑子不好使，哑巴脚还跛。去年腊月下雪冻晕在揽春门口，是揽春发善心留了他干点粗笨活。”

“张少爷对这小班里的人真熟悉呀，”闻桑生点点头，“我怎么感觉您来这儿和来自己家一样。”

张树庭有些自豪地说：“连这院子都是我帮揽春盘的！”

“啊？”闻桑生惊愕道，“张少爷，您与其费这么大的劲，倒不如给她洗一水，纳过门多好？”

“你以为我不想？”张树庭无奈，“揽春她不愿意。”

“您这样的她都不愿意？要嫁皇帝啊？”闻桑生困惑道。

“不，她说，”张树庭摇头解释道，“自己被什么东西缠着。”

张树庭没有再说下去，不过报丧鸟理解。开口说自己喜欢的姑娘的坏话，换谁也说不出。就在他细品张树庭的言辞时，这房间里传出掀竹帘的哗啦响动。

伴随着响动声，那许妈笑道：“姑娘出来喽！”

19

春困佳人幽帘后，千呼万唤始出来。

随着许妈的一声吆喝，闻桑生感觉到四周的空气和张树庭的呼吸都凝固了。在这种凝固里，一个脚步轻盈踩着高档软底丝鞋的女子，从刚才掀起门帘的地方踱了过来。

纵然看不见，闻桑生却也知道，从帘后走出的女子身板极挺，否则绝走不出这仙鹤样的高雅步伐来。纵然看不见，但闻桑生也知道这女子的样貌极美，还挂着春困后初醒的倦容，否则他身边的张树庭也绝不可能瞬间忘了呼吸，还拿舌头舔着干干的嘴唇咽着吐沫。纵然看不见，闻桑生却也冲那步伐以及与步伐连带在一起的微带倦意的匀称呼吸处“望”去。

恍然间，他仿佛看见了一只九尾白毛八面玲珑的狐狸，在黑暗中向自己一步步走来。瞬间的幻觉里，闻桑生几乎看见了狐狸的每一根毛发和狡猾神态，却唯独看不见它的眼睛。

可他知道，这只狐狸定有着勾魂夺魄的眼，能让任何深视她的男人都被勾走魂魄。不过可惜也可喜的是，闻桑生这只报丧的乌鸦是永远都看不见它的眼睛的。

当狐狸径直走向闻桑生时，闻桑生又嗅到了一股清淡典雅但又挠心勾魂的香气。品着那香料的气息，闻桑生暗吃一惊。那香味非同凡品，既不是烟花巷里低等的合欢香，也不是上等烟花巷女子惯用的兰芝香，而是一种据说过去只有清宫后妃才用得上的“海花魄”。

这种香，听说是拿南海一种大蛟的龙涎加十数种辅料提炼。这香档次之高无与伦比，平日难得一见，纵然是在烟花巷里拉了许多年三弦的闻桑生，也只是匆匆地在一个三等卖身女子处偶闻到过一回。后来他听那人的姐妹讲，她那瓶海花魄是从鬼市地摊上淘换来的“王府货”。

白揽春从帘后出来走了几步，盘腿对膝与张树庭坐在一处。坐定，这女人又略带自责地说：“久等了吧？我本想靠床看看戏文，可没曾想落枕头就睡着了，耽误了约定的时辰。”

白揽春说话虽然不似单飞燕那样清爽明艳，但是一言一词间都带着唱功和一种含羞的娇意，软中带甜非常特别，闻桑生知道这样的声音很容易引起男人的怜爱。

听着白揽春的诉说，张树庭果然一扫先前的尬意，更绝口不提被许妈讹钱的窘事，只是含情脉脉地回道：“身子乏就该好好休息，况且你晚上还要出局，扰你清梦才是我的不对。”

“咱们俩不说这个。”白揽春客气中略带暧昧地应了一句，然后才对闻桑生道，“这位就是来修琴的师傅吧？”

随着白揽春的话，报丧鸟立起身体含笑中微微鞠躬并重复：“鄙人闻桑生，是个眼差的。”

“哦，眼差的人走路艰难，为了把弦子还让您专程跑一趟，受累了。”

白揽春言辞间充满尊敬，还故意回避了瞎子这个称呼，让闻桑生有种受宠若惊的感觉。他感觉这样一个懂分寸的姑娘，实在是和死人王口中那多嫉多杀的妖精对不上号。

当然，虽说和预想的有出入，可闻桑生更明白人不可貌相这个道理。不说别人，只说他自己，谁能想到这个孱弱到连狗都能欺负的盲人，就在昨天晚上还是一只差点儿啄翻那夜壶楼的报丧鸟呢，谁能想到现在他口袋里还揣着颗手雷呢。

最初的一丝怀疑过后，闻桑生便收敛了心神直奔主题道：“白姑娘，那琴给我吧，我先掌掌眼。”

“好。”白揽春应答，又对自己的养女说道，“玉娇，把琴拿过来。”

“是。”白玉娇脆嗓答应后走进了门帘，没一会儿又走出来将一把三弦琴小心翼翼递给闻桑生。

闻桑生是常年摆弄三弦琴的乐师，什么琴好什么琴坏一摸便知。他抚摩着那把三弦琴，感受着它象牙的精工琴轴和上过桐漆的黄檀琴框，不由赞叹一声：“好东西！苏州工果然名不虚传。”

“能修吗？”白揽春忙问道。

闻桑生没有直接回答，而是告诉白揽春：“得先听听。”

“行家！那您弄弦子吧。”

闻桑生点头后横抱弦子，伸出拇指、食指在弦子上毫不犹豫地弹奏出浊眼龙独传的古曲《八音流水》。因为是古曲今奏，闻桑生的调子和时下流行的三弦曲调大不一样。它既不欢乐也不流畅，甚至还不完整，嘈嘈切切间竟然如鬼泣似人哭，浸透着一种莫名伤感的声调。这声调曲高和寡极有古韵，和北平市井那种醉生梦死浮华热闹的声色追求截然不同。别具一格的断续乐章大概演奏了小半炷香的时辰后，报丧鸟手中的弦子琴忽然停了。《八音流水》他奏了三音，待收乐后众人沉默了片刻，似乎仍在回味。

还是白揽春最先带着惊叹的语气开口：“先生好俊的指法，好巧的琴韵。”

“俊吗？”张树庭不太理解地问白揽春，“我怎么感觉他比你可差得远，弹的时候一动不动好像木雕一样。”

“不！是我比先生差得远。”白揽春毫不吝啬地夸赞并讲解因由道，“自古弦子弹奏，有清捻、鸡啄两种指法。清捻之术是弄弦时指动而手不动，抑扬顿挫间全靠拇指、食指二韵的功夫。纵然手头的乐声如流水似波涛，弹奏者的身体也稳如泰山，故而又别称‘泰山坐’。鸡啄则是手指呆木，纯靠手臂运动拨弦发音之术，虽然亦可弹奏，看上去却如小鸡啄米甚为不雅。”

说完三弦的指法，白揽春又自惭形秽道：“我弹奏的法门便是鸡啄，虽然靠着色相能掩丑藏拙，但终究不是正流，比不上闻先生的妙手。”

“过誉了。”报丧鸟摇了摇头，主动给白揽春找台阶，“白姑娘不光得会弦子韵，还得学鼓书、落子、昆曲、京戏、琵琶等，技艺和应酬多了自然不可能全精。”

白揽春又回道：“哪里话！不如就是不如，况且闻先生还会难得的古谱，只是不知您这古曲？”

“哎呀，无关紧要的话就别说啦。”一旁的许妈有些不耐烦道，“赶紧修好琴是正经事，晚上还要出局呢。”

“嗯。”闻桑生应了一声，将白揽春的琴放在桌面上，郑重地告诉大家，“对不住，这琴坏死了，没法儿修。”

“什么？”

“啊？”

闻桑生的话瞬间引来一阵惊愕，其中那张树庭更是捶胸顿足肠子都悔青了。花了大钱还丢人，闻桑生非常理解他现在的处境，但是他只能说这句话，因为这句话对张树庭和他自己也是最有利的。

一众人都难掩失望，可唯独白揽春没有过激的反应。她只是淡淡地问：“先生可不可以告诉我，为什么这琴坏死了？”

“简单。它水土不服，又得了病才死的。”报丧鸟回道。

“啥？”众人又一声惊愕，“琴也会水土不服？”

“嗯。”闻桑生又讲，“琴跟人一样是活的，会得病会受伤，会撂挑子会咽气。”

“这倒新鲜了。”许妈带着挑衅的语调问报丧鸟，“你这么懂琴，那给我们说说这琴是害什么病死的呗？”

“这个我还真知道，”闻桑生笑着说，“是相思病。”

得益于师父浊眼龙的调教和十年的学艺，闻桑生对三弦琴的了解是远超常人的，至少他对弦子琴的认知也远在在座诸位之上。闻桑生说三弦得相思病死了引起一片咋舌之音，这其中又尤以那许妈的反应最为激烈。

她用吴语讥了一句“乱话三千”，而后又质问闻桑生道：“真是奇了。那先生详细讲讲，这琴是怎么相思死的？也让这院里的人都开开眼呗。”

“开眼说不上，我只是据实而答。”闻桑生伸手抚摩着那把苏州工，将这里边的门道告诉了众人。

其实，闻桑生从一开始就感觉到白揽春的这把新弦子比其他相同规格相同料子的弦子琴要莫名其妙地沉一些，这多余的重量从何处来闻桑生起初没有品到，但当他拨弄过三段《八音流水》之后便全明白了。

“是桐油！这把琴的身子是黄檀木的，上边漆了一十二道桐油防水，纵然那一十二道桐油每一遍刷得比纸还薄，但是积累下来还是让这琴多了许多重量。”

说完自己的初判，闻桑生又讲：“一般的好料弦子最多上三道桐油防水便够，多出来的九道就显得多余。苏州工匠纵然讲究精益求精，也绝不会干多余的事情来哗众取宠。”

讲到这儿，闻桑生忽然转移话题莫名其妙地问白揽春：“白姑娘，您这新琴是多久前定的？”

“半年前。”

“半年前定琴，最近才交，做这琴的原料肯定是有钱人送您的吧？中间您还一定托人去南方催过好几次货？”

“没错。木料是龙烟矿王经理送的，象牙是盐会林理事的，可您怎知？”

“琴夹铜臭，这就是问题。”闻桑生拍了拍脑袋恍然道，“那制琴时多出来的九道桐油并不是防水用的。”

根据闻桑生的摸索，制作这把三弦琴的木料虽然是一段极品黄檀，却是新料。而黄檀新料有很大的水分，制作成琴后最容易发生变形走音之事。所以，为了防止新料走形，高超的制琴师傅在开料前往往都会把檀木放个几年甚至十几年，直等水分蒸发完新料变老料再制作成琴便不会变形走音了。但制作白揽春这把琴时，因为她既定了原料，又屡次派人去催，从而导致制琴师傅不能按照寻常步骤给料脱水，这才不得不另辟蹊径。在开料制琴后，又给这琴额外上了九道桐油以锁住新料里的水分，防止它失水变形走音。

说至此，闻桑生不无遗憾地道：“这琴是好琴，制琴师傅的做工和处理方式也是绝佳的，但可惜他低估了北方的春天，也低估了这干燥天气中风沙的厉害。”

闻桑生彻底挑明这琴的问题。因为北方干燥，这琴水土不服，丢了点水分，才导致琴鼓部分有些发拧变形，进而造成滑音不流畅。对寻常人来讲，这本不是什么大事，但白揽春是拥有磬耳的异禀高人，这才能把那声响中最细微的一点杂音瑕疵辨认出来。

“木材变形，没有办法修，以后还会继续变。”闻桑生带着遗憾道，“这件事归根结底，是白姑娘您太惦念这新琴，三番五次催货导致的悲剧，故而这琴不就是得相思病死的吗？”

“哈哈哈！还真是这么个理儿。”一边旁听的张树庭大笑着道，“揽春，你和闻兄弟一个懂音一个知琴，还真谈得来哈！你俩以后一定能成好朋友、好知音！”

“是很谈得来，也应该做知音。”白揽春恍然大悟，带着感激对闻桑生道，“先生一番话，让我茅塞顿开。谢谢！”

“谢什么啊！”一边的许妈很不乐意道，“这瞎子全靠弦子活着，他若不识得这些，早饿死了。而且半天光找毛病，又没给修好，算不得本事！”

“妈妈！”白揽春立刻以吴侬软语嗔怪许妈道，“勿要寻蛮头！打人勿打脸，骂人勿揭短！”

“奈介？是他毛咯硬张么！罗勿敲勿响，话勿讲勿明！”许妈很不礼貌地回道。

江浙方言一般北平人听不清明，但闻桑生前几年在烟花巷兼职时伺候过北来的南班，所以对吴语也能听懂个四五分。不过，他还是装作没听见一样继续笑着说：“姑娘今天若赶着用琴，我给您荐一个法子。”说话间，闻桑生将自己的那把“水连珠”拿出来递给白揽春。

“今晚用我的琴吧。”闻桑生信心满满地道。

白揽春有些犹豫。

“不行！”许妈坚决摇头，“你这琴旧得都磨白边了，材质也差，白姑娘用丢份。”

闻桑生带着淡笑回道：“弦子这东西的好坏，不是靠眼睛看的。”

闻桑生一句话，既是对白揽春的提醒，也是对白揽春的试探。如果这女人拒绝了“水连珠”，就说明这女人并不是真懂琴真爱琴，而只是单纯把三弦看成一种谋生的工具。如此一来，浊眼龙丢失的“首阳采薇”就肯定不会在她手里，这女人也自然没了杀人夺琴的动机。

闻桑生和白揽春很谈得来，平心而论也不希望她是那个凶手。

遗憾的是，事情的发展却是向着相反的方向。

白揽春接过闻桑生的弦子试了音色，还趁着兴致十指飞动快拨了一段《十六板》。在流畅美妙的弦子声后，白揽春惊喜地说："先生的琴真润，像清水里落珍珠一样好听。"

"您耳朵真好，我这把琴就叫'水连珠'。"闻桑生表面平静地回。

白揽春自得地笑了一声，而后又带着些许遗憾讲："只可惜这琴润有余而力不足，比我藏的那把还差一些。"

"您还有藏琴？"闻桑生皱眉警惕。

"呃，有一把，但是不好拿出来用。"白揽春匆匆盖过这个话题，直接问闻桑生道，"这琴我今儿就借着用了。谢谢先生，更不会亏待先生的。"

"哪里话，"闻桑生冷冷回道，"姑娘懂琴，'水连珠'在您手里适得其所，不过报酬我想现在就谈谈。"

"现在？"白揽春一愣。

闻桑生忽然提起要报酬时，对他的表现颇为满意的张树庭也跟着帮衬道："谈钱不伤感情，你想要多少钱？"

"我不要钱。"闻桑生让所有人意外地回道，"我想谋份差事，留在姑娘的小班里工作。"

20

经过先前的一番试探，闻桑生已经认定白揽春这个女人是有大嫌疑的，接下来他要干的自然就是想办法接近她了解她，必要时干掉她。而接近白揽春最好的办法就是给她打下手当乐工贴身伺候着。

听了闻桑生的要求，白揽春有些踌躇道："您现在没有差事吗？”

“在戏院拉京胡一天才三毛钱，还累得要死。”闻桑生尽量装出一副可怜兮兮的样子解释道，“挣钱少，眼又差，就想换坑。”

“哦，应该换的。”白揽春颇为同情地应了一声，又问一边的许妈，“妈妈？”

“不好吧。”许妈软软否决道，“这屋子里人够多了，又添一张嘴，还是个男的！我没法儿和大院那边交代。”

白揽春见许妈把玉梅堂大院搬了出来，有些动摇。眼瞅着留下的事情起了岔子，闻桑生心中略慌但转瞬他又有了主意。他扭头冲一边的张树庭说：“张少爷，您帮我劝劝？咱们是朋友吧，您可不能干看着我在火坑里跳不出来呀。”

张树庭虽然是“新派”，但也透着儒商家教的义气，算起来他也被闻桑生帮过三回了，此时眼瞅着闻桑生低三下四地求，他自然不会袖手旁观。

“留下他吧，我替揽春做主啦。”作为白揽春院子里第一号的金钗姐夫，他说话很有底气。

定完基调，张树庭笑呵呵夸赞闻桑生道：“我这兄弟琴瑟功夫好，揽春出局的时候能帮着添声色，况且揽春是花魁身边连个陪衬的好乐工都没有，丢份！”

许妈依旧不依不饶：“可他是男的，还有钱……”

“钱我出，一个月三十块，你们给饭就成，至于男的……”张树庭颇为埋怨地说，“我闻兄弟是盲人，他能占你们什么便宜？”

“就是，就是。”闻桑生献媚地笑，其实他已经占了大便宜了。

在闻桑生的窃喜中，他留在白揽春小班子里的事情被定了下来。而在感谢过张树庭和白揽春后，闻桑生又提要求道：“白姑娘，我有一个不好启齿的请求，想再和您商量商量。”

“您先说。”白揽春道。

闻桑生低声下气地说：“我，想去趟您的闺房。”

到目前为止，闻桑生拜访白揽春的目的都在一步步按照自己的计划实现着。不过平白无故地要去人家姑娘的闺阁里走一趟，这依旧让在场的人感到意外。

“奈介！”许妈再一次最先发难，冲众人道，“我没得猜错吧。这家伙瞎三话四的没个正经，摆明了想占便宜搞‘弦子套’。”

“不玩笑，”闻桑生非常严肃地说：“我认真讲的。”

“别急。”白揽春挥手制止了许妈，并问闻桑生，“先生为啥要去我屋？”

“其实不光您的屋子，这里但凡住人的屋院我都应该去摸索一遍。”闻桑生指着自己的眼睛说明原委，“我眼差走路不方便，每到新地方工作都会怕东家嫌我慢吞，所以得仔细摸索一遍地形把日常会碰见的摆设牢记于心，这样以后干起活儿来才能尽量利索不碰东西。”

闻桑生的话其实只说了一半，但另一半没说出口的这院里的人应该也都明白。和良家姑娘的绣房不同，这类闺阁其实是个“工作场所”，故而他这个乐师也少不了要去了解的。

“有理，那您去吧。”白揽春竟痛快地松口了。

听见白揽春一口答应，闻桑生仍然感觉她是个思想很单纯的姑娘，实在不像是死人王口中那多嫉多贪的存在。但他还是立刻笑道：“我去了。不会费您多少时间，也不会弄碎东西的，您放心。”

“快点！姑娘还要困觉呢！”许妈催促。

闻桑生点头后立刻起身，开始在这院子里摸索起来。虽然看不见，他却知道如何利用好手头有限的资源，甚至知道如何把自己的劣势转化成优势。他提出的这个要求是一石二鸟的计策，正可以借着这次机会行搜查之实，好好查证一下白揽春的私密，甚至直接搜查到那把被人夺取了的“首阳采薇”。

而只要找到了那把琴，一切就都明了了。

带着私心，闻桑生开始在这小班的院子里摸索起来，并重点调查了白揽春的闺房。花魁的闺房自是别具一格，闻桑生一踏进白揽春的屋子便闻出海花魄的奢靡香味。

除了香味，闻桑生在南侧还听见了清风翻书的声音以及风吹北床时那绣着琉璃坠的丝绸幔帐的微微响动。听着这些仅有的响动，他忍不住冲一旁陪同的白揽春道：“这房里装饰似乎不多，足见姑娘是个很素雅的人呢。”

“这是按照我当良人时的闺阁布置的。”白揽春毫无顾忌地回道。

“哦。”闻桑生应答一声，伸出手仔细摸索起来。和他开始的初判一样，白揽春的闺阁里摆设特别少。一张春凳，一张靠窗的书案，一张吃饭的圆桌，一张挂着苏绣幔帐的床铺外加两只插着桃花的梅瓶，墙壁上连张字画也没有。这屋子朴素，除了那无处不在的海花魄香，很难想象这是头等花魁的住处，也没有找到闻桑生最想发现的“首阳采薇”弦子琴。

不过，就在闻桑生几乎摸索过所有的地方后，在闺阁东边的墙壁处他发现了一个别样的疑点。那是一扇木门。

这扇木门非常特别，它厚重密封上边还挂着锁头。而且那锁也很特别，是北平极不常见的西洋精钢德造锁，异常结实，名贵还不好买。

一把锁，瞬间引起了闻桑生许多的联想。

闻桑生化身报丧鸟时，恰巧在鬼市时倒卖过这种锁，而且据卖给他货的“夜么虎子”讲，这类西洋锁一般人家用不起也用不上，多为公家单位使用。而且就算是在公家机关，一般也只会用在牢房、仓库、档案室这类顶重要的地方。

一个花魁的内室平白无故多出一个木门，木门上又落着这么牢固的一个锁头实在让人起疑，也让闻桑生异常关心起这锁头的后边到底藏着什么。惊奇困惑之下，他忍不住用手多拽了几下那只大锁，并多摸索了几下这道木门。

而随着摸索的进一步扩大，闻桑生又发现那门的缝隙处除了锁头还多贴了一张纸。那纸是长方形的，质感他异常熟悉，好像是哭丧团送葬用的姜黄纸。只是和哭丧团用的黄纸不同，那纸张上边还多了些沙砾样细腻的东西，似乎是朱砂。

带着朱砂的黄纸只能让闻桑生想到一样东西，这其实是一道贴在门上用作辟邪镇妖的符箓。随着这个猜测，一幅让人异常费解的画面出现在了他的脑子里。在花魁的闺房内竟然有一扇上重锁还贴符箓的木门，似乎这位花魁想把什么顶重要但又顶邪性的玩意儿封印在里边。

会是什么呢？闻桑生忍不住去猜，更忍不住又去摸那符箓。

几乎在闻桑生第二次摸索那符箓的时候，她便立刻开口呵止：“不要再动它了！记住那里有门就好。”白揽春对那扇贴着符箓的门极为敏感。

听着白揽春的话，闻桑生很知趣地住了手并一脸茫然地问：“我犯姑娘忌讳了？”

“是！”白揽春毫不客气道，“您在我这儿上差什么的都好商量，可唯独记住一条。不要打这房间的主意，更不要乱揭上边的符箓。”

闻桑生见白揽春不愿意说这门后的东西，便主动认错：“姑娘不让碰，我记住以后不碰这门便是。”

说完，闻桑生离了那门又去别处摸索了。虽然口头上是那么说话的，但闻桑生打并不会放弃对那扇门的调查，甚至他感觉那门后的东西是判断白揽春有无杀人嫌疑的最关键之所在。他需要的是隐忍和机会。

经过一番摸索准备后，闻桑生确切了解了这院子里的一应格局摆设，并正式定下了来白揽春处上差的事情。白揽春则给了他一天的时间，让他回“百顺喜”辞差事。“百顺喜”是报丧鸟在白天时最好的面具，但为了查证师父浊眼龙的死因、凶手以及单飞燕的安危，闻桑生必须舍弃这个身份投效到良人不齿的花魁小院里。

有舍，才能有得。

21

傍晚前，张树庭付了盘子钱离了小院，并开汽车把闻桑生送到“百顺喜”的班子里去辞差事，而后两个人分开各奔东西。辞掉差事后闻桑生离开那戏班子走回自家小院，正在他摸索着院门开锁的时候，忽然听见背后有人在唤自己。

“哥。”随着这一声美妙清脆的呼唤闻桑生心头一喜，知道在西山坟地里认识的知音单飞燕又来看他了。原来单飞燕自那次追贼受凉之后，便一直对不能陪闻桑生去闯夜壶楼这件事情有些自责。故而在身体略好了些后，她便趁着出山找铁匠修兽夹子的机会又跑来探望。

几乎一见面，她便关切地问闻桑生：“哥，夜壶楼蹚得怎么样？找到线索了吗？”

闻桑生自来没对他这位知音隐瞒报仇的事情，便在把她请进家关好门之后，把夜壶楼的那趟凶险行程以及那三个嫌疑犯的情况都和燕子说了。交谈中，闻桑生没有对她提及死人王的真身以及他和死人王的催命赌约。因为他知道燕子一旦冲动，定会去找死人王算账。他知道论本事十个死人王也打不过燕子，但是论算计和势力，十个燕子也不是死人王的对手。

单飞燕听完报丧鸟的话后，有些困惑地说：“白揽春是上等花魁，柳东升是地痞大佬，吴光真是陆军总长。这些人物的名气本事都大得很，咱们小民根本接触不到，你打算怎么对付他们？”

听问，闻桑生先缜密地与燕子分析了下这些人的特长和本事，而后重点提及白揽春道：“只能先从白揽春开始，而且这女的家里有一扇门，门上落着德造锁还贴着镇妖符，不让外人进。”

“一女人用德造锁干吗？还贴符？搞不好家里供养着什么不干不净的东西呢。”单飞燕顺着闻桑生的话道，“这狐狸精肯定有问题。哥，我帮你查她呗？”

“你？”闻桑生愣了一下后问道，“你怎么查？”

“我有文、武两种办法，”单飞燕口带杀气道，“我帮你把这女的绑了打她一顿，让她从实招来，这是武路子。”

闻桑生皱眉摇了摇头：“这个不好，文路子是什么？”

“我当回贼帮你把她家锁砸了，看看她隔断里藏的啥。”单飞燕乐呵着讲。

“这对你来说确实挺‘文’的。”闻桑生尬笑。

单飞燕说出这两种办法来闻桑生丝毫不意外，而且他还真思考过让燕子这么做。但经过一番深思熟虑后，他就搁置了让燕子为他冒险的计划。

“不用的，我一个大男人怎好让你个姑娘出头。”闻桑生挤出一丝笑容，“况且白揽春那扇门是经常打开的，门里的东西我估计早晚能见识到，只是需要一些耐心。”

“你怎么知道她那门经常打开？”单飞燕不解。

“很简单啊。”闻桑生回忆着昨日在白揽春绣房里摸索东西的情况说道，“那扇门虽然封得紧，但是没有灰尘。朱砂也新，而且上边还有很多糨糊的小结痂，这些只能说明那门经常开，上边贴的符箓也经常更换，所以我在她那里做工定能遇见她开门进去的时候。”

“哦。”燕子点头又困惑道，“但就算她经常进去，你也不能跟着啊。”

“我有耳朵。”报丧鸟指了指自己的耳朵笑道，“多听几次动静，我就能想出那屋子里大概有什么，而且就算实在听不出，不是还有你的‘文武二策’吗？”

“哈哈！就是。”单飞燕自鸣得意地笑了一声，拍打着闻桑生的肩膀带着相当江湖气的口吻道，“哥，我过几天还要进城取兽夹。要是有手刃仇人出头打狗这类的事情就和我说，我这个知音永远罩着你当你的眼睛。”

说完，燕子伸出手轻轻拉着闻桑生那满是老茧的手道：“哥，忠义的人一定会有好报的。”

“一定！”闻桑生尽量灿烂地笑，内心里却全是歉意和负罪感。如果不是因为自己的仇怨，燕子不会被卷进这件事里，也不会成为死人王这个变态的筹码。但现在一切都晚了，如果想救自己和燕子，闻桑生就只能硬着头皮把事情调查下去。

又或者……闻桑生不太敢想了。

辞掉“百顺喜”差事的第二天，闻桑生准时到白揽春的小班里上差。得益于前几年的兼职，闻桑生知道烟花巷里的规则与京戏园子大不一样。因为工作性质的原因，院里的姑娘们起得普遍比较晚，除了被包局的姑娘，她们一般整个上午都没什么正经事情，只是在吃中午饭的时候开始有些客人需要应承。甚至可以说，一个勾栏女子的一天其实是从中午开始的。

虽然上午清闲，但一过了中午，最为繁重的午局和晚局就开始了。那时候，当红的姑娘会出院陪着她们的客人和客人的客人吃饭、喝酒、唱曲、看戏、耍牌，把自己像个租赁品一样交付给客人们取乐。

这个出院应酬的过程，就叫作“局”。

在姑娘们欢场应酬期间，只要客人不说离开或者留宿，那陪同的乐师便必须随时候着，应景而变乃至通宵达旦，因此在烟花巷里上差事的乐师可以说都是忙在晚上的。

因为心里有准备，而且手上的功夫好，闻桑生在白揽春处的工作一上来便得心应手，也很快就和许妈、白玉娇等下人混了个脸熟，只是和那个当力巴的傻二力没有过多的了解与接触。闻桑生和傻二力的接触少，原因无它，只因为他们两个一个瞎一个哑，实在是没什么交流的手段，也是没有办法的事情。

在上差的过程中，闻桑生表面平静老实，内心却一直留意着白揽春和她闺房里的那一扇门，留意着那扇她定然随时会进去的门。

功夫不负有心人，在苦等了五六天后，闻桑生果然等来了那门上符箓撕毁开启的一刻。只是让闻桑生万万没预见到的是，这扇门开启的契机竟然是一次深藏玄机的欢场酒宴。

闻桑生到白揽春小班的第五天，有北漂煤矿驻京办和汇业银行的两个办事员一同来到了白揽春的小院子，说要帮一个叫张尽军的奉军副营长定一局明天晚上的茶围。办事员还说，除了主请的张尽军，一起陪同的人里还有北漂矿的副厂长和汇业银行的主管。

这样一局茶围外人看不出玄机，内行人却感觉既突兀又神奇，连白揽春和许妈也不禁疯狂揣测。因为北漂矿和汇业银行都是北洋政府中“交通系”官僚集团的重要产业，政治背景很深腰杆子很硬。

虽然他们平时也经常邀请些军界的阔佬大员来白揽春处，但平日里这两家大企业邀请的至少也得是师长军长之类的头面人物，而那些脑袋别在裤腰带上的营连级低等官员，一般也就是逛逛下等的烟花巷。

和以前那些应酬相比，这两家大公司的高管竟同时为一位名不见经传的副营长请来顶级花魁，实在是大姑娘上花轿——头一回。

一个小小的副营长到底何德何能让交通系大佬陪衬？对于这其中的玄机，八面玲珑的白揽春也丝毫猜不透，闻桑生这个瞎子却有办法揣测。

怀着同样的好奇，闻桑生得到消息的当晚便去夜壶楼的鬼市里随意转悠了一圈。第二次来夜壶楼报丧鸟轻车熟路，他很快便把那位副营长张尽军的背景来历摸了个清清楚楚。

原来，这个张尽军虽然只是个副营长，却是奉系军阀兼东北第一大赌棍张景辉的侄子。张尽军的叔叔张景辉来头不小，和大名鼎鼎的东北王张大帅拜过把子互称兄弟，手头更掌握着不少东北和蒙疆的矿产资源。如此一来，那交通系的官要想在东北开矿发财，自然少不了巴结他们叔侄俩。至此，交通系款待张尽军的目的就很明确了。

想必是这位张副营长早就贪恋白揽春的名声，才在过北平的时候向正巴结他叔叔的交通系企业提了这番要求，这两家企业得罪不起这位太子爷才有了这次安排，拿公家的钱为张副营长提供乐子。

这事，确实水深。

22

奉军向来军纪差，赌棍出身的张景辉更是奉系里德行操守最一般的高官。有这样的前辈做榜样，闻桑生感觉那个副营长张尽军应该也不是什么好东西。而那晚的茶围开始后，闻桑生一切不祥的预感全应验了。

那日，张尽军初打茶围时还算客气，但一开始喝酒这家伙便毛手毛脚，到后来更是大大咧咧的与几个陪同的官商划拳骂娘，尽显一身的匪气。茶围间隙白揽春和许妈尽量隐忍周旋着，并无不礼之处，也不太敢得罪这位身份成谜的副营长，甚至当他刻意去搂白揽春的腰肢时，她也没敢有任何反抗。

可能瞅着白揽春如此顺从，张尽军有些飘飘然。他突然将白揽春搂坐在自己大腿上，提要求道："倌人，会唱戏吗？"

"会。"白揽春憋屈着回道。

"那敢情好。"张尽军冷不丁拍了白揽春的屁股一下，又道，"来！给爷来段粉戏，唱个《杀子报》呗。"

随着张尽军这一句话出，在场所有人停止了嬉笑，每个人都喘着粗气似乎既羞愧又惊愕，就连一旁正拉弦子助兴的闻桑生也停止了手头的拨弄一脸愤愤。闻桑生在戏院干过，自然对戏文异常熟悉，因此知道为什么大家一听《杀子报》便都会有一种羞愧难当的感觉。

这《杀子报》乃是根据晚清的一段真实而特殊的血案所改编的禁戏。说的是光绪年间有寡妇王徐氏与庙里的纳云和尚通奸，恰巧被亲生儿子官保撞见。那王徐氏为了隐瞒奸情竟然伙同和尚将亲生儿子打死并分尸，后来官保冤魂不散托梦县令才沉冤得雪。这段戏文，据闻桑生所知共有九折，前三段讲的是王徐氏和和尚通奸，戏文言辞挑逗极尽淫乱；中三段讲的是杀子分尸，戏文伤天害理极尽血腥；后三段则是还魂报怨，戏文光怪陆离极尽灵异。

《杀子报》可以说是集“黄、暴、诡”于一体，一直是官府和地方所禁止的头一等粉戏，就是卖身女子也实在不好开口。当然，不好开口并不代表不能唱，而现实情况是这禁戏在烟花巷中有许多卖身女子是会的，白揽春就算是不会估计也熟听过这戏文。

不过，就算是会唱并愿意唱粉戏，那也得是在卖身女子与客人达成“留宿”的默契，闺房里只剩孤灯二人之时，才好意思对着心仪的客人唱那淫秽不堪的戏文，用作调情的前戏。

如此不堪启齿的粉戏，张尽军却当着众人的面让还没破过身子的小班清倌人吟唱，既是对其人格的双重羞辱，更是对在座陪客的轻蔑不屑。

闻桑生知道北平城是个讲规矩的地方，再下贱的职业也有自己的规矩。她白揽春面对着那些大员尚且没有破了规矩，自然也不可能为了个副营长破了规矩。面对着张尽军的挑逗侮辱，白揽春实在忍不下去了。

她愤而起身，道：“对不住，我不会。”

“不会？”张尽军冷笑一声，“蒙鬼呢！你们这种姑娘谁敢说不会！”

“我确实不会！”白揽春坚持道。

“不会没关系。”张尽军借着酒气冷笑发狠道，“我给你提个醒呗！”张尽军语毕，闻桑生又听见在吃酒桌子的地方传来一声啪的脆响。虽然看不见，他却知道这声音是那张尽军从腰里甩出的一件铁家伙所致。这铁家伙，是把手枪。

这些人发狠或者赖账的时候甩手枪丢手雷，这在下等烟花巷是最常遇见的威胁方法，俗称“横钗挑眼儿”。这事凶险但常见，闻桑生过去没遇见过一百回也得碰见过七八十回，真听得他耳朵都快起茧子了。

只不过这次略微不同的是，别家副营长一般甩出来的手枪都是“镜面匣子”或者“金鸡圆眼盒子炮”，声音大而沉。唯独这位奉军副营长甩出的听响动却是一把美利坚产的“大眼撸子”，声音脆而亮。连手枪都是稀罕货，不愧是太子爷。

这一声动静，让在座的几位都紧张了起来，空气为之凝固。在这些人里，早已遇怪不怪的闻桑生是最淡定的。

面对着手枪，一旁的许妈磕巴着连连对张尽军说：“您别生气，您别挑眼儿。”旁边几个陪同的经理则被迫规劝白揽春赶紧唱一段了事，更后边的哑巴傻二力拉着吓哭了的白玉娇急忙出了屋子，张尽军则一边哼着《十八摸》一边等白揽春接下来的反应。而白揽春却并没有如那些人希望的那样就范。

“老总，别逼我了！”白揽春毫不妥协还进一步道，“这里是北平不是东北。我这里是清倌人小班，不是脱了裤子就能爽，提上裤子就好走的烟花巷。”

白揽春声音低了几度，又道：“我还没破身子，若给您唱那粉戏，牌子会砸的。”

哗啦！啪！闻桑生听见了拉枪栓上膛的动静。

“没破不要紧，”张尽军满口匪气地大喊，“爷今天给你破一个呗！”张尽军一拉枪栓，当即让所有人空前紧张了起来。

在明晃晃的威胁中，那几个交通系高管忙劝白揽春：“您赶紧开口唱个吧，我们不乱传。”

一边的许妈则怯生生地冲张尽军赔笑：“大爷，揽春姑娘今天来事啦，不能随您愿。我，我从大院给您再找个姑娘成吗？桌面儿炕面儿的随您挑。”

“你个‘王八爪子’给我闭嘴！”张尽军呵斥许妈，又晃悠了一下手枪耍横道，“老子就喜欢带血的。”

事情没了商量的余地，似乎已经成了众人的共识。可就在这个人人避之不及无计可施的时刻，那瞎眼的闻桑生却如鬼一般忽然挺身出来站立在那张尽军和白揽春之间的地方。闻桑生用身子护住白揽春，冲张尽军痴痴地笑。

他身后的白揽春惊愕道：“闻先生，您干吗？快起开！”

在凝固的气氛中，忽然出头的闻桑生装作一脸无辜的样子冲所有人问：“对不住各位，刚才偷懒睡着了，被声‘乱响’给惊起来的。是暖水瓶炸了吗？我帮着收拾。”

“你找死！”张尽军将手枪顶在了闻桑生的脑门儿上，顺手挑掉了他的墨镜，并威胁道，“原来是个瞎子，现在知道刚才是什么响了吗？”

“哎呀，撸子。”闻桑生非但没有惊慌，反而还带着笑意冲这位犯浑的副营长道，“这撸子厉害，但您还是收起来留着自个儿用吧。”

“信不信我一枪崩了你？”

“信！可我给您多提个醒好吧。”闻桑生笑着又言，“您为了个清倌人耍横，开枪打死一手无缚鸡之力的瞎子，这传出去好听吗？毁奉军和张大帅的名声不说，您家亲戚知道了也脸上无光吧。”

闻桑生的质问听上去平淡无奇，其实却是一把把软刀子，刀刀戳在张尽军的七寸上。因为闻桑生知道，他张尽军之所以敢耍横并不是因为喝了酒，而是因为有他那个叔叔罩着有恃无恐。但是他一开枪事情必定闹大，到时候他逛烟花巷还让交通系拿公款请他吃喝等龌龊事就会一并暴露出来。

北平可不是东北，事情一旦闹大，他叔叔和奉系的名声就全毁在他手里了。奉军军纪再差，他那个赌棍叔叔再横，也禁不住这么毁名声，到时候只能让北平的军法处秉公办理。而一旦秉公，恐怕那把大眼撸子他真的只能自己享用了。

冒死的提醒起了一些效果，至少闻桑生感觉到那张尽军手里的枪已经开始微微颤抖了，他口中也不停地重复着：“这，这，这。”

显然此人心性已然开始动摇，闻桑生甚至感觉只要再说几句软刀话刺激他一下，便能够化解这一场危机，进而在白揽春面前讨一个勇敢救人力挽狂澜的好印象。这对他以后的调查和复仇，有绝对的好处。不过，正当局势按照闻桑生的盘算慢慢走向化解的时候，他身后的白揽春却忽然伸出手轻轻拉了下闻桑生的手肘。

而后，她用略带感激的声音道：“闻先生，谢谢您帮我挡枪，但现在下去吧。”

“可是……”

“下去吧。帮我伴奏，我给他唱《杀子报》。”

本来闻桑生已经控制了局势，可随着这女人的一句话，他一切的盘算全落了空。遗憾中，闻桑生点了点头退到一边，重新拿起了三弦。

白揽春为什么莫名其妙地松口在场的人不知道，不过眼瞅着一方松了口大家都跟着平静了一些。压抑的安静里，白揽春冲张尽军言：“《杀子报》有昆腔、京戏、鼓书、落子等版本，我这里家伙事不全，只好演个鼓书，打个夹板，让您乐呵。”

耍横得逞的张尽军收起手枪道：“开始吧。”

“我去取鼓，稍等。”说完，白揽春移步去取大鼓。但出乎闻桑生意料的是，她并没有取那只常用的皮鼓，而是快步走到了自己房间那落着德造重锁的木门前，撕掉了符箓又将那厚重的锁头打开。而后随着一声吱呀，那扇闻桑生关注许久的门终于开启了。

这是难得的机会！

闻桑生按捺着心性，聚精会神地听着那房子里的动静。但遗憾的是，那房间就像一个吞噬一切的黑洞般安静，自白揽春进去他便再听不见任何特殊响动。

白揽春再出来时，手中有些叮当和哗啦的细微响动，听上去应该是拿着唱鼓书用的铜夹板和一只大鼓。闻桑生有些奇怪地想，难不成这个木门里只是间放乐器的库房吗？可一间库房又何必落着德造锁头，还贴着镇妖的符箓？

正在闻桑生为这些新发现而诧异不已时，那白揽春突然冲他道："先生，麻烦您伴奏吧，用老七点起头，《勤姑娘》的套子，行吗？"

"行。"闻桑生点头，而后悠悠然弹起了手中的三弦，前奏开始了。

京调大鼓起唱时必有一段过门，这过门多是七点的"鼓套子"，在套子声中三弦和鼓、铜板开始融合达成一致，然后白揽春才开口进行正式的演唱。

这个过程，白揽春和闻桑生之间已经磨合了许多天，本已轻车熟路。只是当白揽春那只从隔断里新拿出的鼓被击响，发出清脆但绝不常见的一声"啵"时，闻桑生却惊得一哆嗦。

他手里的弦子甚至差点儿掉在地上。白揽春的这只鼓发出的响动极不平凡。

听着那极惊异且有特色的响动，闻桑生几乎在第一时间便敢断定，她这只大鼓的鼓皮不是用惯常的牛皮、猪皮，而是一张人皮。简而言之，白揽春手里这只珍藏或者说封印在内屋的大鼓，乃是一只不折不扣的人皮鼓。

真人的皮！

第六章　追魂鼓

23

人皮鼓那催命的声音闻桑生永远忘不了。确切地说，但凡从晚清过来的人都忘不了。

杀人剥皮，这是自蒙元便成定制的酷刑，明朝时曾设专门的剥皮场来对付贪官污吏。再后来至清朝时剥皮刑更进一步，从死人剥皮变成了活剥人皮，施刑对象从贪官污吏扩大到忤逆叛民等重犯。而且为了警示后来人，清廷更是将新剥的人皮交给匠人制作成一面面人皮登闻鼓，挂在衙门和刑场等要紧的位置以示警告震慑。

再后来，这世道越来越乱，闹事、变法、共和，被抓的人也越来越多，死的人越来越多，制作的人皮鼓也越来越多。所以，就算是到了民国，许多衙门改成的政府机关里也还是有人皮大鼓。

手头上闻桑生仍在木愣愣地拨弄着弦子，头脑里他却在惊恐地想着一些暂时没有答案的问题。白揽春竟然有一只人皮鼓？是谁的皮制作的鼓？她为什么要拿这人皮鼓给张尽军唱书，这女人葫芦里卖的什么药？唱完了又会怎么样？她那封着符箓的隔断里还有别的什么惊人物件吗？

千头万绪的问题注定暂时得不到答案，但闻桑生逐渐明白，这个女人果然如死人王说的那般，是极有问题极妖异的。

正在闻桑生胡思乱想的时候，白揽春却平淡地吊了嗓子而后开口。她语带挑逗，用一种莫名的伤感开唱那粉戏《杀子报》：

历代圣主公，德行属大清。

新出杀子报，奇巧事一宗。

人心改变王法乱，案出通州吴家营。

吴家营里徐氏女，其夫王恩归阴城。

……

粉戏这东西，虽说人所不齿，听着却仿佛抽鸦片一般让人上瘾，只可惜糟践了白揽春的花魁名头，便宜了张尽军这个太子爷。酒催淫性唱挠心，那张尽军更是解开上衣的扣子，猛然冲过去一把搂住白揽春的腰，笑着道："美人好唱功！今儿就从了吧。一万大洋一分不少，怎么样？"

说话间，张尽军便强横地将白揽春抱了起来，眼瞅着白揽春就要遭殃。但就在这个节骨眼上，白揽春忽然抹着泪道："张营长，您今天甚至这辈子恐怕都没时间和我完好事了！"

"嗯？"张尽军停步疑惑道，"你什么意思？"

白揽春泫然欲泣诡异地笑，却再没说什么。

说来极怪，就在白揽春甩狠话张尽军诧异追问的时候，闻桑生忽然听见了一阵极不正常的动静。那是快速匆忙的脚步声，听着是有三个人从白揽春小院的正门进来又直奔这正在做茶围的堂屋。

这三个人穿的都是军靴，而随着军靴脚步的急进，堂屋的门“砰”的一声被人踹开了。紧跟着一个冷酷而愤怒的声音冲屋里喊道：“奉军五十三旅手枪营副营长张尽军在吗？”

张尽军愣了一下，放开了白揽春冲来人道：“你们几个杂兵干什么的？坏老子好事！”

“老子北平宪兵队！坏你好事？”来人毫不客气地责备道，“段大帅让你们奉军来北平是协防，不是来这儿消遣的！”

“你？”张尽军愕然道，“消遣的人多了，你们怎么独独找我？”

“你以为我们想找？”来人愤怒道，“昨天军部开会，你们奉军二十七个营长十个不来。尤其你们手枪营，连个副营长都不来。什么东西！段大帅和吴总长怒了知道吗？让我们全力搜查，要把你们这些败类都揪出来。”

“这，怎么会这么巧？”张尽军狡辩，“我没去是因为没有接到军部的命令。”

带头的宪兵甩出一张纸道：“立刻跟我们回去复命！睁开你的狗眼看看！这上边有段大帅的签署、陆军部的公章、奉天的大印，还有你们旅张老五的签名！都瞅见了吧。”

货真价实的军令就在眼前，张尽军泄气了，但是他似乎又不愿意放弃白揽春这块已经送到嘴里的肉。因而他说软话道：“兄弟，你能不能等我半个小时，完事了我给你好处。”

“我能等，大帅能等吗？”带头的宪兵大吼，“我这脑袋别在裤腰带上的等你？你算什么东西！”

奉军的太子爷被个小兵这么吼一下子怒了，愤怒中张尽军拔出大眼撸子回敬道：“你骂谁？”

“骂你咋的！”说话间，宪兵那边也发出了九子连珠上枪栓和拉盒子炮的声响。

瞬间双方剑拔弩张，一场枪战似乎不可避免。在这千钧一发之际，几乎所有人都在不由自主地向后退着，本能地远离那风暴的中心，但闻桑生不怎么怕。他非但不怕还胸有成竹地再一次走近了张尽军，并莫名其妙地又用身体挡在了他与宪兵之间。

“你这个瞎子又找死。”张尽军持枪大吼。

“不是找死！我想再跟您说句私密话，救您命的私密话。”闻桑生笑呵呵走近了张尽军，在他的疑惑中把脸贴在他耳朵边。

闻桑生小声劝他道：“张营长，您的撸子里没子弹吧？真打起来可只有你会死。”

“你，你怎么知道？”被闻桑生说中，张尽军慌了。

“简单。”闻桑生回道，“我听出来的，您撸子上膛的时候只有撞针的声，没有子弹划拉的声。”

闻桑生拍了拍张尽军的背又道：“军爷，好汉不吃眼前亏，认怂不丢人，把命丢在这儿才丢人呢。不就是个台阶吗？我帮您下。”

说完，闻桑生离开了张尽军的身边，然后又冲他拱手大声喊道：“哎哟，营长大人。您大人不记小人过，就跟着大令们去吧！回头这揽春姑娘的局还给您留着，您随时来都成。”

“对对对！您先忙公事！”许妈和几个陪同的交通系高管也附和道，“这局您随时来，我们都候着。”

张尽军被闻桑生釜底抽了薪自然不敢再僵持下去，见又有了个台阶可下，便急忙收了手枪，一边走向宪兵一边冷哼：“我老叔不会放过你们的。”

“有什么话，进了‘鬼打颤’再说吧！”那带头的宪兵丝毫不惧怕他的威胁。

而后这四个人踏着军步快速离开了白揽春的小院子，再之后那些自觉没趣的公司高管也撂下银票快速离开了小院。

24

一场浩劫在有惊无险中莫名其妙地化解了，但浩劫带来的问题刚刚开始。

几人走后，白揽春的小院里阴霾一片。那白玉娇在哭，许妈在喘，白揽春在叹，闻桑生则坐在酒桌边抚摩着自己被摔碎的墨晶眼镜一脸阴沉。

闻桑生一遍遍回忆着今天的事情，总感觉有哪里不对劲。

白揽春拿人皮鼓刚敲击完《杀子报》，那位张副营长就被宪兵队的人给抓走了，这是巧合吗？不像是，但也太巧了，巧到仿佛白揽春拿人皮鼓使了什么魔法召唤了妖精，然后妖精又幻化成宪兵带走了那个家伙一般。而且更诡异的是，在那转折之前白揽春老早就喊出了“张营长。您今天甚至这辈子恐怕都没时间和我完好事了！”这样的狠话仿佛她已经预见到张尽军会被人带走，甚至将不久于人世一般。

事情非常诡异，但拆穿过死人王把戏后的闻桑生现在本能地爱往人为的角度去考虑。所以他在想，或许是有什么大势力的人在暗地里保护白揽春？

但经过一番缜密的思索，闻桑生又感觉不可能。因为这太难了，势力再大的人也不可能在那么短的时间里了解到北平近期的军事行动并叫来宪兵，甚至还把军方的调令和叱咤全国的几位大军阀大官僚的大印签名全部集齐啊。闻桑生想来想去，感觉今天的事情没个合理的解释，简直是一桩悬案。

这玄之又玄的事件让闻桑生有些懵，而他坐在椅子上冥想的样子，在外人看来又像是被刚才的一幕吓傻了一般。可能也因此，那白揽春在镇定些之后主动走近安慰道：“闻先生，您受惊了吧？”

“我？”闻桑生一愣，旋即回道，“还行，我是心疼我这眼镜呢。”

“哦？”听见闻桑生的话白揽春有些意外，她继续说道，“那您真是淡定。”

夸赞完闻桑生，白揽春用感激的口气又说：“我见过的男人里，论义气您是第一，更是唯一为我挡过枪的。”

闻桑生笑着回道：“我看不见而已。”

“不！您必定知道。”白揽春伸手抚摩了下那副破碎的墨镜，然后感慨道，“只冲这点，我一辈子感激您。”

“不算个事。”闻桑生按捺住内心的激动摇了摇头，有意识地引导白揽春道，“只是白姑娘，我能帮您挡一回但帮不了二回。回头这张尽军要是再回来……”

“他永远回不来了。”白揽春语出惊人。

闻桑生心中一惊，忙问：“为什么？”

可能是因为闻桑生舍身挡枪的行为大大拉进了他与白揽春的关系，这女人这回没有隐瞒闻桑生。她甚至将头轻轻靠在闻桑生的耳朵边，用带有些许痛苦的语气道：“我刚才敲的鼓有个学名唤作追魂鼓，听过追魂鼓声的人熬不过三天。三天之后，一切自有分晓。”

“追魂鼓，自有分晓。”闻桑生品着这几个字，周身不由自主一阵恶寒。闻桑生知道这“横钗挑眼儿”的事情算是了了。事情虽然结了，他却总感觉哪里不对，总感觉在那场事件中还有什么特殊的响动他没品出味道来。最重要的是，他不知道三天之后，那听过追魂鼓的张尽军会变成什么样子。

傍晚时，听到消息的张树庭来了趟小院，拉着白揽春嘘寒问暖，还一脸愤恨地吆喝着要报仇。

“张尽军这个王八羔子！我非弄死他不可！”张树庭大吼，然后主动拿出一张纸来道，“揽春，这是一百大洋的银票，你先拿着买点安神的补品。别多想，等我消息。”

“你干吗去？”白揽春惊问。

“我给你报仇！”张树庭咬着牙道，“我要和那混蛋决斗，用男人的方式决斗！”撂下狠话后，疯了一般的张树庭走了。

在他身后有些惊愕的闻桑生忙叫：“张少爷，可不能冲动啊！你就算是去也不能赤手空拳单枪匹马地去啊。”

“让他去吧，不用喊他。”这时，白揽春忽然出人意料地说。

“不是，”闻桑生诧异，“您真让他去决斗啊？就不怕出人命？”

“树庭父亲有交通系的背景，还有几个安福系的朋友，没人敢轻易动他。”白揽春有些遗憾道，“他虽然人好，但撑不起事，真要决斗，估计他刚见着撸子腿就软了。”

说完，白揽春声音低沉了几度又道：“他这个人，终究有心无力。”白揽春虽然说话难听，但对张树庭的判断目前来看至少还是挺准确的。

又一天之后，闻桑生听说张树庭真的单枪匹马跑奉军大营里去寻那张尽军决斗了，可遗憾的是，他连那张尽军的面都没有见到便被巡逻的兵当间谍给抓了。张树庭没见到情敌还白挨了顿打，但因为军队里有安福系的关系，最后还是被灰溜溜地放了。

虽然张树庭很惨很丢人，不过那个飞扬跋扈的张尽军却也没好过几天。在白揽春敲打过追魂鼓的第三日上，这位副营长果然出了事。

那日，城外奉军大营里出了通告，上面写着53混成旅的副营长张尽军在演习中中了流弹，爆头身亡。这官方的消息简短而确切，但报丧鸟并不信，他在得知通告之后就又带着小铜锣去了蹚鬼市，找了些自称更知内情的家伙了解到了另外一个更真实的版本。

在那个版本里，那张尽军被宪兵队从小院抓回去后受了内部处分，还关了禁闭。期间他在禁闭室里骂骂咧咧一刻没停，还威胁说等出去了就要带兵找安福系和白揽春算账。

禁闭关了三天，张尽军骂了三天，可就在第三天将吃晚饭的点那张尽军突然没了动静。守门的兵起初以为他骂得累了没有理会，送饭的伙夫打开门却惊讶地发现张尽军躺在床上，肢体残破气绝多时。

鬼市上向报丧鸟卖这些消息的人还信誓旦旦地告诉他，那张尽军尸体抬出来的时候他是亲眼看见的，脸没了半张，右手也不翼而飞。而且他血淋淋的伤口参差不齐，好像是被什么野兽用牙啃的，周身还粘着许多白毛样的玩意儿，像是和什么带毛野兽搏斗时撕扯下的毛发。

“肯定是狐狸精！”那透露消息的人最后下结论道，“这小子是被白揽春那个狐狸精给啃死的！”

报丧鸟摇头假设：“万一是被仇人设计暗杀呢？”

“不可能！”给消息的人信誓旦旦道，“关他的禁闭室无门无窗，还有七个奉天兵和两个宪兵守着，荷枪实弹连蚊子都进不去。”

“嗯？”报丧鸟诧异，“你怎么知道得这么详细，莫非你就是那几位看守之一？明白了，你是个逃兵。”

“别声张！”逃兵惊恐地捂住报丧鸟的嘴解释道，“张五爷的亲侄子在我们眼皮底下死，大伙儿合计着不逃就没活路啦！”听着逃兵的话，报丧鸟点头后默默从兜里拿出一块银圆，外带一包三炮台香烟。

“不是说两盒‘新高乐’吗？”那逃兵不满意道。

“你看清楚点。”报丧鸟回答，“我这是二十根软盒，带滤嘴的。”

“哎哟！谢啦！”逃兵兴奋地接过烟扭头离开，同时迫不及待地撕开包装纸大过烟瘾。

报丧鸟了解的这个内幕太过离奇，如果不是因为他当时核实了透露者的逃兵身份也根本不会信。而且在逃兵的话里，报丧鸟还注意到了一个不太起眼的细节。

逃兵说，那张尽军的右手被什么东西给弄没了，而此人的右手正是拍打过白揽春屁股的那只。张尽军惨死，白揽春狐狸精的名声进一步做实，闻桑生也对这个女人产生了更加浓厚的兴趣。

虽然看不见，但闻桑生切实感觉得到白揽春周遭有一股强大的力量在护着她，那力量隐晦而多嫉，在她的名节受到侵犯的时候定然会适时出手。

守护着白揽春的玩意儿真身是什么，闻桑生并不清楚。不过他确切地明白，这东西和白揽春那贴着朱砂符箓的木门有大关系，和那只催命的人皮鼓有大关系，也和自己未来的调查有大关联。因此，闻桑生感觉如果想了解白揽春，必须先知道那追魂鼓的来历，以及那隔断里符箓后的情况。

25

闻桑生想调查追魂鼓，自然不能直接去问白揽春，不过好在他很快便找到了一个绝佳的突破口。而这个突破口，就是白揽春的养女白玉娇。

白玉娇只有八岁，正是头脑非常简单的年纪，而且一般在上午闲暇时闻桑生还兼职教导白玉娇弹弦子琴，两个人处的时间最长，说话也最方便。

因为这种种的关系，闻桑生自来后便有意无意地对小玉娇献点殷勤套套关系。只要有空闲，他便给那小姑娘买点糖葫芦、山楂糕、果丹皮等馋嘴零食，偶尔还趁着白揽春出局的工夫，带这孩子看看天桥的古彩戏法，吃碗保德宫的炸酱面。

白玉娇这小姑娘爱个酸甜，又见新来的师傅对她和气自然就走得近，把闻桑生当个大朋友一样。当然，两个人就算是熟了，闻桑生也自知没有熟到能问这丫头及她干娘种种私密事情的地步，闻桑生还是暗暗等着合适的机会。这是和时间赛跑的等待，每过一天他和燕子的危险就更进一步，不过好在他期盼的机会并没有让他等太久。

在张尽军被爆头后的第二天时，许妈被玉梅堂大院叫去过一回。临近中午，许妈从大院里回来后不知为何闷闷不乐，一见白玉娇便问她：“伢儿，你娘呢？”

被许妈问话时，白玉娇正和闻桑生在院外“咬公尺字”。听问，那她放下弦子和“九宫大”以方言回：“姆妈困觉呢。”

说话间，白玉娇伸手指了指白揽春那禁闭的屋门。往日里白揽春休息许妈绝不敢打扰，这一回她却一反常态地自己开门走了进去。

“揽春！”许妈高叫了一声后关了门。门一关，闻桑生在外边只能听见一些极不清晰的墙壁透音，听不出那屋子里的对话内容。

“怪了，”闻桑生品着许妈的态度，有些不可思议道，“这家伙今天不太对劲，好像有什么急切事。”

“能有什么急事啊，”白玉娇气鼓鼓地道，“不就是大院那边又让她来逼我姆妈嘛。”

闻桑生一听，立感这孩子知道些内幕，便顺着话茬问：“这里边到底什么事啊？能不能和我念叨念叨。”

可能因为混得熟了，也可能因为闻桑生早晨给她带了神仙居的云片糕，白玉娇相当坦诚地告诉闻桑生：“我姆妈上次不是给那副营长唱了粉戏吗？”

闻桑生点头：“是啊，她是为了救咱们。”

“丑事情传出去啦！”白玉娇咬牙切齿，“大院那边知道了，怕咱们这儿臭了招牌，守不住花魁的名声，所以就想让我姆妈赶紧从桌面儿转炕面儿！”

“清倌人转炕面儿，身不由己呀。”闻桑生有点同情地点了点头口上却说，“但这风月行里的人早晚都得迈这一步啊，你今年都八岁了应该懂吧。”

“呸！不就是钱嘛！”白玉娇啐了口唾沫，又讲，“我懂，可有人体量一下我姆妈的苦吗？她身子不能破，破了会死人的。”

“怎么？”闻桑生暗惊道，“你干娘莫不是真有什么和别人与众不同的地方？”

白玉娇气愤间把话说多了，他闻桑生急切间也把话问过了。

那姑娘有些反感和警惕道：“先生，你，你一大老爷们儿问这干吗？不害臊吗？”

闻桑生难得有这深挖白揽春的机会，就算害臊也不想放弃。他狡辩回答：“丫头，这么大的事情我能不问清楚吗？咱们都是吃小班这碗饭的。你干娘能不能破身子，听着难启齿，但和你我的生计身家都挂钩呀。”

说完，他又小声道：“这事我要是不询问明白，不帮着揽春姑娘想辙解决，我以后没生计不说，你也吃不上果丹皮了。”

白玉娇毕竟只有八岁，虽然很聪明懂得多，但心智到底是个孩子。她一听白揽春破身子的事情牵扯这么多的利害，当即有些乱分寸道：“可，可这是我姆妈的私密，我要是说了，你一乱传……”

“我敢传吗？”闻桑生一听有门，赶紧向白玉娇解释，“这院子里的人是一条绳上的蚱蜢，粘了尾巴的蚂螂！一个出事全都玩儿完！更不用提我这眼差的人，好不容易找了一安稳地可不想挪窝。”

“倒也是。”白玉娇点了下小脑袋，然后靠在闻桑生耳朵边以低八度的声音把有关于她姆妈的一些隐晦历史告诉了他。

这丫头首先告诉闻桑生，她是去年才改名跟的白揽春，而她姆妈则是在十五岁出头时从良人入的这风月行当。白玉娇入门之后也和闻桑生一样，对她姆妈屋子里那一个贴着符箓落重锁的木门特费解特感兴趣。只是和瞎子不太一样的是，这小丫头敢想敢干也有时间。等混熟后，她得了个机会便开了那门进去看过一眼。

言至此，白玉娇信誓旦旦地说：“我姆妈的木门后面有一个红布装点的神位，供着一只白毛狐狸的画像，画像上还用朱砂血笔写着我姆妈和狐狸仙定的契。”

“血契？够玄乎的。你认识字？断定那是契？”闻桑生微皱眉头。

听问，白玉娇昂首得意地告诉闻桑生她自小就有教养，当然认识字！而且，她还记得那上边写着三条规矩：

第一，白揽春必须供养画上的狐狸，三节上供十五烧香，缺一不可；

第二，狐狸寄宿在白揽春的身子和乐器上，护佑她一生平安；

第三，狐狸善妒，白揽春不能跟男人好，要不然非但不再保佑她，还会让她生不如死痛苦一生。

言至此，白玉娇颇为同情地说道：“守着我姆妈的这大仙既是我姆妈的保护伞，也是我姆妈的枷锁！有它在，她就永远不可能破身子。”

“妖附身，怎么会招惹这种东西呢？”闻桑生费解地摇了摇头，然后直问自己关心的问题道，“对了玉娇，那房子里除了画，你还见过别的什么东西吗？比如乐器。”

小丫头道：“你问这干吗？”

闻桑生没有说原因，笑着回道：“十二春你知道吧？他们家新出了一种叫甘露饼的糕点，听说里边有青丝和红梅。”

听闻桑生一念叨，白玉娇忙问：“我告诉你，你给我买一份？”

“成。”

见闻桑生答应了，白玉娇才继续说道：“我姆妈那木门后有一只鼓、几样琵琶，还有一把三弦琴，都特别不寻常。”

闻桑生忙问：“和我详细说说那三弦，怎么个不寻常？”

“就是不一样。”小姑娘回忆道，“材质好，琴框子暗红发紫一看就是好木头，音色特棒而且蒙皮特殊，不是一般的蟒蛇皮，是白蛇皮。”

“这样啊。”听着她的详细描述，闻桑生却非常失落。

闻桑生是瞎子，看不见颜色和材质，没有办法把这些东西和他师父丢的琴进行联想确认，从而也就没办法知道那琴是不是师父浊眼龙的“首阳采薇”。他又问：“丫头，那琴身上有没有刻着什么字？”

“字？”白玉娇停了半晌回道，“好像有！是四个字，但具体内容……”

正在白玉娇努力回想的时候，闻桑生忽然听白揽春的屋子里传来很大的争吵动静。争吵中那屋子里又传来摔碎瓷器的响动，应该是里边有人摔碎了那些插着梅花的瓷瓶。

“打起来啦！”惊恐中白玉娇停止了回想。与此同时白揽春房间的门被人推开。一个人从白揽春的房间里走了出来，听脚步声闻桑生知道这人是许妈。

“气炸我了！”许妈跨过门时念叨了一句，而后或许是因为瞅见闻桑生和白玉娇了便不再多埋怨。

“都散了吧，各自歇着去。”许妈没话找话。

“歇着？”闻桑生诧异问道，“马上到下午的局。”

“没有局啦！”许妈被一挑火，又忍不住大吼，“唱了粉戏又不转，哪里来的局！”

说完狠话，许妈掉头走出了院子，闻桑生估计着她又去大院那边复命了。许妈前脚走白玉娇后脚就冲进了白揽春的屋还顺手带上了门，闻桑生依旧没法儿听清那屋子里到底在说些什么。

听了白玉娇的话，闻桑生感觉白揽春有问题，也就想多听些她的事情。而为了继续搞清状况，他不得不上了“设备”。为了听清白揽春与养女的密谈，闻桑生摸索着在正屋客桌上找到了一只茶盏。

找到东西后，他将茶盏倒扣过来贴住那墙壁，又把自己的耳朵贴在茶盏的底部仔细听着。借着这一只茶盏，那屋子里含糊不清的声响他终于听了个清明。

闻桑生偷听到最多的是女人的哭泣以及房梁上老鼠走动的声响，外带一窝燕子筑巢的声响。白揽春和白玉娇说的是浙江话，闻桑生并不能都听懂，因此只能连蒙带猜地去揣测。

他只大概知道，在白揽春的哭泣声中基本都是对于白玉娇的叮嘱，很像是一个将死之人对自己后事的安排。虽然只听得五六分的内容，但通过那些话闻桑生还是猜测出白揽春估计是个极可怜的另类。

和把恐惧作为力量为己所用的死人王不同，白揽春对于支配自己的东西充满迷茫。她似乎根本不知道到底是什么样的力量在左右着自己的命运和身体，但又不得不依靠它保护着自己。这是一个极其纠结却又不知所措的女人，就像一只圈养的金丝雀，被一个由鬼魅、烟花巷所编织的大网牢牢地控制着。对于这个女人，闻桑生了解得越多就越同情，如果不是怀疑师父浊眼龙的死和她有关，闻桑生甚至都有心拉她一把，帮她弄清楚这附在身上的“狐狸精”的真身到底是什么。

这一天，因为没有局，闻桑生早早地回到了自己的住处，而后他躺在床上摘掉墨镜望着顶棚。虽然什么也看不见，但是闻桑生知道顶棚上有一只巨大的蛾子在漫无目的地胡乱碰撞着，它沉重的额头与翅膀在裱糊的纸顶棚上发出令人惊恐的撞击声。

那是一种透着无可名状的恐惧的颤抖声音，一如现在的白揽春。闻桑生仔细想来自己和白揽春这个女人相处也有小半个月了，他和死人王那催命的赌局也过去近半个月了。在这半个月里，他对于师父死亡的调查虽然有所突破，但是进展依旧缓慢。如果他再不做出实质性的部署和规划，他真的要输得一败涂地了。

除非……闻桑生迅速断绝了那个想法。

他觉着如果想让白揽春把发生在自己身上的所有真相吐露出来，就必须有一种强大到足够让她以及许妈都感觉震颤恐惧的力量出现在她们的生活中才行。没有这样的力量摆在她们面前，闻桑生就没有办法摧毁这些人心底的防线，让她们对自己吐露真言。

闻桑生是个眼差的，一个连小孩甚至狗都打不过的盲人，这样的人没有力量可讲。但是容身于鬼市里的报丧鸟则不一样，依托鬼市这个畸形产物，闻桑生感觉自己可以借来足够让这些女人恐惧顺从的力量，从而设计一个局查清楚白揽春背后的一切隐秘。

如果这女人就是杀他师父的罪魁祸首，闻桑生可以利用这个局让她偿命；如果不是，他则可以用这个局顺手做个人情帮她摆脱目前的困境。毕竟，至少在明面上他目前是小班的人，她好了他才会好。

第七章　二龙戏珠

心里细细筹划了一番之后，闻桑生在三更天从被窝里爬了起来，戴好遮挡脸部的帽子，去了大柳树鬼市，在那里闻桑生又成了报丧鸟。报丧鸟在大柳树鬼市的柳树下找到了他的跟班小铜锣。

一碰面，小铜锣便亲昵地道：“大哥，好些天没见您了，干吗去啦？”

“干大事业。”报丧鸟轻描淡写地回了一句，接着从裤兜里摸索出两块银圆递给小铜锣，“今儿晚上我继续包你。”

“还包？”小铜锣非常窘迫地回道，“上个月您带着我闯夜壶楼，我差点儿把命搭在那里。”

“这次没那么凶险。”报丧鸟笑着言，“我让你带我去一趟瓢营的鬼市，然后再带我去趟豹房胡同。”

“瓢营？”小铜锣诧异道，“您找那些拉洋车的干吗？”

报丧鸟没有办法在这件事情上隐瞒小铜锣：“我想和那些拉车

的定一局明天的‘二龙戏珠’”。

“二龙戏珠？”小铜锣惊问，“那您去豹房胡同，不会是为了定，定‘西方屋’吧？”

闻桑生内心里那缜密而危险的计划自不可能和小铜锣说，因此他摸了摸小铜锣的脑袋说道：“小子，鬼市里不该问的别问。”

那一晚，报丧鸟为了设计套白揽春的局，于鬼市间安排了特别多的事情。不过付出往往都是有回报的，第二天的中午他给了那哑巴傻二力一张纸条和一块银圆，让他跑腿去趟大院把纸条交给昨日和白揽春吵掰了的许妈，他要约这许妈在城东的饭馆乍春园吃饭。闻桑生知道，如果他亲自去请，许妈必定不会出来。但傻二力带着纸条去则不一样，许妈见了纸条上的字，就一定会在中午找借口出来往乍春园赴宴的。

乍春园是一家专营江浙菜的馆子，在北平餐饮里算中上等的地方，闻桑生过去没有来过。但是他知道这地方一定符合许妈的口味，因为她正是富春人，而这里富春的地方菜最是地道。

中午时分，闻桑生早早来到这馆子里花五毛钱定了间雅号，又在前堂给许妈留下了一张引导她会面的便条。他摸索着走进雅号关门休息，刚吃了一盏茶便听见许妈笑呵呵地推门走了进来。

人还没进屋许妈就激动地冲里边喊：“哪位大爷这么有眼光！哎哟！怎么是你这个瞎子啊？”

许妈前半段话激动至极，是因为她先前在傻二力带给她的纸条上看见的是：

东城金主，仰慕白姑娘久矣，近闻白姑娘有打头之局，有意买之，望妈妈出面详谈，事成定有重谢。具体事项，还望中午至乍春园雅号详议。

闻桑生留下的纸条，字字都扣在许妈的心事上，肯定能引她出动。但显然她没料到这只是闻桑生自导自演的一出戏，更没想到闻桑生这样一个眼差的能写出一手毛笔字来，所以这才有了她后半句的惊愕。

许妈惊愕不已时，闻桑生却咧开嘴笑道："特奇怪是吗？为什么接待您的不是便条上的豪门贵人，而是我这个瞎子？"

说完，闻桑生将他身边的一只坐凳拉出来示意："您先坐下，有些事敞着门我不好开口。"

"狗嘴里能吐出象牙来不成。"许妈相当蔑视地回了闻桑生一句，但还是关好门坐了下来。

没等闻桑生开口，许妈抢着说："瞎子，二力给我那纸上写的可是东城金主！这金主该不会就是指你吧？"

闻桑生淡淡回道："我想玩女人的话需要找个花魁吗？在我这里有区别吗？"说完，他指了指自己的眼睛。

"也是。"许妈又猜测，"这么说，你是想牵线拉皮条？在你背后有个大人物想打揽春的头局？"

"对头。"闻桑生昧心地回了一句，然后带着嘲讽的口气又言，"咱干的事情下贱，但都是为了钱。既然都是为了钱，事情反倒好谈了。"他伸出右手，十块大洋整整齐齐地落在了桌面上。

呼啦！一声悦耳的响动后，闻桑生顺势将那十块钱推给许妈说道："这是您的'开眼'，我背后的金主说了，如果能促成他和白姑娘的这桩美事还有重谢。"

"哎哟！"许妈急匆匆收了钱，对闻桑生的态度大为改观，"你快和我说说，让你牵线拉皮条的是哪位阔爷？"

"不急。"闻桑生故意缓了下提议道，"既然在饭店谈，咱们就先点菜，边吃边聊。”

乍春园不愧是北平最地道的江浙菜馆，这里的伙计上来后信誓旦旦地说这里的菜是由兰溪的厨娘烹饪，主料都是从浙江富春一带采集的时令鲜品。特色有上官的竹笋、龙羊的白果，三山的板栗、富阳的响铃、富春的鲥鱼。特别是那一口鲥鱼，更是清明前后的“出水鲜”。

“先来条鲥鱼，”闻桑生毫不吝啬地说道，“网油清蒸的那种。”

“哎呀！太贵重了！”许妈惊愕道，“这时候的鲥鱼那可是‘一条鱼换一两金’呀！在老家时我也没吃过这么名贵的菜。”

“那今天更得吃！”闻桑生坚决道，“我背后的金主特别说了！好事若成，许妈妈是一等的功臣，务必要招待好。”

闻桑生又说：“那主儿不差钱，您敞开吃，别给我省。”

闻桑生知道，在风月行当里没有什么比钱更有说服力，而请客吃饭又是极好的展示财力的方法。所以闻桑生不敢吝啬，拿过去抄鬼市的积攒尽量展示着实力，他必须让许妈相信自己背后还有一个不肯露面的金主大爷在驱动着一切，此人强大、神秘且急切。

来之前，闻桑生做过功课，知道许妈年轻当倌人时从来没红过，虽然她身在上等烟花巷，但估计没见过这样的阵仗。

果不其然，许妈被闻桑生一顿招呼下来也确实是又蒙又喜。饭菜上齐，她几乎从提筷子起就在不停地问闻桑生他背后的金主到底是谁？此人又想以什么样的方式来享受白揽春的第一次。

对于这些核心问题，闻桑生笑着说：“许妈妈，有件事情您先搞清楚。”

“啥？”

闻桑生又指自己的眼睛：“为什么我背后的这位金主独找我这

个眼差的帮忙拉皮条？”

许妈是聪明人，听闻桑生一提醒便立马醒悟道：“谨小慎微！你背后的金主来历极大且不想以真面目示人，怕他被外人抓住把柄对前程不好。”

“对，但只对了一半。”闻桑生又讲，“咱们家白姑娘有‘狐狸精’的名号您知道吧？”

“那都是坊间瞎传的。”许妈本能地否定。

“甭管是不是真的，这名声是在的。”闻桑生深解，“狐狸精这名头有好有坏，它听起来勾魂成就着咱家姑娘，细品却让人害怕又败坏着咱家姑娘的前程，您懂吗？”

“懂。”许妈由衷认同并抱怨，“男人嘛，都是这个样子。”

“我背后的这位金主也是这想法，他不敢乱来，所以……”略微停顿，闻桑生挑明直言，“他想在一个特殊的地点和姑娘碰面‘打个样局’，再按照规矩一步步地来。”

许妈马上问：“什么样的特殊地方？”

“这不能说。”闻桑生道，“不过估计是个道士或者和尚开过光贴着镇妖符箓之类的辟邪地方吧。”

“不行，这局不能出！”听了闻桑生的话，许妈坚决否定，“你介绍的这人一问三不明，还要把揽春拉到不知名的地方去，万一出了事我负不起责。”

闻桑生心中微恼。这许妈精明的程度超过他先前的想象，再这么下去她绝不会配合着把白揽春弄出来。不过好在闻桑生还有些备用的计划。

见许妈不答应，闻桑生忽然诡异一笑不再说这件事，而是顾左右而言他道：“许妈妈，我和您打听点别的事情吧，您一个月能从大院领多少钱？”

许妈困惑："你问这干吗？"

"好奇而已，其实您不说我心里也有底。"语毕，闻桑生又根据过去在中下等烟花巷里的见闻掰扯道，"白揽春是'红倌儿'，局多财多，她的'花红'大院那边我估摸着得抽五成，您不是'家长'，所以按行规惯例这五成里您只有一成的抽头，一局下来也就是三五个钱的收益，对吗？"

分析完，闻桑生仰天一副悲悯的样子感叹："咱们班里我感觉数您最累心！一局跑下来才赚三五块，苦哇！"

听见闻桑生详细的分析，许妈也跟着酸酸地应答："可不是嘛。像头驴样鞍前马后地'挡钗''拉线'，既累心也寒酸！"

"所以，我想替您捞一票狠的。我背后这位金主愿意给您额外的红包，全归您一人哦。"

许妈本就是个爱钱没够的主，一听有额外的钱赚，当即把她的原则和担忧全抛之脑后。她只问："那人能给我多少？"

闻桑生伸出一根指头："头一次'样局'五十现洋，之后按规矩打三回茶围，绝不碰姑娘身子，各给您一百，如果我背后的金主和姑娘合得来能成美事，打得头局再给您一千。"

闻桑生的话句句挠心，在一千多块的空头承诺面前，许妈彻底折服了。她大咧咧地笑道："成！这事就这么定了！何时出局？"

"最好今晚。"闻桑生笑道，"我已经安排好黄包车了，到时候咱们小班的人一起跟着走，省得您不放心。"

"妥帖。"许妈大笑，"那我也不吃了，回去就给你写局票，只是这票上填谁的名字？"

"我吧。这事我接洽我负责，只是，"闻桑生伸出手摸了摸桌上的酒菜盘子说道，"鲥鱼还有多半条，菜也没吃几口，您趁热吃完了再走也不迟。"

“不吃了，赚钱要紧。”许妈激动道。

“那打包？”

“也不打包了。”许妈咬牙切齿，“这几个月咱们小院闹耗子，一到半夜就在房顶上打架，拿回去全便宜耗崽子啦！”

“闹耗子？”闻桑生诧异道，“我怎么不知道？多久了？”

“大概有半年光景，你才来了几天，又不睡在院里自然不知道。”许妈顺口回道。

闻桑生心中一惊，恍惚间他品着这话又对应着前几天张尽军“横钗挑眼儿”时的一些奇怪响动和细节，以及他昨日里偷听白揽春哭泣时的动静，忽然感觉自己恐怕猜到缠着白揽春的狐狸精是个什么东西了。

现在，他需要的是核实。

27

下午，许妈和闻桑生回小院见了白揽春，而后两个人像演双簧一样极力促成白揽春和那个“神秘人”的局。白揽春是一等聪明的女子，听见闻桑生所说的人模棱两可便起疑道：“名字都不透露就外出打样局，这样的人靠谱儿吗？怕不是拐带人口的？”

“不能，”挣钱心切的许妈指着闻桑生信誓旦旦道，“闻先生接洽过好几回了，他做证。”

“是的。”闻桑生笑着讲，“况且我都安排好了，去的时候让咱们小班的人一起跟着，这么多人绝出不了事情。”

白揽春还有些犹豫：“但今天晚上，树庭说要来，我怕……”

“你管他干吗！”许妈不耐烦，“他每次来了最多也就是喝酒听曲说胡话，至多花不过几十块，没必要等。”

“是呀。”闻桑生皮笑肉不笑道。

他知道，许妈之所以反感张树庭是源于此人虽有钱，却爱送白揽春小首饰化妆品等物件，而物件她是没有办法捞抽头的。

“白姑娘，”听白揽春有顾忌，闻桑生不得不开口劝道，“张少爷是您的恩客，但不足以让您摆脱目前的困境，我带来的这位金主却不一样。”

“哦？”白揽春好奇道，“怎么个不一样？”

“大不一样。”闻桑生用略带神秘的口气讲，“他是真心想和您好，他不光想要您身子，还想帮您解决些魑魅魍魉的棘手问题。”

“什么！”白揽春吐了两个惊愕的字。

闻桑生的话没有说透，不过他知道这女人已经听出其中的弦外之音。之后，白揽春的态度果然改变了。

她终于答应：“闻先生，您是懂我琴的人，也是救过我命的人，我信您。这局，我出便是。”

“这趟出局，绝不让您失望。”闻桑生笑道。

晚上，白揽春终于出了局。

北平的春夜一如既往地冷，不过在玉梅堂白揽春的小院门口却是热闹非凡的。略微吃过些晚饭后，白揽春在许妈的搀扶下走出了院子。在小院门口早有五辆人力黄包车候着，这五辆车上不光有挡风的呢料大棚，还额外加了兽皮的背靠和脚垫保暖，显得非常高档贴心。

当然，如此高档的东西，都是闻桑生利用过去对鬼市规则和买卖物品的熟悉一手安排的。既然是戏，那就要做足，道具更要做好，观众还要多，不光让许妈跟着去，就连傻二力和白玉娇也都跟着。

因为这一回是闻桑生带着白揽春出局，所以他坐最前边那辆。

坐在自己的位置，又听见白揽春小班的几位都坐好后，闻桑生的脸上抹过一丝得意的笑，然后他拍了拍他面前的人力车夫道：“兄弟，记得地方吗？”

“瞧好吧您！豹房胡同，中间来一段‘二龙戏珠’，我们都记着！”

“那就好！”说完，闻桑生笑着将自己那顶黑猴清水毡的帽子拿出来戴在头顶，压低帽檐。从那一刻起他又变成了报丧鸟，也是从那一刻起白揽春等人不知不觉进入了报丧鸟布置的一场大局之中。

在这局里，他们才是瞎子。

一坐上闻桑生叫来的黄包车，白揽春心里便感觉不太对劲。自十五岁入行至今，白揽春出过许多奇奇怪怪的局，可唯独没有出过像今日这般的局。她不知道接下来会面的是谁，也不知道会面的人要在什么地方见她。这样没有头尾的盲局如果放在往日，别说白揽春，估计在许妈那儿就直接给一口回了。奇怪的是，今日许妈却一反常态地极力促成，真不知道她葫芦里到底卖的什么药。

忐忑路途中，白揽春拉开车帘望了一眼车外。车棚外是昏暗崎岖凹凸不平的街道，在狭窄的街道中他们的五辆黄包车在车夫的拉拽下快速而稳定地行驶着。车夫走的这段路途白揽春不认识，不过看见另外四个人的车都还在一起，他也就安了心神。人是从众的，既然大家都在，她便感觉也没什么可怕的了。

大概又走过小半个钟头，黄包车停了。

“到嘞！您下车，不用给赏钱。”黄包车车夫稳稳地放下车，笑呵呵地冲车里的白揽春说。

闻言，白揽春走下车，立刻因面前的景色诧异不已。

白揽春下车的地方是一处极狭窄的胡同，而那胡同的出口所连通着的则是一条说不上热闹也说不上冷清的街道。出口连通的街道上都是些小二层小三层的旧房子，几乎在每间房子前边都有两三个浓妆艳抹但又年老色衰的女人立着。她们一碰见路过的男人，就卖力地“叫客”。

低档劣质的胭脂气味，鱼龙混杂的街市，这些让白揽春立刻意识到这条街是个卖身女子的聚落。连八大胡同附近那些最低贱的烟花巷都不如，不入流到连她白揽春也不愿意来的肮脏混乱地方。

正经人绝不会带花魁到这种地方打样局。一下子，白揽春慌张了起来。惊慌中她忙回头冲黄包车处喊：“许妈妈，不对劲，咱们回……”

话说了一半，白揽春惊呆了。在她身后那黑暗的胡同里刚刚还拉载她的黄包车此时还在，但是那些拉车的车夫不知什么时候变成了一个个裱糊的纸人。看着那些立在黄包车前黑裤蓝马褂面色白僵的纸人，白揽春以为那些车夫中邪了，吓得叫了一声，掉头就往胡同外跑。她刚刚转身没跑出五步，却和胡同口守着的一个男人撞了个满怀。

“别慌，”那男人在白揽春撞进怀里时轻轻搀住她并安慰道，“有我在。”

“你？”白揽春闻言抬头，惊愕地发现那个堵住她逃路的男人是她的琴师闻桑生。

白揽春不知道为什么闻桑生会突然出现在她后背的胡同口，她也顾不上想。她只是紧紧抓着闻桑生的衣服惊恐地问道：“闻先生，这是怎么回事？许妈妈和傻二力呢？为什么拉黄包车的是纸人？您带我来见的到底是什么人？”

闻桑生异常淡定地回道：“姑娘别误会，这是我背后金主一手安排的‘法术’。”

“法术？”白揽春不解。

闻桑生点点头又伸出手指着白揽春的身后道：“您回身再看看。”

白揽春回身，又是一惊。此时，她愕然发现那黄包车和纸人全不见了，取而代之的是一团团火焰和迅速消失的灰烬。

“这，这是怎么回事？”白揽春惊奇地追问。

“这就是法术啊。”闻桑生笑着回答，“先前我说过，我背后这位金主不光想要姑娘您的身子，还想帮您解决些魑魅魍魉的棘手问题。”

闻桑生适时挑明道：“白姑娘，我背后这位金主不光有钱，而且神通广大，有功夫且会些方术，他听说您被狐狸精纠缠骚扰之后特别同情，所以就想帮您驱邪。”

说完，闻桑生又伸手指着先前停黄包车的地方道：“那带您来的黄包车和车夫都是他用法术变化出来，让您开眼的。”

听着闻桑生的话，白揽春一阵激动。她自己也不太清楚是怎么被“狐狸精”缠上的，她只知道自已被这莫名其妙的东西害得好苦。起初她觉得那是一种保护，但随着时间的推移，她又感觉那变成了无法形容的桎梏。因为那东西的存在，她连一个正常的勾栏女子都不能做。

“您背后金主会法术？他如果真能帮我驱邪让我做个正常女人，我就太谢谢他了。”白揽春激动地笑道，但之后她又费解道，“可是，许妈妈他们呢？”

“被我背后金主用障眼法困住了，没危险但是过不来。”闻桑生道，“那位金主说了，作法是隐晦事，不能让无关的人看见。”

说完，闻桑生侧身指着胡同外的那条街道：“和我来吧，那位金主已恭候多时了。”

虽然有些纠结，白揽春还是拽着闻桑生的手走出了胡同。出于惊恐和不安，白揽春在出了胡同后对闻桑生说：“先生，我是因您挡枪救命的恩典才信您的，这趟局您可不能卖了我。”

“懂！”闻桑生略停了脚步和手里的导盲棍，重重点头道，“姑娘信任我还把我当个人看，只这两点我就一辈子感谢，也一辈子记着，我带您走这一趟只是想还您一个清白身子。”

闻桑生的话让白揽春心头莫名一暖。之后他便拉着白揽春穿过艳香熏天的街道来到一处二层小楼。那小楼的铁门紧锁着，闻桑生敲了两下才开了一条小缝隙。

“谁？”门缝里传来一个难听的女人声音问。

“我，”说话间，闻桑生递进去一块大洋，“昨日定的西方屋。”

那门一下开了，闻桑生划拉着导盲棍抓着白揽春的衣襟走了进去。进去后，白揽春才发现这屋子是一处公寓，狭窄的过道两侧都是用旧的木门。而许多的木门后隐约传来男欢女爱的声响，白揽春虽然是八大胡同的花魁，但一直是清白之身，听着这些声响难免面色羞红。

她忍不住问闻桑生：“先生，这是什么地方？太寒碜了。”

闻桑生感叹一声道：“这地方行里多叫暗门子，是一些女子赚钱的地方。女人若落在这种地方，那才是彻底完了。”

白揽春带着埋怨道：“那您还带我来？您和那金主果然没安好心！”

“没安好心才不会和您说这些呢。”闻桑生牵着她上了二楼又讲，“我拉您来这里打样局，只因为这里的房间有一样别的地方没有的好处。”

“是什么？”白揽春好奇道。

这时，闻桑生带着白揽春走到了二楼尽头的一处房子，他拿出用钥匙将那房门上的铁锁打开又推开一条缝隙。然后，他让出路来笑着道：“这里边的好处，您亲自进去体会吧。”

28

对着闻桑生开启的门缝，白揽春向里望去。据白揽春所见，会面金主的这间屋子没窗户也不见人影，还昏暗得很，里边除了一盏油灯、一张软铺大床、一副桌凳再无其他。

白揽春自入风月行，甚至长这么大也没进过如此落魄的下等地方，她有些踌躇。

“姑娘，不想进？”闻桑生问。

“这……”

“您若不愿意，我带您回去就是。”闻桑生讲完又提醒道，“不过，这千载难逢的驱邪机会，错过就太可惜了。”闻桑生的最后一句话，说在了白揽春的心坎上。

白揽春咬牙狠心道：“我去。”

说完，她移步进屋，但闻桑生没有跟着进去，而是在她进门后猛然关闭了屋门并在外边锁了门。

啪啦！听着闻桑生锁门的动静，白揽春慌了。她冲回门口重重地拍打着门道：“为什么把我锁起来？”

“姑娘别慌，我只是去喊金主来。”闻桑生在门外解释，“这地方鱼龙混杂，我怕有人趁我不在冲进来占您便宜才落了锁，没别的意思。”

白揽春听得缘由，心中略微平静了些：“哦，那麻烦您快些。”说完，她坐在了凳子上静静地等。

等待中的白揽春心里一点都不平静，满脑子都是刚才那些堪称奇幻的法术和闻桑生那张总是挂着诡异表情的脸。她总感觉今天晚上的闻桑生和平时不大一样，那张脸上没了平时的小心翼翼和怯懦，一脸冷峻神秘莫测仿佛换了一个人。甚至白揽春都不敢和闻桑生那戴着墨镜的眼睛对视，她总是觉得那副墨晶眼镜之后一定有一对犀利如剑的目光在盯着自己。

正在白揽春胡思乱想的时候，房间里忽然传来滋溜溜的响声。白揽春的耳朵敏锐，一听见突兀的响声便立刻去瞅，很快发现那声音来自桌子上用作照明的那盏油灯。

可能因为灯油质量的问题，油灯发出些杂音的同时火苗也越来越小，眼瞅着就要熄灭。这油灯是屋子里唯一的光源，白揽春自不能让它熄灭，因此她急忙从头上拿出一只簪子去挑灯芯。可就在白揽春刚拔下簪子的时候，那油灯的灯芯忽然跳动了几下又猛然大亮了。只是和先前正常时所不同的是，此时的油灯并不是明黄的火焰，而是变成了一种莫名可怕的暗蓝色。

随着暗蓝的火苗猛然大亮，整间小屋一下子披上了仿若地狱般的颜色。白揽春哪里见过这种奇事，立刻便被颜色怪异的火焰吓了一跳，而偏偏这时那暗蓝色的火焰忽然又灭了，房间顿时从暗淡的蓝陷入了一片漆黑。

白揽春彻底崩溃了，花容失色的她跌跌撞撞跑到房间门口，一边敲门一边带着哭腔道："闻先生，放我出去！有鬼！有鬼呀！"白揽春惊恐地敲门呼喊了三声，就在她正欲喊第四声时，身后忽然响起了一个男人的声音。

"姑娘别慌！灯灭，只因鄙人使了一个瞬移的法术波及而已。"

随着这背后的一声呼唤，白揽春安静了些。说话的人声音苍老而有些混沌，但白揽春感觉有些熟悉仿佛似曾相识。可具体在哪里听过，她却又怎么都想不起来。就在她努力回想的时候，那黑暗里的人又说："白姑娘，坐回来吧。打样局，总不能坐在地上打吧？"

一个冷笑话，略微缓解了气氛。

"哦。"白揽春在黑暗中摸索着坐回凳子上说道，"大，大师，能不能把灯点上，我什么都看不见。"

"不能。"那位黑暗中的"大师"告诉白揽春，"你身上附着狐狸精，如果你看见我的相貌，那狐狸精也就看见了。到时候它必定会找我报复，我非但不能帮你驱邪，还会惹祸上身的。"

"这样啊。"白揽春略微点了点头，再不敢有点灯的想法。

"那咱们就一直这么说话？"白揽春问，"我还不知道您叫什么？"

"就叫我大师吧，告诉你真名，怕那狐狸精也能找到我。"

"好吧，大师。"白揽春点了点头。

略微沉默了一会儿后，那大师主动开口："白姑娘，我在六国大饭店偶遇过你，那倾城容颜让在下念了许久甚想交往，只是碍于你身上的魑魅，我不敢乱来。"

讲完原因，大师挑明道："所以我想施展法术，先用十几天时间帮你把身上的狐妖驱散，你看行吗？"

白揽春激动道："那您打算怎么帮我驱邪，有几成把握？"

"还说不上有把握。"大师诱导道，"你先从头说说你是怎么入的风月行，又是怎么招惹的这狐狸精，我再帮着从长计议，好吗？"

因为先前见识了大师施展的许多"法术"，白揽春对于这位能人的本事深信不疑，自然也就不敢对他的所问有什么隐瞒。于是白揽春将她几乎从未启齿的隐晦过去，细细地都讲了出来。

白揽春说她本名顾茹婷，是苏州一大户人家书香门第出身，更是一等良人。顶好的家教和风月行沾不上半点儿边，最关键的是她还有一位定了儿女亲的未婚夫。

据白揽春所讲，那未婚夫长她十岁，他家和顾家是世交，其人也是一表人才。上过私塾还参加过直隶讲武堂，并由此搭上了安福系当了大军官。

顾茹婷十五岁时，他那位已身居要职的未婚夫往顾家去了一封信，说自己心念茹婷已久，早就希望能够和她完婚，但可惜自己需要为段大帅准备“武力统一”之兵备，实在离不开北平。故而，他恳求顾茹婷家父带女北上完婚，并承诺到时候一定把他们的婚礼办得风风光光，还会让段大帅亲自主持证婚。

顾家人书香门第，知道这携女北上成婚不合礼法，也丢份。但因为这位定了儿女亲的姑爷实在优秀，再加上又有段大帅亲自主婚的承诺，顾家感觉脸上有光，于是便允诺答应，顾父顾母和一堆亲戚带着顾茹婷坐火车北上，前往北平完婚。

就在顾茹婷到了北平下榻香厂在酒店里准备做她风风光光的新娘子时，她的婚姻和前途却突然起了巨变。在结婚前十几天，和顾茹婷定儿女亲的未婚夫开枪自杀了，没有任何征兆。

顾茹婷未婚夫的死因成谜，但他死时正赶上北洋政府和日本人签署的一些卖国密约被媒体曝光出来，引起舆论大哗。风口浪尖上，那些在野的政治人物和小道媒体便莫须有地将两件事情妄加联系，非说顾茹婷的未婚夫就是和日本人签密约的密使，还说他之所以自杀是因为事情败露畏罪恐惧之类。死人不会申辩，再加上舆论压力，政府也就顺水推舟把事情都往这死人身上推，只可惜顾茹婷成了未过门的遗孀不说，还莫名其妙地被戴了一顶“汉奸媳妇”的帽子。

姑爷成了卖国贼，顾家人自然也面上无光，因而为了和他划清界限，顾茹婷的父亲就赶紧联系记者催促自己的女儿在报纸上刊登一条通告。那刊登通告的目的有三：一来是声讨顾茹婷未婚夫卖国之事；二来声明当年的婚约作废；三来强调顾茹婷只是未婚妻，两个人虽然订了婚，但未曾过门。

当年如果真按照顾父的想法登了报，这顾茹婷还可以明哲保身，虽然丢些人，但不至于堕落成勾栏女子。可偏偏顾茹婷被严苛的家教教坏了脑子，并没有按照老爹的意思办。

顾茹婷在未婚夫头七时，于报纸上发表了一篇署名文章，但文章的内容并不是顾父所说的三点，却是说自己对于未婚夫的公事并不知情，不好乱说他就是所谓的汉奸，更不想人云亦云在未婚夫尸骨未寒时便冷酷地泼脏水撇清关系。总之，她感觉这都不是一个妇道人家该做的。

顾茹婷的这篇文章彻底让舆论这锅开水沸腾了。因为这篇文章，顾茹婷“汉奸媳妇”的帽子被牢牢戴上，引得许多进步学生和愤怒青年去她下榻的香厂附近游行闹事，顾茹婷居住的酒店被迫把她赶了出来。

这些事顾茹婷始料未及，但最让她心寒意外的是她的父亲。那顾父一见自己女儿名声彻底臭了，竟然主动登报说顾茹婷有辱门风是不孝之女，自甘堕落是不义之人，自此划清父女界限将她逐出门户。撇清关系之后，顾父只给亲闺女扔了两百块银票，便带着家里人坐火车回了浙江老家，从此再没来过北平。

就这样，一个月不到，顾茹婷从准新娘变成了人人唾骂的汉奸媳妇。一个女人在北平无依无靠，眼瞅着就要活不下去，就在这个时候八大胡同里的玉梅堂却向她抛出了橄榄枝。别看八大胡同是藏污纳垢的不正经地方，但还是很有商业眼光和投资头脑的。早在顾茹婷刚被家里赶出来的时候，他们就看中了她的相貌、才艺以及“名声”，只等她彻底走入绝境便要出手将其收入麾下培养成花魁。

身陷绝境举目无亲的情况下，顾茹婷最终被说动了，后来便化名白揽春入了玉梅堂当了清倌人。

29

人的想法是奇怪的，在白揽春还是顾茹婷时，她是人人唾弃的汉奸媳妇。当她变成院里的倌人后，那些知情人却又争先恐后来捧她的场，想满足一下享受“高官未婚妻”“汉奸未婚妻”的快感，然后又被她的才艺折服成就着她的名声。就这样，在时间的流逝和白揽春的长袖善舞中，旁人渐渐只记得白揽春是个花魁，是狐狸精。

“人言可畏呀！”说到这里，白揽春唉声一叹。

“原来如此，你真是委屈。”大师听罢同叹，又问，“后来呢，你是怎么惹上狐狸精的呢？”

白揽春声音低沉道：“记忆里模模糊糊的，我也只能说出个大概。”

说起“狐狸精”的事情，白揽春先讲玉梅堂大院里的姑娘有两类。一类是像白玉娇这样被从小就买来培养的倌人，而另一类则是像白揽春这样半路上由良家入行的。一般来说，从小被买来培养的，因为对风月行当里的规矩耳濡目染故而更受顾客欢迎，也和自小相处的姐妹们抱团更紧，半路入行的则因为不熟悉业务受到排挤。

但白揽春是个例外。因为白揽春家教好天赋优，入行当年便成了顶级的花魁，出一局往往能有几十甚至百多块银圆的入账，足以让旁人羡慕到眼红。

勾栏女子爱攀比嫉妒，那玉梅堂里的几位从小就被培养的倌人便抱团想欺负她，除掉这个眼中钉。在某一次外出应酬时，那几个姐妹买通了那晚的黄包车夫和一个贼人，趁白揽春出局回来时，准备把她拉到通州河的一处堤坝下毁她名声甚至要她性命。

但是让人咋舌的是，那一晚过后白揽春竟然回来了，回来的时候全须全尾，也没有被污了身子。后来人们在通州河里发现，那被买通的车夫和贼人都死在了里边，浑身上下伤痕累累，还有大血窟窿，好像被什么东西咬死又掏了心肝一样。而当巡警问起白揽春案件经过的时候，她却又摇头声称自己什么都不知道。

言至此，白揽春回忆："那些强人将要施暴的时候，我吓昏了过去。再醒来时，那两个家伙就都浑身鲜血地躺在我面前。"

"那是你第一次遇见妖狐，"大师判断后又问，"醒来之后，身上一定有什么地方和平时不一样吧？"

"是。"白揽春回忆道，"醒来时，我手里多了一幅画。"

"一幅画？"大师继续推敲道，"是不是一幅画着狐狸的画，上边还写着禁锢你的条款，让你供奉它？"

"您怎么知道？"白揽春先是惊愕，又由衷佩服道，"不愧是大师，料事如神呀！"

"一般，一般。"大师谦虚了下，又言，"再之后呢？你一定还得到过什么特殊的东西吧？"

"是的。"白揽春急切说道，"通州河那件事过去半个月后，我收到了一个匿名包裹，里边是一张纸条和一只大鼓。后来我才知道，那是人皮制成的鼓。"

白揽春听见大师的手紧紧地攥了一下，他似乎变得非常紧张。

大师沉默了片刻，问："纸条上写的什么？"

白揽春想也没想地回答："随鼓的纸条说，这鼓叫'追魂鼓'。如果我想让谁死，就对着那人用这鼓演奏唱曲，一支曲子唱完不出三日听曲的人必死无疑。"

大师口中嘀咕了一下，具体说了什么白揽春没听清楚。

"再后来呢？"大师又问，"有多少人因你而死，能记起来吗？"

白揽春有些犹豫。

"希望你从实说，"大师言道，"这样我才能帮你。"

"好。"白揽春应答，然后才告诉大师说她平安后没过几天，那几个合伙陷害她的同班小倌便先后出了事情，不是出车祸就是被巡警大兵等寻衅虐死，还有的则是莫名其妙上吊死在了自己的房子里。

这些人不是因为追魂鼓死的，但是白揽春自感脱不了干系。再之后，有一个寻衅的恶少因为挑逗太过，被白揽春以追魂鼓奏曲致死。接下来则是东城的土混混儿哈癞虎，随后又有个日本黑龙会的特务头领，最后就是前几日刚死了的奉军副营长张尽军。

回忆着这些，白揽春忍不住哭了："我不想杀人，可我没办法。守不住身子在院子里便会成了便宜货。如果我破了身子，那狐狸精也不会放过我的。"

在白揽春近于失控的哭声中，那位深不可测的大师沉默了很久。然后他忽然如想通了什么样开口问白揽春："有了。白姑娘，你手里的'追魂乐器'只有那只鼓吗？应该不是吧？"

白揽春稍微缓和了一下情绪后回答："不是。供奉上狐狸精后，我总是陆续收到一些特殊的乐器，后来我渐渐发现一个规律，似乎每有一个人因我而死，我就会收到一件乐器。"

"有多少？"

“二十三件。”白揽春回道，“有人皮做的鼓，头发做的琵琶，人骨头做的三弦、响铃、鼓槌，等等。”

“全明白了，”大师长长地吐了口气，又讲，“我有办法对付那妖精了。”

“什么办法？”白揽春激动地问。

“还不可说破。”大师回答，又补充道，“下次咱们见面，我需要你把狐狸精送你的乐器拿一件来，以方便我施法捉妖。”

“好的。我带什么乐器合适？”

大师想了想道：“就三弦吧。我还有点私心，想听你弹唱的《关公盘貂蝉》。”

白揽春急忙应承：“好的。三弦只有一把，我下次一定拿来。可，下次咱们什么时候见？”

“我尽快安排，你听那闻先生的口信就好。”吩咐完，大师缓和一下语气又讲，“白姑娘，你身上这狐狸精我知道怎么处理了，我有八九成的把握还你个自由身子。”

“谢谢您！”白揽春激动道，“我受够那怪物的禁锢了，一想到那满屋子的死人乐器，我，我就做噩梦。”

大师这一次没有回答也没有安慰白揽春，只是用脚轻微拍打着地板像是在思索什么。再之后连拍打的动静也消失了。

见彻底没了动静，白揽春好奇地又道：“大师，大师？”

依旧是一片安静，白揽春等了很久，听了很久却再没有一丁点儿动静。就在她狐疑的时候，忽然传来了开锁的响动。门开了，引白揽春过来见大师的闻桑生提着个灯笼摸索着走了进来。

“白姑娘，”闻桑生一进门便道，“让您受惊了吧？我介绍的那位金主刚才已经施法走了，他吩咐我带您回去。”

“走了？”白揽春回身，看着空荡荡的房子一脸惊诧。

“是的。”闻桑生点头又说道，“他说得赶紧回去准备驱魔，所以不辞而别。”

白揽春听了，不由佩服：“来无影去无踪，不愧是大师。”

“您觉着这人靠谱儿就行。”闻桑生摸兜拿出一张银票递给她，“日高昌的银票，里边有五十银圆，是那大师留下的‘盘子钱’，您验验真假。”

“五十？太多了。”白揽春接过银票，带着惊讶和歉意说道，“人家帮了我大忙，没听一首曲子却还要给我钱……”

“所以我才说这次您绝对不虚此行。”闻桑生笑道，“好啦，我送您回去。至于接下来的安排，那位金主说日后会主动联系我。等我有了消息就再给您张罗，您只需要记得他的吩咐就好。”

白揽春点了下头，跟着闻桑生出了这暗门子。

30

两人出来后，沿街叫了两辆正规的黄包车回了自家小院。而白揽春回到小院之后，所看见的却是另外一番景色。在白揽春的小院子里，许妈和许多大院过来的杂役，如热锅上的蚂蚁般急得团团转。

除了他们，白揽春的养女白玉娇也在，那个她收留的可怜人傻二力也在，而且额外还立着两个地方上的巡警以及张树庭。白揽春刚回院子，那张树庭和许妈便急匆匆冲了过来，再之后则是巡警和白玉娇。

“哎哟！你可算是回来啦！”许妈哭爹喊娘道，“你是不知道呀！我们的黄包车一出去没走多久就突然都停下啦，我们揭开棚子一看，你猜怎样？那拉黄包车的车夫都变成白纸人啦！吓死我啦！”

许妈的话歇斯底里，张树庭则要清醒许多。大少爷抓着白揽春的手腕急切地问：“揽春，我以为你被绑架了，吓得要死！你，你没事吧？”

白揽春摇了摇头，正欲开口，那刚刚进门槛的闻桑生却抢着说：“白姑娘好得很，大家无须担心。”

一见闻桑生，许妈立刻愤怒道：“啊！你这个害人精还敢回来！”

说完，她又冲身后的巡警道：“就是他，快把他抓起来！他是‘贴影人’，他拐带人口！”

白揽春眼瞅着闻桑生无辜成了众矢之的，立刻帮着解围：“许妈妈，警察先生们，我没有被拐卖，都是一场误会。”

院子里的人听白揽春竟帮着闻桑生说话，都有些诧异。特别是张树庭更是忍不住追问：“揽春，今晚到底发生了什么？你到底见了什么人？”

白揽春下意识地看了一眼闻桑生，说道：“我不能说。”

张树庭脸色变了，猪肝一样难看。

闻桑生骗过了所有人的眼睛。

他用一招瓢营鬼市里惯常用的“二龙戏珠”将白揽春和随行的人分了开来，又在暗门子的西方屋里玩了一出瞬间移动，还让暗门子的门房早早在西方屋的灯芯里加了钢针和药捻，让那油灯定时熄灭好营造气氛。

闻桑生用他从鬼市学来的东西耍得白揽春团团转，让她深信大师的法术，丝毫不怀疑这一切只是几个简单的戏法。

他的第一步棋走得相当成功，不过这样神叨的布局也多少引来了些麻烦。洗干净拐带的罪名从白揽春的小院子里出来时，始终有两个人围着他。

一个是许妈，另一个则是明显吃了醋的张树庭，这两个人里最难缠的是张树庭。许妈爱财用银钱就可以打发。但张树庭不同，他有钱有学问还颇为迷恋白揽春，一听说白揽春和个谜一样的人打了样局，言辞间还颇为满意便醋意大发。

这人疯了一般围着闻桑生不停质问。

“说！”张树庭拽着闻桑生的衣领，“你到底给揽春介绍的什么人？”

“哎哟！我的张少爷，您甭问了行不？我不敢说，说了我这小命就没了啊！”闻桑生恳切而如实地讲。

“他有没有把揽春怎么样？”张树庭又问。

“这我哪儿知道啊，”闻桑生无奈辩解道，“我眼看不见哪，况且就算是看得见，人家也不会让我瞧啊。”

面对死猪一样的闻桑生，发狂的张树庭并没什么好办法。到最后他只能又将自己的撒手锏使了出来。张树庭将随身的钱包硬塞给闻桑生：“这里边有四百美金二十块银圆，你只要告诉我那人是谁就都给你。我不乱传，我只是怕揽春吃亏，想心里有点数。”

听着张树庭的话，闻桑生微微摇头。说实话，闻桑生佩服张树庭的耿直为人和真性情，但可惜自己什么都不能说。

闻桑生没有收钱，只带着歉意告诉道：“张少爷，我只能告诉您，揽春姑娘肯定没危险，而且我介绍的这人还能帮她一个大忙。”

“什么大忙？”张树庭不依不饶。

闻桑生小声透露道，“狐狸精，这位先生能灭掉白姑娘身上的狐狸精，让她做回正常人。”

“什么？”张树庭愕然，闻桑生则拍了拍他的肩膀转身离去。

“您安心等消息吧。过几天我一定还您一个干干净净的白揽春。”闻桑生最后说道。与张树庭聊完，他踱着步子缓缓走回自己小院，打开房门脱掉衣服便洗漱睡下。

晚上的一切都按部就班，只是和平时不同的是，今夜入眠时闻桑生并没有枕着枕头，而是将一只他从鬼市淘换来的面盆倒扣枕在头下充作枕头。面盆做枕头，又硬又凉还硌脖子，但是闻桑生知道，这样的枕头能将整间屋子的声音全集中起来传导到自己的耳朵里。如果有人或者什么东西趁着夜色偷闯进来，他第一时间就能听到。

闻桑生做出这样的预防，自然是因为他已经预见到接下来会被人偷听，而事情也确实如他预见的那样发生了。

夜半五更天时，闻桑生忽然在倒扣的面盆中听见了吱吱吱的响动，那响动仿佛是耗子的声音，但其实不是。

听着那动静，一整夜没怎么合眼的闻桑生心中反而平静了下来。他彻底明白缠着白揽春的“狐狸精”是谁了，也明白为什么那些冒犯了白揽春的人会在听过她的“追魂鼓”后惨死。

不过他还不想戳破“狐狸精”的真面目，因为白揽春杀他师父的嫌疑还没有排除。而且就算是排除了，闻桑生还想用这“狐狸精”的力量为他办一些额外的事情。

第八章　断指乌鸦

31

隔一天中午，闻桑生单独找了白揽春。在闺阁内，他告诉忐忑的白揽春说前日里与她打样局的那位金主已经安排好再次见面的事情了，如果方便今天晚上就可以去。

通过前日的接触，白揽春对那位大师充满了期待。见又有了外局，她欣然答应并从屋子里取了一把三弦琴带在身边，说是要给那位金主弹琴助兴。

闻桑生做了这许多的局，就是为了将白揽春珍藏的弦子琴骗出来，进而核实那是否为他师父被人抢走的“首阳采薇”。因此听见白揽春拿琴的动静后，他便有些迫不及待地道：“这东西我帮您收着吗？”

“还是我自己拿吧。”白揽春有些警惕地说道，“这琴是那位金主点名要的东西，我怕有闪失。”

闻桑生感觉如果强讨太过，可能会让她起疑，因此便不再追索。

因为有了第一次的安全和“见识”，这二回再去白揽春放心了许多，也不再让许妈和傻二力他们跟着。但是白揽春还是吩咐闻桑生，她可不想再坐那纸人的小车了，想想就瘆得慌，而且万一遇见刮风下雨什么的，她还不得和车一起吹到天上去嘛。

对此，闻桑生点头称是。

夜晚时，闻桑生依旧早早从瓢营的鬼市安排了两辆人力车。待白揽春和他先后坐稳之后，他则吩咐那拉车的道：“豹房，还用‘二龙戏珠’。”

“明白，您瞧好！”说话间，那人拉着黄包车缓缓前进。

“二龙戏珠”是一种特殊的戏法，它的目的本不是为了迷惑谁，而是为了摆脱跟踪。

早在闻桑生以前跟着下等烟花巷的姑娘出局时，他就听说了在东城瓢营附近有一个由拉黄包车的车夫为主体组成的鬼市。在那里蹚市的人大半都是黄包车夫，他们白天拉活晚上没啥活时则兼职买卖一些小道消息和坐车顾客遗留在黄包车上的物品。不过那里的车夫最大的收入来源，却是趁着夜色为一些卖身女子招揽接洽生意。

“二龙戏珠”这把戏，是指拉皮条的在带客人去预定地点时准备两个一模一样的车队，其中一队去接目标人物，另外一队则在约定好的某一暗巷子里等着。当载着目标人物的车队到达约定的地点后，另一个车队则会立刻出来与第一队混杂在一起，而后按照客户的要求重新编组车队再快速分开。

因为车队的装扮布置极其相似又是在晚上，两个车队分开时不懂行的客人极难发现跟随着的其他车辆已经换了车夫和顾客，往往只有等下了车才会察觉。这整个调包的过程就好像两条龙在戏耍一颗珠子一样，才称为“二龙戏珠”。

这些人“二龙戏珠”是玩出了花的，以至于他们不光能帮客户摆脱威胁和纠缠，还能帮他们自己摆脱威胁和纠缠。比如在撂车的时候，同时于设伏地快速弄一纸人出来代替车夫，既可以吓人一跳，又可以摆脱追踪或者乘客的纠缠。

今日里这第二次出局，闻桑生自知没有必要再拿纸人的障眼法吓唬白揽春了，但是一段“二龙戏珠”还是必须要的。因为他知道，经过之前那么一闹必定会有人追踪尾随。

事情复杂，但在报丧鸟看来，这黄包车就是一个快速流动的鬼市，他报丧鸟必须甩掉尾巴才好在鬼市里做自己接下来要做的事情。

一段“二龙戏珠”前后不到十秒，报丧鸟听着车轱辘的声音便知道发生了什么，而当一切结束时也只有他知道他刚刚甩掉了什么。当报丧鸟与白揽春双双下车后，在他们面前的则又是那家与大师密会的暗门子。

报丧鸟将白揽春引领到那间屋子前，再次将门打开而后指着里边说：“您进去等吧。”

白揽春顺从地应了一声后便抱着三弦走了进去。她刚一进门报丧鸟便落了锁头，而后他快步下了二楼找到那个给他们开大门的门房女人。

他将一块银圆递给这门房，吩咐道：“把梯子给我架起来。”

“好嘞！”说话间，那女人在一楼架了一只向上通二楼的梯子，那梯子前日里报丧鸟爬过，正通着白揽春小屋桌子下的一扇暗门。

一切就绪后，看门房的女人笑呵呵道：“先生，一般我这隐门里都是从里往外爬人，像什么怕被老婆抓的顾客，玩完了不想给钱的混账，躲在这避风头的大盗我见的多了。但像您这样从外边往里爬的我真是头一次见，您玩的这是什么把戏呀？”

报丧鸟冷冷地回道：“黑五类的规矩，您不会不知道吧？”

“不问了，呵呵！”那门房吹了一下手里的银圆，听了会儿响后告诉报丧鸟，“上边灯灭了，去吧，我给关门。你完事后还是连着踹几脚地板，我就知道了。”

报丧鸟点了下头，而后小心翼翼地沿着梯子爬了上去。

报丧鸟从桌子下爬出来时，尽量轻手轻脚。

但尽管如此，当他摸索着与白揽春刚一对坐后，那倌人还是发现了他。

“大师，”白揽春忐忑道，“您来了？”

“嗯。”报丧鸟应了一声，而后将一枚枣核放进嘴里。

作为一个生活在声音世界里的盲人，报丧鸟自然知道该如何控制改变自己的声音。他将枣核咬在门齿附近，说话的时候尽量拿舌尖轻抵着枣核，那么说出的话便会显得衰老而含糊。这样他便可以堂而皇之地伪装“大师”了。

准备就绪后，报丧鸟正式开口：“白姑娘！我要的乐器你带来了吗？”

“带来了。”应答后，白揽春将三弦琴放在桌子上，“这就是您要的琴，是东城的哈癞虎死后我收到的。”

“给我。”报丧鸟颤抖地伸出手将那把琴抱住，仔细地摸索着。

瞬间，他的心放松了下来。师父珍藏的“首阳采薇”他虽然没用过，但还是在过去搬家和保养的时候碰过几回。他对于听触之感十分敏锐，几乎在摸索到那琴身的一瞬间，他便确定白揽春手里的这把琴不是“首阳采薇”。这琴的琴轴是用骨骼制作的，琴弦好像是马尾，那琴身确实也如白玉娇所说刻着四个字。只是这四个字并不是“首阳采薇”，而是“虎骨劣琴”。

“不是……”两个字报丧鸟几乎是笑着说的，他心中的兴奋轻松并不比找到杀师仇人要少多少。推测坐实了，这个女人没有杀浊眼龙，浊眼龙也不是因她而死。她只是个单纯无助的清倌人。

“不是什么？”白揽春听不懂大师的话，追问道。

“哦，没什么。”报丧鸟自觉失言，急忙正声道，“姑娘，事情不是那么简单了。你这把琴有问题，那狐狸精把自己的一条尾巴放在了里边。”

报丧鸟临时抱佛脚的胡编乱侃，却吓了白揽春一跳。冷不丁，报丧鸟忽然听见她在黑暗里跪了下去，带着哭声道：“大师，您快救救我吧。我不想再被这东西缠着了，救救我吧。”说完，白揽春竟然抱住了报丧鸟的大腿。

“好，好！你先起来！”眼瞅着要露馅儿，报丧鸟着急地回了几句，先稳住白揽春的情绪让她放开了自己，而后略微沉默着开始思考接下来的计划。

他知道这白揽春的嫌疑虽然是没了，但是她还是有利用价值的。而且她身上的“狐狸精”如果不除掉，早晚还会有人继续因她而死。如果死的还是那些仗势欺人的混蛋，报丧鸟不会在乎，可问题是接下来会死的人很可能是自己。

秉承着这样险恶的判断，报丧鸟狠下心对白揽春讲：“白姑娘，这琴我看完了，也知道该怎么帮你驱魔了。”

“奈介？”白揽春依旧急切地问。

“别急。”报丧鸟将弦子琴递还给白揽春后说道，“这追魂的琴有狐狸精的法力，只要琴一响那妖精就会闻声而至，所以我想你先给我弹弦唱首曲子吧！等唱完了把狐狸精引来，我再去摆阵坐法和它斗个三百回合。”

“这，”白揽春怯怯地问，“您不怕打不过它？”

“怕的，但是为了你我得试试。”报丧鸟咬牙道，“士为知己者死，乐为知音而存。”

白揽春静默了一阵，鼻腔里竟起了一丝抽动的声音。

“没想到我活到了这等下贱的地步，才遇到个真想帮我的人。”白揽春轻轻拨弄那把三弦。

“如您前日所说，一曲《关公盘貂蝉》，献丑。”说完，白揽春横握弦子，用那鸡啄之指、天籁之音、追魂之琴唱起那一曲《关公盘貂蝉》：

关公辞曹到黄昏，红日归西海底沉。

照的那，柳荫花障好几层，林中宿鸟怕人到，道路之上却少人。

富贵之家来赏月，贫穷居住陋巷中。

才子秉烛文章念，佳人房中停秀针。

山僧洗路归禅院，牧童吹过杏花村。

渔翁拢岸归来晚，樵夫担柴下山林。

……

就这样，白揽春轻车熟路用京调的鼓词和时亢时哀的声音将这一段鼓书里关公的大义与貂蝉的悲艳演绎得恰到好处。

白揽春有一等的唱功，因此当她唱毕时，报丧鸟同时伸出了大拇指。

“好！”报丧鸟忍不住道，“《关公盘貂蝉》这一段唱词虽不复杂，却是二角对峙之词，由一人独唱时，极少能有清倌人将关公的忠义高傲与貂蝉的美艳凄惨同时演绎出来。一人二角能唱到如此地步，你是第一！”

毫不吝啬地夸赞完，报丧鸟又言：“不过相比而言，你还是貂蝉唱得更好一些，特别是那一段‘十盘十回貂蝉女’简直把貂蝉的身不由己多才多难表现得淋漓尽致。痛哉！哀哉！”

听了大师的品评，白揽春道：“您过誉！我只是……”

“有感而发，我懂。”接完话，报丧鸟又讲，“人这一辈子，总有那么几回身不由己言不由衷，更何况你还在那风月场里，更是‘妾身虽存如昼烛’哇。”

“听弦知味，您是真懂我的人！”白揽春在说这话时几乎快哭出来了。

听着白揽春的呼吸，报丧鸟知道再不能煽情品评下去了，否则局面就会失控。到时候她猛扑过来抱住自己，再一摸他的眼眶，他这只报丧鸟就暴露了。

“好了白姑娘，咱别说这些伤心话。”报丧鸟换话题道，“能再给我弹些曲子吗？我想听些与众不同的。”

“好！”白揽春收敛了神色，而后弄起了弦子。轻拢慢捻中她为报丧鸟弹奏了一曲《青松夜游》和《月儿高》，再之后又忽然撩拨十指竟给报丧鸟弹奏出了一段《八音流水》。

熟练流畅的《八音流水》一出让报丧鸟听惊了！听得原本自家独会师父独传的乐律，他急忙道：“白姑娘，你怎么会这曲子？这不是闻先生独会的东西吗？他教你了？”

“没有。先前他给我修弦子琴时拨弄过，我暗自记下的。”说完，白揽春又带着笑意讲，“这闻先生也是个有趣有胆的人，他平常看着怯懦无助，但关键时候能‘扛钗’，前几日还为我堵过枪眼呢。如果不是因为眼差，我想他应该能做个叱咤北平的好汉。”

听见白揽春夸赞自己，报丧鸟的嘴角划过一丝笑意。

而后他拿脚拍打了几下地板同时冲白揽春道："听几次就能记住乐律，不愧是一等的花魁。恰巧我这人还就爱听古调，你还能多弹几遍吗？"

"您喜欢就好。"说完，白揽春又拨弄起琴弦奏出了《八音流水》。

白揽春的曲子弹了有一段时间。当她的三小段乐声停止的时候，屋外的闻桑生就来开门锁了。

门打开，闻桑生冲白揽春道："姑娘，那位金主走了，他说让我送您回去，还说下次再见一定能帮您驱邪消灾。若不再见，那恐怕他就死了。"

"哦。"白揽春有些失落地应答，又问道，"对了先生，您能帮我一个忙吗？"

"您说。"闻桑生弯腰应承。

白揽春言："得空，您能把您那《八音流水》全教我吗？"

"成！可您学它干吗？"报丧鸟困惑。

白揽春甜笑着回道："有人爱听。"

32

第二次从局外回来时，闻桑生如约给了许妈一百块的银圆。

那许妈是个得了钱就满足的家伙，见闻桑生把白揽春全须全尾地带回来又兑现了诺言，便自然满意极了。

不过，就在三更过半两个人即将分开的时候，那许妈还是忍不住又多问了一句报丧鸟道："闻先生，你介绍的那位到底什么来路啊？我可听揽春提起说他是个修道会法术的！这修道之人还近女色？"

"不懂了吧，这里边可有门道。"闻桑生奸笑。

面对着许妈的疑惑，闻桑生高声回答："那吕洞宾还三戏白牡丹呢！这有大本事的人，行事乖张些也未可知。"他的话声音大得出奇，估计一屋子的人都能听见。

"有道理。"许妈忙道，"可大院那边今儿问这事呢，我总得有个说辞吧。"

"您就告诉他们，请揽春姑娘的人是咱北平一势力极大的人物，我说出来就得死。"闻桑生回答完也不再管许妈的追问，提着灯笼离开了小院。

出了白揽春的院门，闻桑生的神经骤然紧张了起来。莫名其妙中，他忽然感觉今天晚上恐怕还要出事情。因为那不好的预感，在回住处的路上闻桑生心里一直惴惴不安，总感觉有什么在跟踪他，可是每当他停下脚步仔细品着夜晚里的动静时却又什么都听不到。

明明安静无事，他心里却依旧紧张。压抑而古怪的直觉中，闻桑生一步步走回自己的住处，而后伸出手。紧跟着他的身体都僵硬了，心里更是冰寒到了极点，因为他发现自己家的门没有了锁头。

没有锁的门足够让闻桑生恐惧惊异，燕子如果来看他是不可能开锁的，他自己走的时候也记得落了锁头，故而这只能说明他家里遭贼了。

如果是一般的贼闻桑生心中不会惊恐，但是今夜光顾他家的贼人绝对不一般。通过刚才的摸索闻桑生发现门并没有被用强力打开的痕迹，这只能说明闯门之人的技术熟练手段老辣。老辣的贼不会像一般毛贼那样随机偷窃住户的东西，一定是踩好了点才动手的，可什么样的黑五类会主动破规矩踩点偷窃一个盲人的家呢？

站在无锁的门口，闻桑生很是冷静了一阵。最后他还是推开门走了进去，这是他的住处，他避无可避。

开门，进院，闻桑生刚走出五步，他背后的门便"砰"的一声关上了，关门的动静又惊了闻桑生一哆嗦。因为自己家院门关闭的时候，他没有听见任何除门之外的响动，包括人的脚步声、呼吸声、移动声，以及风声。

这根本就解释不通，可即便如此闻桑生还是发自本能地冲院子里问："谁在？"

"呵呵呵！"三声冷酷的笑几乎在他开口的同时抢先回答了他，然后一个物体凌空而下重重地击打在他的背上将他压倒在地。

咚！闻桑生胸口挨地时发出了痛苦的闷响，倒地后那压倒闻桑生的东西让他没有丝毫还手和挣扎的余地，更不用提就在他刚刚倒地的瞬间，还有一只冰冷的爪子紧紧卡住了他脖颈，爪尖正压在他滚烫搏动的颈脉上。

"知道我是谁吗？"沉重的背上一个阴阳怪气的声音传来。那质问的声音像男人又像女人，浸透着一种戏谑的味道，就好像一只狐狸在玩耍它的猎物——一只断了翅膀的乌鸦。

"我，我不知道！"闻桑生忍受着尖爪的冰冷艰难地回答。扼住他喉咙的冰冷爪子陷入了他的皮肉，让他异常难受。

在报丧鸟的痛苦中，那人告诉他："我就是'狐狸精'！缠着白揽春的'狐狸精'！"

"啊！"报丧鸟惊恐，而后立刻带着哭腔道，"大，大哥！不！大仙！我，我没有碰白揽春！我没上过她！"

"嘿嘿嘿！"压在闻桑生背上的家伙蔑视地笑，"你一个瞎子当然没法儿上她，但是你带去的人呢？"

"这我哪里会知道呀，"报丧鸟辩解，"我看不见！我只听见白姑娘用她的琴给那客弹了三支曲子。"

压在他背上的狐狸沉默了片刻，问道："他们在什么地方约会？"

“这，”回答，“我说了会死的！”

“那人是谁？”“狐狸精”又问。

“我，我说了还是会死的！我背后的金主会杀了我！”

听着闻桑生的一问三不知，“狐狸精”笑道：“呵呵，守口如瓶，你挺守规矩的嘛。不过你忘了一点！”说着，那只扼在报丧鸟脖颈上的爪子移开了。“老子是‘狐狸精’，我有比死更让人惧怕的东西！”

说完，“狐狸精”那冰冷的爪子握住了闻桑生右手的小拇指。

咔嚓！

一声脆响过后，紧跟着是一阵钻心入髓的疼痛。当那疼痛传到闻桑生的头脑中时，他立刻意识到自己右手的小拇指被硬生生地扯断了，自根而断。

“啊……”闻桑生那撕心裂肺的喊叫声只出了一半，便被背上那只怪物拿爪子硬生生捂了回去。

“放心，我不杀你，杀一个瞎子丢份！不过，”那“狐狸精”残酷地笑道，“你这瞎子不是靠手吃饭的吗？若再不说你背后的金主是谁，我就把你的手指头一根根掰断，让你生不如死！”

威胁完，那“狐狸精”松开了捂住闻桑生嘴巴的爪子。此时，闻桑生最为疼痛的时候已经过去了，但他还是浑身颤抖手痛如绞。闻桑生下意识伸出左手摸了摸自己右手被掰断的小拇指。那指头紧贴着他的手背肿胀着，折断的地方不断渗出鲜血，稍一碰触便是针扎火燎般的刺痛。

“啊……”闻桑生忍不住地呻吟着，同时扼腕道，“我的手，手！”

“手还在！看在你是个瞎子的分儿上，我已经让你三分，别不识抬举。”恐吓完，那“狐狸精”继续问，“说，那金主的真身是谁？”

疼痛中，闻桑生惊恐回道：“我说，我说。让我拉皮条的是南城第一恶霸，人称‘黑虎’的柳东升。”

“柳东升？”

“柳东升。”报丧鸟连连点头道，“这家伙外号‘自来横’，手下……手下有‘五百土混混儿’，称霸‘鬼市’‘鬼局’，自称黑道第一虎，因为痴迷乐器乐律，所以迷恋白姑娘。”

说完自己背后金主的“真身”，闻桑生又讲道：“他看上了白揽春，但是又怕遭您报复，才出了个下三烂的主意，让我这个瞎子当中介，在个被和尚开过光的屋子里见的白揽春。”

几乎在闻桑生吐口的同时，那“狐狸精”从闻桑生的背上跳了下来。这家伙落地时声音极轻，仿佛一张掉在地上的纸。

“瞎子，离白揽春远远的，如果再给她拉皮条，你的手指头还会继续断。不过你放心，你绝不会死，因为你不配。”说完，“狐狸精”的声音便彻底消失了。如果不是闻桑生断掉的手指头，一切都仿佛没发生过。

痛苦中，闻桑生连连冲空气里点头告饶，当他意识到对方很可能已经走了的时候，才强忍着痛苦爬到自己家门板附近，靠着门大口喘息了很久。然后他从炉膛里取了些炭灰止血，又忍着剧痛将断指扶着不让它彻底掉下来。豆大的汗珠顺着他脖颈不停地流下来，他几度昏厥，受了重创的整只右手也彻底肿了，闻桑生在痛苦中支撑着直到天明鸡叫。

虽然很痛，闻桑生却知道自己只断一根指头已然是相当幸运的。遇见那“狐狸精”的时候，他准备牺牲的是整只手臂。但是他不太担心自己的性命，因为一个有品的“狐狸精”，一个真正懂行的黑五类，是不屑于坏掉规矩做杀瞎子这种比下三烂还下三烂的卑贱事情的。除了杀他师父的那个畜生没人会这么干，因为这里是北平。

北平，终究是讲规矩的地方。

鸡叫之后，闻桑生忍着痛拿起导盲棍去了药店，让正骨的师傅给自己的小指头上了夹板。再之后，他去了白揽春的住处通告了自己的伤势。虽然整只手肿胀得如馒头一样，虽然痛苦的感觉无时无刻不侵袭他的心智，闻桑生却咬着牙尽量装作放松地笑。

在白揽春面前，他完全没有提起昨晚遭遇的拷问和虐待，只是轻描淡写地告诉她说，自己回去的时候点背摔了一跤，弄了个手残。

“我需要休息十来天，等拆卸了夹板才能回来弄弦子。”闻桑生满是歉意地说道。

“先生安心养病。”说完，白揽春从私房钱里取了二十块作为他养病的费用，闻桑生没有拒绝。

给完钱，白揽春带着不好意思的娇羞，忍不住又问：“那个，您介绍的那位金主？”

“哦。”报丧鸟擦了擦汗水回道，“那位金主如果有消息了我会来找您的，您放心，耽误不了正事。”

“好。”

“我有愧。”闻桑生简简单单地说了三个字后便返回自己的住处。回家，关门，忍痛上药，闻桑生躺在床上在一阵阵的疼痛中细细地想。

现在他的危险越来越大，但是事情反而变得明朗起来。白揽春不是杀人犯，“狐狸精”也现了真身，他还用一招借力打力让那有本事却没头脑的“狐狸精”去找自己接下来要调查的第二个目标——城南黑虎柳东升。

33

虽然经历了腥风血雨，但是闻桑生依旧稳坐着钓鱼台，看着这些自以为是的龙虎狐之辈被自己耍得团团转，甚至被自己当枪使唤去硬碰硬，但他毕竟是一个盲人，有许多正常人能干的事情他干不了。因此，在指断之后闻桑生心中越来越迫切地认识到，如果想让自己的计划继续实行，他必须寻求更强大外力的帮助。

闻桑生自己的事情，本不想也不太敢再麻烦别人，可是一想到所剩无几的时间以及白揽春和燕子的无辜性命，他便知道自己别无选择了。在这一日晚上，他吃过晚饭后又拖着沉重的步伐去了夜壶楼鬼市。

到了那里，他直奔夜壶楼，并如愿在三楼的楼顶上见到了鬼市中眼睛最好的家伙——死人王。

“哈哈哈，不行了吧？”一进门，报丧鸟就听见死人王用兴奋的声音喊，“是不是来求饶的？只要你求我，我帮你报仇！”

“鬼市的眼睛会自己动手？你少诓我。”报丧鸟说道，“我已经知道白揽春不是杀人犯，接下来我也有办法调查柳东升了，相信很快就能找到杀我师父的混蛋。”

说完，报丧鸟又低声说道：“但是，我需要你帮我一个忙。”

死人王吸溜了一下牙齿间侧漏的口水，说：“还是来求我的呗！你想知道什么？”

“柳东升的作息规律、兴趣爱好。”报丧鸟直言。

“这种大人物不好说。”死人王回答。

“少来。”报丧鸟不信，“柳东升是个飞扬跋扈的黑道瓢把子，这样的人爱横着走，调查起来绝不难，而且他油水多，你自然不会没有准备的。”

“我只是说不好说，没说没准备。”死人王冷笑道，“不过我凭什么帮你，凭什么说？”

报丧鸟语窒了一下，在夜壶楼问任何事情都是需要付出代价的，这是死人王的规矩。

“忘规矩了啊？不应该吧。”死人王癫狂道，“你以为揣着手雷就能在我这儿横行无忌？太天真了吧。”

报丧鸟抿了抿嘴，问道：“你想要什么？我能拿得出的。”

“嘿嘿！”死人王得意地说道，“其实你根本不需要这么费劲地找什么杀师凶手，你只需要办一件事情就能赢你和我的赌局，一件小事。”

“我知道你要什么了。”报丧鸟想起了他过去想过无数次的那个办法，但他还是迅速断绝了那个念头。

“你要的我确实可以给你，举手之劳。”报丧鸟回答，“但是那办法太龌龊太恶心了，我不会那么干，我宁愿输得一败涂地也不会干那种事情。”

“不给？”

“绝不会给，这是规矩，我的规矩。”报丧鸟再三强调。

“好，那我换一个。”死人王出人意料地松口道，“你和我的赌约还剩几天？”

“十天。”

“时间砍一半！”死人王说道，“我可以告诉你那柳东升的作息，但是你必须在五天之内找出并杀掉弄死你师父的仇人，办不到你就输！”

“五天。”报丧鸟咬牙喊出这两个字来。

“要么五天要么赶紧滚，你自己选。”死人王催促。

“五天。”报丧鸟又重复，同时把头脑里掌握的所有东西以最快的速度构建着。燕子、白揽春、死人王、柳东升、张树庭……许许多多的人在他的脑海里一闪而过。

他知道，随着自己的调查和报复，许多人的命运都会逐渐偏离原来的轨道，而他自己也再回不去原来的样子了。

“想好了没有？”

“好，我应了。”在死人王的催促声中报丧鸟答应道，“用五天的时间换你的消息。”

“呵呵，聪明人。那坐好了，我仔细和你说说柳东升这人。”报丧鸟又听见了翻书的声音。

那一晚，报丧鸟终于了解了那个柳东升，包括此人的衣食住行，兴趣爱好，性格特点以及手下的具体情况。借助于死人王，报丧鸟心中迅速敲定了许多悬而未决的事情，他原本有些混沌的认知也再次变得清明，他甚至感觉这个柳东升可能是最大的一个嫌犯了。

当死人王讲述完最后一个字时，报丧鸟忍不住拱了拱手道：“谢谢您，我想我知道该怎么做了，估计用不了五天，我就能完成我的事情。”

“自信！”死人王期待道，“我也想看看一个瞎子怎么从五百人中取人家总瓢把子的首级。”

报丧鸟点头起身准备回去，但是在脚跨出死人王的屋门时他又多问了一句：“其实，你从一开始就知道杀我师父的凶手是谁，对吧？你让我调查这三个人是为了给我放烟幕弹，逼迫着我走那条最龌龊的路？”

死人王笑过一声回答道：“小子，你拿什么东西换这些问题的答案？”

报丧鸟无言以对，他已经没底牌了。

五更天鬼市收了，报丧鸟从夜壶楼里走了出来。这一日他被“狐狸精”掰断的手指依旧肿胀发痛，但是相比昨日好了很多，那痛苦至少不再让他说话时牙齿打战了。

从今日起他只剩下五天时间，那死人王的话既帮了他，也扼住了他的咽喉。这次闯夜壶楼前他没有想到事情会发展成这个样子，但是除此之外他又想不出别的办法来，他只能孤注一掷，尽快将黑虎柳东升这个最大的嫌疑犯拿下。而拿下柳东升，绝不是他这个盲人自己能轻松办到的。于是闻桑生又想到了一个人，一个可以帮他的人。

中午的时候，闻桑生戴上帽子摸索着去往城西铁匠胡同寻一个叫“千金顶”的铁匠铺子。

走进铁匠铺子后，闻桑生找屋子里的铁匠讨了一杯水，然后坐在人家铺子对面静静地等。他知道今天燕子会来这里，因为十一天前燕子探望时曾和他说过，她家里有一批兽夹子坏了，需要找这里的铁匠补铁修刃。

燕子还曾说，那些兽夹子是精钢的行货，专门用来捕捉野猪、黄羊和云豹，以及从小五台山上偶尔下来的黑瞎子和土豹子，是他们用了一冬天的好东西。春日里猎物少还掉膘，相比而言大野兽的肉骨更来钱，如果不修补好这夹大猎物的玩意儿，他们家就得要饭过活了。

燕子很准时，和先前告诉闻桑生的一样。晌午一到，他就听见了燕子那无与伦比的清脆好听的声音。“我取夹子来啦。”

燕子是骑着一头毛驴来的，那驴的四蹄刚一落停，她就在驴背上冲铁匠招呼要夹子。听着燕子的话，坐在铁匠铺对面的闻桑生缓缓走了出来穿过道路。从一个正常人的角度来说，闻桑生的速度很慢，当单飞燕把兽夹子往驴背上哗哗叠放的时候，他才穿过街道走到她的背后。

当闻桑生伸出手轻轻地拍了下燕子的后背时，燕子惊愕道：“哥，你怎么来这儿找我了，你的手怎么回事？”

“没时间了。”闻桑生迫切道，“我需要你帮我。”

“你师父的事情？”

“不止，”闻桑生点头并补充道，“我还需要你救我的命。”

“咱们俩不说这种话，去你那里谈。”说话间，燕子卸下牵驴的绳子，之后她拉住闻桑生的手道，“上驴，咱们回去。”

闻桑生踌躇。

“快上来啊！总不能让我陪你溜达回去吧，你不是说没时间了吗？”

“哦。”闻桑生点了下头，然后和单飞燕双双骑在驴背上沿街道走着。

第一次骑驴的闻桑生心里七上八下，因为没有平衡感，他的手只能抓着燕子的腰肢努力保持平衡。那感觉怪怪的，他觉得这好像是接新媳妇时的样子。

媳妇……闻桑生忽然想要是有单飞燕这样一个媳妇也挺好的，憧憬间两个人骑着驴回到了闻桑生住的小院。刚进院门，燕子便急匆匆握住闻桑生的手摸了一下断指。

“痛！”

“是被人掰断的！”燕子愤怒道，“谁干的？我帮你报仇！”

“不用。”闻桑生一声苦叹，“如果我手指头不断，那只狐狸精不会轻信我说的话，也就不会有接下来的好戏呢。”

“什么狐狸精，什么好戏？”燕子追问。

“驱狼吞虎。”闻桑生得意道，“我这辈子导得最好的一场戏。”

“什么意思？”燕子依旧困惑。

闻桑生略微组织了一下语言，将几天来他经历的事情有取舍地和燕子说了一些。

闻桑生告诉燕子：“就是这么个事情，有个自称狐狸精的变态缠着白揽春，疯狂报复任何和她有染的男人，现在这个变态被我惹毛了，以为南城的恶霸柳东升是要打那花魁头局的家伙。”

听了闻桑生的话，燕子恍然道：“这就是驱狼吞虎，高明，但是不光彩。”

“都不是什么好东西，我乐得看他们狗咬狗。”闻桑生又道，“现在狐狸精和黑虎杠上了，他们俩两败俱伤的时候我正好可以把他们都弄死。”

语毕，闻桑生内心异常愧疚地说：“我夹在几大势力之间没了退路，没有一丁点儿退路了，所以我需要你帮我。”

“我一定帮你！”燕子一口应道。没有困惑，没有质疑，有难必应，这就是知音，闻桑生知道燕子会这么做的。

“谢谢你！”闻桑生发自肺腑地感谢道，“没有你，我这一年多根本不知道该怎么活。”

“咱俩不说这个。”燕子单刀直入地问道，“咱们怎么干？”

“别急。”闻桑生笑着说，“想算计柳东升和狐狸精，我得先带你去个地方。”

“什么地方？”

“演大戏的戏台，带你排练。”

闻桑生知道燕子最爱看戏，因此他的这出“驱狼吞虎”燕子绝不会错过。

第九章　财神庙

34

中午吃过饭，闻桑生和燕子骑驴去了南城。在北平最杂乱的南城，闻桑生让燕子领着自己逛了几家茶楼和饭馆。他们俩从中午走到下午，最后在一家名叫“吉德缘”的多层茶楼上停下了脚步。

闻桑生在顶楼包了一间房，给燕子要了一盘南瓜子、一份豌豆黄和一份龙须酥，让她就着菊花茶和冰糖水吃。闻桑生感觉，在春日最美好的时辰慵懒地坐在向阳的雅间里，看着城内熙熙攘攘的街道，品着甜点和别人的百态之姿，一定是件很惬意的事情。可惜的是他看不见，不过幸运的是他还有燕子这双眼睛，至少她看得见。

听着风带给他的声讯，闻桑生指着雅间的窗户问：“这里的视野怎么样？”

燕子回道：“挺好的，远处还能看见永安门上的城楼呢。”

“我想也是。”闻桑生微微点头道，“这一路走过来我听了许多地方，数这里听到的声音最多最远，所以我估摸着这里的观察条件最优。”

燕子好奇道：“有什么用呢？”

“有没有用咱们先不提。”闻桑生道，“我先和你说说咱们接下来要对付的目标柳东升这个人，好吗？”

“好。”

闻桑生用笑意掩盖着自己身体的阵痛，将他昨天晚上从死人王那里听到的有关柳东升的一切都说了出来。

据死人王讲，这个柳东生一辈子劣迹斑斑，最早在东北地界当土匪。当土匪时，此人跟着关东地方上叱咤绿林的杜老判杜立三父子在新民府三界沟落草，因其是个杀人不眨眼的快枪手，故而很受大哥们的重用。

但快活日子没过几年，柳东升的大哥绿林大匪杜立三就被拜把子兄弟张作霖出卖，在县城里吃了消命的鸿门宴，脑袋成了张作霖献给他新认干爹赵尔巽的投名状。

杜立三吃鸿门宴的同时，匪巢里整营人马也被官兵突袭围剿。在那场剿匪恶战里，群龙无首的土匪死伤殆尽，只有那柳东升凭借着两把镜面匣子开路，带着杜立三的一个妾室和几个残匪逃了出来。

常言道“大难不死，必有后福”，而这句话用在柳东升身上再合适不过。他带队逃出后便成了众望所归的匪首，那杜立三的姨太太也名正言顺地归了他。巧的是那妾室以前分管着杜立三的许多私房钱，知道杜立三存在奉天、大连、新民等地的洋行票号和老林里的黑钱账户、窖藏金银。如此一来杜三爷打拼了一辈子才获得的金银美女，瞬间便被他手下一个名不见经传的炮手得了去。

柳东升接收的班底不错，但他自知论本事没他以前的大哥杜立三大，更惹不起张作霖和当时的东北王赵尔巽，因此在得了钱财后就很识趣地金盆洗手，带着手下和太太坐轮船来了北平。

柳东升有些头脑，到了北平并不急着动弹，而是先把银钱存进了大银行，并借此资本与上层官僚建立关系洗白了自己。有了官方背景后，他才利用自己当土匪时的人员和枪支摇身一变干起了“土混混儿”，在北平南城霸占了一座又一座宝局一处又一处鬼市，并开了只属于自己的颇有土匪特色的“诡局”买卖。在短短的几年之内，这个从东北流落来的残匪就成了北平南城一霸，手下人马五百多号，气焰之盛一时无两。

说完柳东升的来历，闻桑生又讲：“这家伙虽说在北平落了脚，近两年也老实了许多，但骨子里还是个东北土匪，他住的四合院是仿照东北的烧锅大院建造的，四角都有炮楼。”

说完，闻桑生伸手指着他们面前广视野的窗户道：“四角上修炮楼的大院在北平可不多，你能看见吗？”

“我瞅瞅。”燕子趴窗台望了望后回答，“果然有。青砖琉璃瓦，弄得不伦不类。但是好多射击孔，还有人瞭望，看着密不透风。”

“嗯。”闻桑生点了下头后问，“燕子，你练过功夫，所以我问你，如果让你闯那院子刺杀柳东升你办得到吗？”

“难。”燕子非常实在地回答，“我仔细看了，他家的院子除了炮台还有防攀爬的铁丝网，上不去。”

“如果能进去呢？”

“也很难。”燕子回答，“我看他家院里屋子特多，修得简直和迷宫一样，就算是进得去也未必找得到人。”

“土匪的巢穴自然机关算尽。”闻桑生点头说道，“我误导了‘狐狸精’，让他和这只城南黑虎狗咬狗，那‘狐狸精’又是一等精明变态的家伙，所以咱们能看见想到的那缠着白揽春的‘狐狸精’不可能料不到。”

“你的意思是？”燕子恍然道，“那被你当枪使的‘狐狸精’如果要动手绝不会硬闯，而是会趁着柳东升出门的时候弄死他？”

“是。”闻桑生又言，“但我听说这个柳东升是有名的快枪手，能打中抛上半空的银圆，还能在快马之上随手打掉百米之内的烟盒。”

“真有这么厉害？”燕子不太相信。

闻桑生点头：“我一开始也不信，但是转念一想这人能从官兵的突袭围剿中保着姨太太出来，想必所传非虚。”

说完自己的判断，闻桑生又问：“燕子，你感觉这样的人，你在光天化日之下能徒手赢他吗？”

“不能。神仙难躲一溜烟，这人枪又准，别说和他对决，我就是用冷刃突袭，恐怕也很难是他镜面匣子的对手。”

“没错。”闻桑生点头又讲，“所以那‘狐狸精’杀这家伙的时候，一定不会是光天化日，甚至不会是月光明亮的晚上。”

“原来是这样！”燕子恍然，随后又问，“可是这柳东升会在晚上出来吗？”

“巧了！这家伙还真的喜欢在晚上出来，而且他不光喜欢晚上出来还喜欢逛悠他家附近的鬼市。”

说完，闻桑生指了指窗户又问：“燕子，你在他家大院附近，能不能看见一条十字街？”

“有。”燕子回答，“街上有一衣铺、一茶水摊、几个车夫，还有些卖小吃的，还有俩‘低头斋’。”

“那街道地形怎么样？”闻桑生问。

“复杂。”燕子回道，“十字街除了两条相互交叉的大路还有三条小胡同，简直像个蜘蛛网。”

“确实像蜘蛛网。”闻桑生点头，又讲，“所以这里在晚上的鬼市，夜么虎子们都叫它‘蛛网鬼市’。”

“蛛网鬼市？”燕子想当然地问，“柳东升爱逛这里？这你也打听到了？”

“我不光打听到了，而且我还详细地知道他为什么爱逛。”

闻桑生告诉燕子，这柳东升骨子里是个胡匪，自然也就有着胡匪的爱好。喜欢找刺激寻乐子顺带偶尔捡个便宜。因此他爱斗兽也爱赌博，喜欢蒙着脸在鬼市里穿梭找宝贝的那种感觉，尤其喜欢在古董店乐器店淘换甚至强买强卖各种乐器。

“这个人虽然是个不懂风雅的土匪，但是特别爱收藏乐器。”闻桑生言至此忍不住吐出此人的嫌疑道，“而且这人对乐器有一种偏执，但凡他看上的乐器，就算是派人去抢也得弄到手。”

“这我好像有所耳闻。”燕子回忆，“听说前几年他的手下在鬼市上打死个人，就是为了抢人家一把唐代的琵琶。”

“我也听过这消息，但这还不是最离奇的。”闻桑生皱着眉头道。

说起柳东升的奇怪癖好，闻桑生又讲：“更离奇的是，这家伙弄到名贵乐器之后却从来不弹也不用，不送人更不把玩，再好的乐器入了他手就仿佛蒸发了一样再没出现过。你说怪不怪？”

“确实可疑，他不像是在收集乐器，倒像是希望在那些乐器里寻找什么特殊的种类。”燕子不由揣测。

报丧鸟点头继续讲：“柳东升这个人飞扬跋扈收集乐器不择手段，除了白揽春，他嫌疑本就最大。而且他还爱逛鬼市，这也符合杀我师父的人所说的‘我这人确实是做暗生意的，但我不做偷抢的下二等买卖’。”

“你别总纠结那句话，”燕子提醒道，“说不定那是故意误导你的。”

闻桑生固执地摇了摇头，继续道：“柳东升爱逛鬼市在江湖上是出了名的，甚至许多夜么虎子都知道他在鬼市上自号‘自来横’，他喜欢戴个金丝边帽子出市，扎眼得很。”

不过最近几年，不知是因为岁数大了还是因为树敌太多，这位自来横不再像过去那般满北平乱跑了，至多只在蛛网鬼市附近转悠，行事也低调了一些。说完柳东升的作息，闻桑生又特别强调此人的算计极深并不是个莽夫，这一点只从他逛的这个蛛网鬼市便可见一斑。

别看那蛛网市道路复杂容易设伏，却距离柳东升的老巢最近，也最容易疏散。这样的地方进可攻退可守，如果逛鬼市时有人偷袭，他就能在手下的掩护中快速退回百十米外的大院。如果他家大院遭到突袭守不住了，他又能突围到这鬼市里，借助四通八达的街道网络逃出生天。

听完闻桑生的话，燕子忍不住感叹：“狡兔三窟，互为犄角！这只黑虎应该叫黑狐才对。”

“这老东西小心惯了，除了营巢，他每次来蹚鬼市还都带四个随身的保镖。每个保镖都是练家子，至少各带一把盒子炮，而他自己除了两把快枪怀里还揣着一把撸子救急备用。”

说完柳东升的安保，闻桑生又反问单飞燕：“燕子，如果是你，你怎么暗算这一票人？帮哥想想。”

“这一号人不好处置。”燕子思考后缓缓回答，“袭击必须突然迅速且不能用枪，如果用枪一响，那么柳东升大院里的人就会出来救驾，这么近的距离救兵一出就前功尽弃了。”

“不响的武器，”闻桑生问道，“飞镖？”

“这个主意好。”燕子笑着言，“飞镖得是带毒药的，比如中了就起不来的那种‘三步倒’。光有飞镖还不够，必须得把人引诱到一僻静的地方才能下手。”

闻桑生点头道：“蛛网鬼市有许多极窄的羊肠胡同，那里晚上最僻静也适合设伏。”

“可柳东升不傻，不会轻易进去的。”

“简单，投其所好。用一名贵的乐器来引诱这货！燕子，谢谢你。我彻底知道那‘狐狸精’会怎么对付柳东升了。”

是的，闻桑生和燕子所进行的一切假设都不是他们自己要干的事情，而是那只缠着白揽春的“狐狸精”接下来要对柳东升做的。那只“狐狸精”如果认定了要报复“黑虎”，就会在一个月黑风高夜，趁着柳东升蹚蛛网鬼市的时候拿着一把名贵乐器叫卖。借此搭讪把他引诱到一僻静窄巷，而后快速出手拿染毒的毒镖放倒柳东升的手下，并将他虐待致死。

最后，闻桑生如是说道：“如果我想插手这件事情，只需要在一个无月的夜晚，确切地说就是明晚蛛网鬼市，找一个卖乐器的家伙就行。那人必定就是‘狐狸精’的真身！”

“哥，”燕子惊愕道，“你居然纯靠推测就把‘狐狸精’的行动都算出来啦。”

“要不常人都说瞎子算命准呢。”闻桑生无奈地笑，“我看不见，所以任何东西任何事情，我都是三分靠听五分靠‘揣摩’。”

“还有两分呢？”燕子追问。

闻桑生没有回答，而是伸出手指了指自己的鼻尖和燕子。

“哈哈！”燕子大笑一声，转而说道，“但有一点我还是不太明白。”

说完，她又问闻桑生：“哥，没月亮的时候不光是明天，况且就算是没月亮柳东升也不一定出来，你就那么确定那‘狐狸精’一定会在明天出手？”

闻桑生沉默片刻后说道：“我不是很确定，那只‘狐狸精’身上还有许多事情我没弄清楚。现在我只能走一步看一步，只能赌。”

沉默了片刻，闻桑生又接着问：“燕子，咱说完怎么抓柳东升了，我接着问你，你有办法抓那只狐狸精吗？”

“这可不敢乱说。”燕子咽了一下口水后说道，“他对你动过手，能不能把这人的本事再细讲讲。”

“好。”闻桑生在小拇指的隐隐阵痛中将自己遇见“狐狸精”的过程和盘托出，也把他断指头的过程都仔细地讲了，那可是他拿手指换来的线索。

听完闻桑生对这人身手的描述后，燕子声音有些颤抖地说道：“行动时没有预兆，从你背上跳下去的时候像一张纸样落地，他练的必然是蜻蜓点水功，脚力在我之上。”

“除了脚力呢？他的硬功夫你能揣测出来吗？”

“不能！”燕子假设，“但是如果这个人真如你所猜的那样，能用飞镖同时击倒柳东升和他的护卫，还让他们放不出一枪来，那也就远在我之上。”

闻桑生点头道：“不了解的对手，就应按照最坏的情况来打算。”

“真是那般的话，根本就没有胜算。”燕子无奈道，“腿比人家慢，拳没人家硬，还不能开枪，我赢不了。”

“明白。”闻桑生颇为理解地点了下头，又说，“但是你换个角度想，能不能找个取巧的办法抓住他？”

燕子沉默了一阵后用一种带着落败感的口气说：“那种状态下，我想不出来。”

闻桑生听出燕子的气馁，跟着抿了抿嘴，然后他说道：“燕子，咱聊点别的吧。你到现在为止在山上抓过的最大的猎物是什么？”

“土豹子。”单飞燕兴奋地回答，“前年冬天，有只豹子饿急了从小五台上下来祸害农户还咬死了孩子，农户们合伙出了三十大洋让我和我爹为民除害。”

“那畜生厉害吗？”

“可难抓了。”提起狩猎土豹的事情，燕子像换了一个人般高兴地说道，“我爹说那野兽爪力仅次于虎，敏捷却又胜之，我举枪在五十步内都射不伤它。而且它喜欢上树穿行，经常追着追着就不见了踪影。”

“好家伙。”闻桑生惊愕地问，“那后来你们怎么抓住它的？”

“先了解它的作息，然后下毒饵，又落了夹子和套子。”

“好巧。”闻桑生忍不住夸赞后问道，“燕子，土豹子和‘狐狸精’比，哪个更厉害？”

“当然是豹子，再厉害的人单打独斗也不是豹子的对手。”

“既然这样，”闻桑生顺着启发问，“能不能用对付豹子的方法，对付那‘狐狸精’？”

“怎么可能？”燕子否定道，“豹子吃毒饵，人不吃。”

“我有一个诱饵，可以让那‘狐狸精’下口。”闻桑生略带兴奋地告诉燕子。

“什么诱饵？”

见燕子不解，闻桑生缓缓凑到燕子耳边轻声说了一句，燕子惊愕地连呼吸都变急促了。

“怎么会这样？”燕子惊诧道，“缠着白揽春的所谓狐狸精，竟，竟然……”

“心里有谱儿就好！撒手锏不要乱说，说了要丢命的。”闻桑生坐回自己的座位后又讲，“现在有诱饵了，你有办法抓住这人吗？”

燕子仔细想了很久很久，终于在日落天凉的时候她对闻桑生讲："只有一个办法能抓住这家伙，但是把握依旧很小。"

"为什么？"闻桑生困惑。

"想抓，就必须取巧，取巧就要设置陷阱，但我的陷阱需要绳索。"

"绳索有问题吗？搞不到？"

"不是搞不到。"燕子无奈道，"我在林子里布置陷阱，可以用枯枝烂叶把绳索隐藏起来，但大城里不行啊。我总不能在白天刨街道埋绳子吧？"

"这，"闻桑生困惑地问，"绳子必须结实粗壮吗？"

"当然！"燕子用肯定的口气讲，"抓大兽，绳子越粗越结实越好。"

闻桑生哼哼着思索了下后问："燕子，如果我有一种又结实又轻盈还看不见的绳子，你能抓住那'狐狸精'吗？"

"看不见？"燕子愣了，"天底下怎么会有这样神的东西？"

"你只告诉我能不能抓住？"

"能！"燕子肯定地回答，"有你的诱饵，再加上看不见的绳索，抓它就不会比抓条狗更复杂。"

"那就好。"闻桑生露出了一个放松的表情。

几天来，他第一次真正放松了些。

35

闻桑生和燕子在"吉德缘"吃茶后的第二天是农历的晦日，这一日是一个月的最后一天，晚上天上见不到月亮，地面上自然漆黑无比。在这样的日子里，北平大城的正经人家因为怕遭贼，往往早早便收了市场闭门歇户。

在这样的日子里，北平大城的黑五类却很活跃，那些"夜么虎子”都趁着这个难得的晦夜窃门入市，干着自己心中来财的勾当。也是在这样的夜色中，报丧鸟和燕子两个人骑驴入场，开始了一场螳螂捕蝉，黄雀在后的大戏。

二更末，报丧鸟在燕子的引导下来到南城蛛网鬼市时，那螳螂和蝉虫都还没出来，他二人便找了一条背风无人还依稀能看见柳东升家大院的旅店开了间房。报丧鸟在谨慎地确定了这旅店无人偷听和监视后，便和燕子一起歇着。

其间，燕子数次走到巷口看柳东升家的宅门，但终究不见那门有打开的意思。一来二去，这丫头等着急了，便忍不住问正在炕上枕着瓷碗养神的报丧鸟道：“哥，怎么还不见动静啊？会不会不出来？”

“等等呗。”闻桑生从炕头坐起来平静地回答，“也只能等了。”

“哦。”燕子点点头，而后又问，“哥，我再多一句嘴，万一那个柳东升不是杀你师父的仇人，你师父的‘首阳采薇’不在他手里，你怎么办？”

报丧鸟回想着死人王给他的提示，非常严肃地摇了摇头：“根据我的线报，白揽春、柳东升、吴光真这三个人，必定有一个人杀了我师父。如果不是白和柳，那么也就剩下最坏也是最麻烦的一个人了。”

“吴光真？”听着报丧鸟的推测，燕子好奇地问，“你怕他？他有什么厉害的？”

“这三个人的本事我都打听过，他们之中吴光真最难对付。”报丧鸟用透着凉气的口吻告诉燕子，“吴光真是陆军总长官、安福系政要的魁首，还是段大帅的小舅子，权势熏天随口一句话就能要人命。”

据报丧鸟打听，这位吴总长平常出门走动倒是不带枪支护具，但至少带着一百人的护卫队。这一百人荷枪实弹不说，还都是北洋军百里挑一的精锐，估摸着枪法身手个个都不在柳东升这类人之下。

“这样啊。”燕子点了点头继续说道，“这种人，咱们小老百姓确实没有办法近身，甚至连见上一面都很难。”

报丧鸟点头认同，却又讲：“其实我拿他也不是没有办法，只是这办法灵不灵却不是着落在我身上的，而且我也真不想走到那一步。”

“什么意思？”

报丧鸟内心更深更无奈的筹划并没有和他的知音说，因为他不敢。他只是勉强笑笑，告诉燕子：“燕子，我现在不想提吴光真这个人，而且这个人是嫌疑最小的。他没有蹚鬼市的习惯，也和咱们下层人没什么交集，应该不是杀我师父的主使。”

“万一是呢？”燕子不依不饶。

“应该不是。”报丧鸟坚决摇头。

听着报丧鸟的话，燕子忽然沉默。而后她又开口问道：“哥，我感觉你有什么事情还瞒着我没说。”

“我，”报丧鸟心中咯噔一声，匆忙掩饰道，“哪有，我什么时候瞒着你过。”

“你就是瞒着我。”燕子坚决回道，“你这个人心机深，但是你瞒不住我。因为我能听懂你的琴，更能听懂你的人。”

燕子又说道：“哥，我知道你心里特急好像在赶时间，好像如果查不出你师父的死因就会有什么更可怕的事情发生，是吗？”

听了燕子的话，闻桑生抿了下嘴唇，这丫头的悟性竟远超过他的想象。

报丧鸟被燕子问到词穷了，因此好半天慌乱地说不出话来，反倒是燕子又开口：“哥，你有什么难处不能说，是吗？有人逼迫你这么做，是吗？”

报丧鸟继续沉默，但是嘴唇微微颤抖着仿佛要啼哭的婴儿。

“我明白了。不用说的！”燕子伸出手，轻轻触碰着报丧鸟的面颊笑道，“我帮你做到最好，走到最后！”

听了燕子的话，报丧鸟的嘴唇抖动得更厉害了。因为眼睛受到重创的原因，报丧鸟哭不出来。如果能哭的话，他真的很想扑在单飞燕的怀里大哭一场。

但他终究不能。

夜色中，两只黑色的鸟儿又等了很长的一段时间。直到两人都有些疲的时候，报丧鸟枕着瓷碗的敏锐耳朵突然听见柳家大院的方向传来了依稀的哗啦哗啦动静。

那动静，是极远处的大院重门卸门闩的响动。柳东升终于要出门蹚鬼市了。

其实柳东升今日本不想动弹，因为中午他和安福系的大员王一堂在一等花魁小阿凤处喝多了花酒，到下午还有些头晕，回家后点了一炮烟膏才稍微缓解了些。但傍晚时有一个“放线儿”的探子跑来说他昨日夜里在院门口的蛛网鬼市上看见了一个卖古琴的。

报信人说，那卖琴人手里的琴“五根弦，镶金嵌玉，画着仙女飞天，琴头上还有镶嵌着大红宝石的玉如意”。

靠着炕头听完手下探子的描述，柳东升冷哼一声。他放下烟枪从床上坐起来的时候，顺口告诉那探子：“崽子，记住了！那叫如意头五弦琵琶，唐朝货！”

探子点头：“是，小的记住了。”

哼哼完，柳爷这才又问：“既然是好东西，为什么当时不抢下来？”

柳东升的家探低声回答：“那人眼里有股子狠劲，我看着怕。”

柳东升将枕头下两把改造过的盒子枪拿出来别在腰间特制的枪袋子里，又披了外套。同时他冲那探子道：“估计是个走独狼的盗墓贼，刚挖了个唐墓来北平销赃的。东西没拿下，‘话钉’你总留下了吧？”

“您放心。”探子满脸讨好地堆笑道，“给了他十块钱的定钱，让他今儿晚上再来，还明确地告诉他这是柳爷您看上的宝贝。他要是不如约，就得死！”

“办事利索！”柳东升随手给这探子丢了一块银圆，又冲他道，“去，把老二、老四、王四和秦六都给我叫起来，由你带路去找那人。”

“好嘞！”

得了钱的探子高高兴兴地去了，在他身后的柳东升则戴上镶了金边的英国圆顶绅士帽，取了根鎏金的虎头“文明棍”，又在内衣里藏了把花口撸子。醒了醒烟膏，这位城南的黑虎便化身“自来横”准备带人去门口的蛛网鬼市上拿琵琶了。

蹚鬼市找刺激原本是柳东升最爱干的事情之一，但是自从大前年和北平的寒化鹰火拼争地皮意外伤了一条腿后，他就逐渐去得少了。一方面是因为伤患，另一方面也是因为他逐渐迷上了鸦片。

但是一把好的古琵琶是他无法拒绝的惦念，纵然正在烟劲头上却也有无尽的动力驱使他爬起来去看。带着无法放下的固执惦念，柳东升在快四更天时带着手下的“四大金刚”开了大院门闩，出了他那坚固的巢穴。

从柳家大院到蛛网鬼市不过百多米的距离，附近还住着许多柳东升的亲信，再安全不过。在那探子的带领下，柳东升与四个手下徒步来到市场，毫不费劲地找到了那个自称拥有五弦琵琶的家伙。

柳东升与那人刚见面时，发现那人干瘦干瘦的，正蹲在地上吸着烟卷。他衣衫褴褛貌不惊人，除了脖子上一条捂嘴的围巾再没什么完整崭新的物件，双眼略微有些混沌，也说不上有狠劲。

这样一个人若走在街上，柳东升都不会多看一眼。略微诧异中，柳东升问带他来的探子："是他？你没看错？"

"就是他。"探子笑着回答，然后对那干瘦之人道："喂！你琵琶呢？我们老大来收啦。"

那人在探子问话的时候才从地上立起身子，紧跟着有气无力地回答："东西我藏起来了。一早时来过几个巡逻的灰大褂，我怕他们发现我这东西是偷的。"

"偷谁的？"柳东升本能地问。

"不好说吧，这夜么虎子有规矩。"

"说！"柳东升的一个手下拔出枪来威胁，并高声道，"在这鬼市里，我们大哥'自来横'就是规矩。"

"死，死人。"卖东西的磕巴着回答。

"哼！欺负死人的盗墓贼。"柳东升又问，"东西藏哪儿了？"

那人伸出刚抹了把鼻涕的手，指着鬼市上一处极阴暗偏僻的巷子道："尽头有个财神庙，我藏那庙里了。"

"财神庙。"柳东升皱着眉头，望向那胡同。

胡同尽头有一座财神庙柳东升是知道的，但问题是那胡同特绕特偏僻，如果出了什么事情很难有回转的余地，因此他有些踌躇。

见大哥踌躇，其中一个机灵的手下便劝道："哥，那胡同偏僻，咱别进去了。"

"呃，不敢去就算了。"那卖琵琶的人磕巴着讲，"我去给你们拿出来。"

卖琵琶之人一句简单的话却无意间刺痛了柳东升的神经。

"不敢去"这简简单单的三个字，是对一个土匪出身的瓢把子最大的侮辱和讥讽。

"你刚才说什么？"柳东升阴阴地问。

那人似乎品出了柳东升口气的异样，不敢再多言。

与此同时，柳东升伸出大手狠狠抓住那人的衣领，用低沉的声音喝道，“小子，老子当年用两把枪杀了二十四个人，用两只手救了我太太和十六个兄弟的命！现在后脊梁和腿肚子还存着俩枪子儿呢，你说老子怕？”

那人口气窒息舌头打卷，显然怕得不行。

“只会发死人财的软蛋！”冷哼一声，柳东升松开手冲他道，“带我去取琴！”

“好！好！”那人跌跌撞撞地带着柳东升和他的人走进了那条胡同，走向那个他藏了琵琶的财神庙。

36

柳东升虽然莽撞了一回，但是在他看来这里也还是万无一失的。毕竟他对地形算熟悉，身边的保镖也都有手枪，而且只要枪声一响他大院里那百多号弟兄就会冲出来救驾，这一趟并没有什么可怕的。

只是，当他真正来到那财神庙时，心里却突然感觉毛毛的。今天的夜太黑了，而且平常这庙口前的小场地上是有盏煤油路灯的，可今天那灯也没有亮。

柳东升算得上是只久经沙场的病虎。

无月的晦日，熄灭的煤油路灯，阴森漆黑的破庙，这些都让这只虎感觉到异常的躁动和不安。本能中他伸出手往腰间去摸那两把早被他锉掉了准星的盒子快枪做提防，当他的手摸索到腰间枪袋的时候他的心却咯噔一下惊了。

柳东升的枪没了！衣服贴缝的特制枪袋里的是两块扁平的石头！瞬间，柳东升脑子里闪过他提起那盗墓贼衣领时的场景。也就在那一瞬，他扭头冲自己身侧的一个保镖大喊：“有埋伏！”

话说一半，在最前边带路的那个探子忽然扑倒下去，双手抱头瑟瑟发抖。而后卖琵琶的男人猛然回身，向他们这一队人挥舞手臂，一阵阴风急掠中，这人向柳东升一伙抛出了些什么细小而快速的暗器。

啪、啪、啪、啪！四声几乎不分先后的清脆响动在柳东升四个守卫的额头上爆发出来。几乎是同时，四个守卫全都倒了下去，没有发出一声叫嚷和枪声。

电光石火间柳东升知道发生了什么，形势又有多危险。但作为久经沙场的老人，他并没有也不会因此惊慌失措。毕竟他是黑虎，他是蛛网鬼市的主宰。

在手下人倒地的瞬间，柳东升顺势往死人堆里一滚，同时把手伸进自己的胸口，然后他安心了。那男人调包的功夫是厉害，但是他显然没有料到自个儿胸口还揣着一把花口撸子。虽然那撸子枪只有七颗子弹，但是依柳东升出神入化的枪法，足够让那卑鄙的人死上七回了。

柳东升速度很快，只一个翻滚就已经完成了掏枪上膛和开保险的动作，抬手就能打人！一切动作都是顺利的，可是就在他手枪举起，将要瞄准击发的时候，却发现原本立在财神庙处的目标消失了。

突然消失的目标让柳东升身体略微迟疑了一瞬，而就在这短暂迟疑的同时，从这胡同里距离他极近的一处阴影猛然又闪出了那卖琵琶之人的身影。

那人动作极为迅速，在出现的同时将手往柳东升持枪的手臂猛一挥舞。“唰”的一声，一道金属的寒光从那人的手心里闪烁而出。紧跟着，柳东升握着花口撸子的手从手肘的地方齐根被砍断了！柳东升手臂被砍断的地方迅速喷射出了一股血流，紧紧握着枪的残肢在地上翻滚了一下，终究没有打出哪怕一颗子弹。

那人比柳东升想象的要快得多，再加上不便瞄准的阴暗天气，柳东升处处受制。得手后将柳东升的断手和花口撸子随脚踢进了路边的阴沟，同时冷哼：“花口撸子确实不错，就是保险太多，还不容易走火！”这简单的一句品评，听在柳东升耳朵里却是莫大的讽刺和惊恐。

在无可名状的痛苦中，柳东升汗流浃背地跪在地上，望着阴沟里已经和泥水大粪混在一起的血手失声道：“手！我的手！”

在柳东升痛苦的声音中，那人低下头去，望着柳东升冷笑：“现在，你怕我吗？”

痛苦和绝望一起涌向柳东升的脑袋，也偏偏在这个时候，那个为柳东升报信又把这歹人介绍给他的探子突然从地上爬了起来。

那探子走到歹人的身边怯生生地问：“狐仙大爷，您已经抓住柳东升了。放了我和我媳妇吧？”

探子的话如当头棒喝，让柳东升从痛苦中惊醒过来。他恶狠狠地冲自己的手下道：“吃里爬外的东西！你竟然和外人做局害我！”

虽然落难，但老大毕竟还是有威严的，在柳东升愤怒的质问中那探子一脸的恐慌无奈。

“被手下出卖的滋味不好受吧，估计当年杜立三也是你现在的感受。”那被称作“狐仙”的歹人笑着冲柳东升调侃，忽然话锋一转道，“不过，你比杜立三幸运！因为你死之前好歹能看见叛徒的下场。”

说话间，那人猛地抬手，把手中那砍断了柳东升手的刀迅疾地划向了那叛徒的脖子。

“唰”的一声过后，人头比身子先落地。

看着身边的尸体和残肢，宛如身在地狱的柳东升终于吓尿了裤子。

“好，好汉饶命！”惊恐中，他竟然磕头求饶道，“我，我老了，不想折腾了。您放了我，雇您杀我的人给您多少钱，我出双倍！只要您留我一条命，我交出地盘离开北平，再不回来！”

“你是老了，也没胆了，但可惜我还是不能留你。按规矩，临死前让你当个明白鬼。之所以你会死，是因为你这几天竟然精虫上脑想上不该上的女人。”说完，那人弯腰看着惊慌失措的柳东升道，“你！不配！”

这一次，柳东升从那人的眼睛里看出狠劲了，歇斯底里得狠！

“狐仙大爷，”柳东升疯狂摇头道，“您喜欢小阿凤早说呀，我可以和顾妈妈说把她送您！钱我出！只要您留我一条命，我绝不再碰那娘儿们了！绝不！”

“嗯？小阿凤？”那人的脸略微变了颜色，他似乎想到了什么不对劲的事情。

“你再说一遍！你最近碰的女人是谁？”

柳东升一见事情莫名其妙地有了转机便继续辩解，想说说他和小阿凤最近的风流事。但就在他即将开口把那些事情告诉这个“狐仙大爷”时，这财神庙前的胡同入口忽然传来了一声呼喊：“柳爷别慌，我来救您了！”

说话的人口齿略微有些混沌但能让人听清，随着他的话那人和柳东升面色同时一变，一起往那处望去。事情变得越发复杂了。

因为流血和体衰的原因，柳东升的眼睛开始变得模糊，纵然他仔细去看却也只看出那来救他的人穿着土布长袍，拿着根木棍，还戴着墨镜。

这来人柳东升看着眼生，感觉应该不是他的手下。不过那砍断柳东升手的人却似乎认识这人，并且还一脸震惊地质问：“又是你！你竟然敢来这儿！”

“一处鬼市而已，你这‘狐狸精’能来，我这报丧鸟不能来吗？”来人平静地回道，又问那人道，“我说，你把柳爷害到这么惨该收手了吧？得饶人处且饶人呢！”

那歹人听着来人的话，表情越发阴森愤怒，但柳东升听得云里雾里不知所以。不过当他知道这堵胡同的人有意救他时，他还是很兴奋的。

被称为“狐狸精”的家伙和胡同口自称“报丧鸟”的人对质一会后，忽然冲对方嘲笑道：“呵，你这皮条客还真是尽忠哈！可你一残疾怎么救他呢？”

“我已经差人往柳家大院叫了救兵，一会儿就到。而且你现在把柳大爷交给我，我就帮你保守一个秘密，永远不让你的狐狸尾巴露出来。”

“秘密？说来听听。”“狐狸精”的口气变得有些紧张。

“我本不想提，你非要让我提。好吧。”胡同口的人微微摇头后道，“其实我每次见你时心里一直挺纠结的，因为我实在是不知道应该管你叫什么。傻二力？‘狐狸精’？还是燕子李三？”

“燕子李三？”柳东升傻眼了。

“和我做过暗买卖、号称劫富济贫的燕子李三！”胡同口的报丧鸟狠狠地咬着话，满是嘲讽和戏谑。

听着这一切，柳东升的脑子不够使了。北平大贼燕子李三不是去年就被侦缉队给弄死了吗？怎么还活着？他怎么会变成什么“狐狸精”？又怎么会莫名其妙为小阿凤争风吃醋？困惑中，他柳东升反倒成了费解的旁观者，而自称“狐狸精”的燕子李三与新来的自称“报丧鸟”的家伙却成了新的对手。

“报丧鸟？有印象，呵呵，原来是你！你好洞察力，演苦肉计的本事也真是一流！”燕子李三将手里明晃晃的刀刃微微举起道，

“不过既然识破了我的真身，我也就留你不得了！”

“别小看人。”那胡同对面的报丧鸟也高高举起手中的木棍，摆了一个练家子的防御式冷哼道，“你要是感觉打得过我这个残疾，杀我很简单，你就来！”

“残疾”两个字似乎戳到了那燕子李三的痛处，他的身体微微抖动了一下。而后他冷哼道：“你倒提醒我了。我是不该杀你，不过我会拔掉你的舌头，弄断你所有手指，让你自生自灭！”

“随你！”报丧鸟道，“只要能赢过我手里的打狗棍就行！”

在报丧鸟三番五次的刺激下，燕子李三终于怒了。

“啊！”那豪贼狂叫了一声，使出快速绝伦的蜻蜓点水功，持利刃猛冲向报丧鸟，其速度之快、力道之猛让纵然是旁观者的柳东升也骇然变色。瞬间，他仿佛看见了一只血红眼睛的发狂燕子贴着地面猛冲向自己的猎物。

那猎物却是一只立在老树枯枝之上、嘴角挂着诡异笑容的乌鸦。

二虎相争，理论上必有一伤。

柳东升原本以为这燕子李三和报丧鸟的一番恶斗会惊天动地，没承想接下来却是一边倒的情况。在燕子李三冲到距报丧鸟五六步远的地方时，那轻功绝顶的豪贼忽然脚下起了奇怪的磕绊。而后他一个踉跄竟然栽倒在了地上，摔得十分奇怪。

豪贼突然摔倒在地已属奇葩之事，然而更奇葩的是，这燕子李三就好像被那块地皮吸住了一样，无论如何挣扎也扑腾不起来。

柳东升看着这一切，心中不免激动。他虽不清楚在燕子李三身上到底发生了什么，却也知道这两强相争，胜负本就在电光石火之间，容不得丝毫闪失。眼下燕子李三倒在地面爬不起来，自然已输得一败涂地了。

果不其然，就在燕子李三困地挣扎的时候，那报丧鸟身边的黑旮旯儿里又快闪出一个全身黑、蒙着头面的小个子来。这埋伏的人手中提着一块暗青板砖，趁着燕子李三乱叫乱挣的时候将板砖猛拍向那豪贼的后脑。

三次猛拍后，燕子李三全身一颤昏死过去。紧跟着那将豪贼打蒙的黑衣小个子便丢了板砖径自走向断了手的柳东升。

虽然对来人不熟悉，但是柳东升也看出对方是真心出手救自己的。因此，他忍痛咧嘴冲走过来的黑衣人道：“这位兄弟，谢谢出手！回头把我送回大院必有重谢！”

“少废话！”来人用清脆好听的声音回答，并出人意料地给他套上了一个黑头套。黑暗中那人又冲柳东升呵斥道，“敢出声，立马弄死你！”

说完，那人拿起柳东升的断臂，匆忙用药物与绷带给他止了血。接着那人又把柳东升装进一个大口袋里，驮在一头驴马之类的大牲口背上缓缓拉走。

接二连三的变故让柳东升越来越摸不透，自己这几年小心翼翼却莫名其妙被诈尸的燕子李三断了手，来救他的人不把他送回去又掳着他满北平城地绕。这样复杂的套路实在让柳东升莫名费解，也越发对对方的目的起了疑心，但他终究想不出原因。

趴在牲口背上的柳东升不辨方位痛苦难忍，再加上失血过多，很快便混混沌沌。到最后，他不知道自己走过了什么地方，又最终到了什么地方。

37

柳东升重新恢复意识，是因为感觉到有人在拿冰凉的水刺激他的面颊和足心。当这位处境凄惨的虎爷彻底恢复意识后，他的眼睛仍旧被人用厚布蒙住，不辨方位。不过他断掉的手臂创口已经被人用细麻布仔细地包扎过，不再流血。伤口虽然隐隐作痛，可明显没了性命之忧。

在人为制造的黑暗中，柳东升陷入了一无所知的境地，而一无所知又让他陷入了惊恐万分的慌张。正常人处在无可名状的黑暗中，精神状态总是比较脆弱的。

略微挣扎了几下，感觉到身上有绳子束缚后，他本能地冲四周喊道："好汉们，这救了我命却又把我绑了总得讲个因由吧？是肉票、寻仇还是捡漏儿，总得有个规矩吧？"

随着柳东升的问话，一个平静且有些含糊的声音回答他："你血亏身弱小声点，我抓你是有话问你。"

柳东升听出来，这是那刚刚赢了燕子李三的报丧鸟的声音。

柳东升急忙喊道："您问什么我答什么，只要是知道的我一定言无不尽，只求您留我一条命！"

"好。"报丧鸟平静地询问，"柳爷平日里有什么爱好啊？"

"我？"柳东升略微诧异但还是回答道，"爱抽一口，爱逛烟花巷，爱赌，爱枪，爱蹚鬼市，都不是什么大毛病。"

"你都五毒俱全啦，还不是什么大毛病呢？"一个很好听的声音感叹了一句。

柳东升听着人家的批评立刻改口："对！我五毒俱全，我罪大恶极！"

"您先别怕，你也别插嘴。"主问的那个男人冲他的手下说了一句，然后又问柳东升，"我听说你有一别人没有的癖好，喜欢收集乐器？"

"这，"柳东升语窒了一下，旋即点头承认，"对。我就爱弄个弦子藏个琵琶。"

“为什么？我劝您如实说，如果您说的内容有丁点儿隐瞒假言，我让你连全尸都没有！”

早被黑暗吓破了胆子的柳东升连连摇头道：“岂敢，岂敢！如实，我如实说。”

略微停顿了一下，抿了下干渴的嘴唇，柳东升这才冲报丧鸟言：“我之所以爱收集乐器是为了烧。”

“烧？”报丧鸟惊讶道，“为什么烧？”

柳东升叹息一声回答道：“为了祭奠我太太。”

柳东升告诉报丧鸟说他原配太太很惨，她是当年他在东北的大哥杜立三去新民府富人家“砸窑”时被掳掠上山的大户人家姑娘，当时只有十三岁，手里除了一把琵琶什么都没拿着。后来柳东升才知道，那琵琶是她娘给她留下的唯一物件，而她父母则在那场土匪“砸窑”的浩劫中被杜立三一伙人乱枪打死了。

给仇人做姨太太，每一天都像在地狱中苦熬。因此，恨透了杜立三的这个小妾便和心怀二意的柳东升早早地勾搭上了。再后来杜立三死在了张作霖的鸿门宴中，这对露水夫妻则借此机会逃出生天成了伉俪。出了匪窝后，这位太太又帮柳东升弄了许多的银钱，柳东升对太太感恩戴德，二人也相互敬重恩爱得很。

土匪出身的人作风很难干净，但太太活着的时候柳东升从没娶过小妾，也从来没在联络生意的时候在勾栏女子处留宿。但是天有不测风云，五年前这柳东升的太太得了白喉暴病而亡。白喉是很惨的病，那太太临死前喉咙痛得连话都说不出来，遗言也没能留下，最后他太太只是指着她父母留给自己的琵琶默默流泪。

死亡的整个痛苦过程柳东升都看在眼里，柳东升知道他太太一生就痴爱个乐器，便认为是太太想带走那些她珍藏的乐器好让自己在地下时不无聊。认定了这样的想法后，柳东升便在太太入土时将那琵琶连同她珍藏的许多古董乐器都烧了。再后来，每逢太太忌日的时候他都把些名贵珍惜的古董乐器烧掉告慰亡灵，柳东升也从此便养成了一个收集乐器的癖好。

报丧鸟略微嘀咕了一下，又问：“您太太生前喜欢什么样的乐器呢？”

“好的呗！”柳东升大咧咧地回答，“我太太用的东西必定是顶级的宝器，否则丢份！像什么唐朝的琵琶、宋朝的箜篌、明朝的古琴我都烧过！连金碴儿都不捡！”

“金碴儿？”报丧鸟略微迟疑，又问，“这么说您太太的乐器都是镶金带银的喽？”

“当然！我太太又不是那些寒酸的清倌人，不用金银乐器多丢份！”

“好！”报丧鸟沉重地吐出这一个字，忍不住又夸赞道，“我佩服您这份用情，所以我饶您一命！”在那报丧鸟话音落地的同时，一只粗瓷碗被递到了柳东升的嘴边。

“喝了他！”报丧鸟命令。

“什么？”柳东升本能地问道。

报丧鸟没有解释，而是将一整碗冰凉的液体全部灌进了柳东升的喉咙。再之后柳东升感觉自己头晕目眩，意识到这报丧鸟给自己喝的应该是某种麻药。

在麻药的作用下柳东升很快失去了知觉，在完全失去意识前他只依稀记得有人说了句：“不是他，麻烦大了！”

报丧鸟听完柳东升的话惊悸道：“不是他，麻烦大了！”

“怎么就不是他啊？”燕子不解，“这人飞扬跋扈不择手段，他说不定把你师父的‘首阳采薇’烧了告慰他太太。”

“不会。”报丧鸟坚定道。

报丧鸟告诉燕子，柳东升收集乐器只是为了祭奠她的亡妻，这也就意味着他不懂乐律，并不知道乐器的贵重与否很大程度上并不是材质、年代和镶嵌装饰决定的，而是音色、保养以及调试的情况。这人只是一个为妻重情的莽夫，根本不会看上他师父那外表普通的“首阳采薇”，也就不会夺琴杀人。

分析完，报丧鸟绝望道：“他不是，那就只剩下那条龙了！”

龙，指的自然是北洋政府的陆军部总长官吴光真。

这条白道的神龙平常人想要见一面都难，更何况就算是见到了，他身边还有一百荷枪实弹的亲兵护卫，个个身手了得，分分钟能把任何对吴总长不利的人打成蜂窝煤。这样的政客树敌无数，那些恨死他的大军阀大派系都不能把他怎么样，他报丧鸟一个盲人又该如何接近调查他呢?

而且，只剩下三天了！在三天里查出证据然后杀掉吴光真，还是一个盲人去干，这和童话故事没有任何区别。

报丧鸟陷入了绝望的困境。报丧鸟沉默着，就在他沉默的时候，他和燕子藏身的暗门子里忽然传来一串含混不清的冷笑声。这冷笑声并不让报丧鸟意外，因为他知道这声音是同时被单飞燕下套抓住的燕子李三发出的。

显然，这个挨了板砖的豪贼也醒了。听着燕子李三那略带嘲讽的笑，报丧鸟吐出嘴里的枣核冲单飞燕道：“燕子，把他堵嘴的布拿下来，我有话问他。”

单飞燕将燕子李三嘴里的布扯了出来。

“哼！”燕子李三冲报丧鸟说道，“我虽不知道你到底在探听什么，但我看得出你黔驴技穷了，对吧？柳东升不是你要找的人！”

“你嘲笑我？”报丧鸟问。

“我不敢！真不敢！”燕子李三带着三分畏惧和三分自嘲道，

“一个瞎子把我当枪使了，还暗中下套拿钢丝将我绊倒捆绑，你的算计处处比我高，我怎么敢嘲笑你！”

“那不是钢丝。”报丧鸟道，“绊倒你的是海龙丝的琴弦，五股海龙弦搅在一起寻常人便扯不断了，最关键的是它透明。”

“我认栽！”燕子李三坦言，但依旧不依不饶地问，“但是我有一点不明白，你是怎么识破我的？你一个瞎子怎么知道白揽春身边的傻二力就是我？”

报丧鸟道：“我有必要告诉你吗？”

“这是规矩！”燕子李三坦然道，“你得让我当个明白鬼。”

报丧鸟沉默了片刻后点头道：“好，我告诉你。其实从一开始我就知道白揽春身边的傻二力不是个瘸子，是装的。”

报丧鸟识破傻二力的原因很简单，因为一个真正的瘸子走路时跛足发出的声响是哗哗拖地且有固定频率的。装作跛足的人不会发出那种特别固定的几乎一成不变的频率。

“你走路时，步频时浑时清显然是装的。”报丧鸟回答。

“瞎子，你耳朵灵！”燕子李三咬着牙道，“除了这个，你还听出什么了？”

“你在监视白揽春，后来也监视我来着，只可惜被我用‘二龙戏珠’甩开了。”报丧鸟又告诉他，“你监视人的时候习惯跳上房梁屏住呼吸贴耳偷听，这样一来别人便极难发现你的踪迹，最多以为是闹老鼠。”

“那你还能发现我监视？”燕子李三不服。

“你忘了一点！”报丧鸟略微可惜地摇头道，“纵然你屏住呼吸，你的心跳却也还是会发出声响的。那声音再加上你身体不由自主地微微晃动，就会形成一种别样的不同于老鼠的细声。”

燕子李三愕然道：“这样的声音你也能听见？”

“声音太细，我也听不见。”报丧鸟回答，“所以得上设备，我用碗增加扩音。”

燕子李三无言了。

报丧鸟则接着说：“我虽然没有眼睛，但是你在白揽春那里的小动作我一清二楚，可只凭这些我还是没法儿把傻二力和燕子李三联系起来。直到许妈给了我一个警示，让我想起了先前曾忽略的细节。”

“什么警示？”

“你来白揽春的院子半年多，监视了她半年多。我仔细算过发现你来白揽春院子的节点和政府发通告说燕子李三死在监狱里的时间是吻合的，而我一早就知道你燕子李三根本没死，政府的通告是为了安民的假话。”

报丧鸟之所以一早就得出这样的结论，是因为他对于北平城的巡警衙门太熟悉了。这些巡警表面上看是铁面无私的公家人，但实际上都是些手脚不干净的泥腿子，这北平城警察的五路飞虎厅里全是些盘根错节黑红不分的货色。

这些原因导致巡警衙门办事效率低下经常抓不住贼，有时候抓住了又因为些说不清道不明的原因会让人家跑掉。而燕子李三便是被抓住之后又从巡警衙门的大牢里逃出去的。

“你燕子李三是豪贼，依照巡警衙门的尿性，如果真抓住你了，一早就会公审游街向上报功。但他们没有，我记得你入狱后他们只发了个豆腐块消息说你因病不治死在大牢里了。”

回忆完当初小铜锣带给他的消息，报丧鸟摇了摇头：“这么大的事情用如此低调的方法处理，只能说明你已脱离他们的掌握。他们脸上无光又扛不住舆论的压力，才出了这种折中撒谎的策略。”

燕子李三疯笑一声，告诉报丧鸟道：“你还真了解那些灰皮啊，你也真了解我。”

“我必须了解你！”报丧鸟道，“之所以我能把燕子李三和傻二力联系起来，就是因为你的一个小习惯。”

报丧鸟伸出自己的两根手指头：“你拿钱的习惯。”

燕子李三惊愕，显然他意识到是什么让自己露出马脚。

报丧鸟自去了白揽春的小班后与傻二力的接触并不多，唯一的肢体接触也只有闻桑生写便条请许妈“约样局”，让傻二力把便条代为传到玉梅堂大院转送给许妈的那一回。

也是在那一回的接触中，报丧鸟除了将一张便条交给傻二力，还把一块银圆递给他作为跑腿的费用。而傻二力拿银圆时的动作与当年在大柳树鬼市里和报丧鸟做“猜宝”生意拿走他掌中银圆的燕子李三别无二致。

报丧鸟带着佩服的语气道：“一块又沉又薄的银圆，再加张便条，你用指尖捏起来却不发响动不沾我皮肤，这极难办到。这样俊俏老辣的指头功夫恐怕全北平也只有你燕子李三才会。”

“细节。”燕子李三自嘲，“我自认平生谨慎，不承想今日会栽在一个瞎子手里。天命呀！”

“这不是天命，你也从不谨慎。”报丧鸟摇摇头道，“恰恰相反，你这人自以为是仗着本事屡屡犯禁还抽大烟才走到今天的。只是有一点我不明白，你能不能告诉我？”

“说！”燕子李三冷哼。

“为什么你要为白揽春杀那么多人？”报丧鸟好奇道，“只因为那女人对你好？在你越狱重伤的时候无意中救了你的命，让你栖身？”

“嘿，嘿，嘿！”燕子李三癫狂地大笑三声，说道，“你想知道真相？但没机会了！”

报丧鸟听着李三的话锋猛转，脸色微变。在他的踌躇惊恐中，燕子李三又道："知道我为什么要和你说这么多废话吗？"

闻言，报丧鸟瞬间惊出了一身冷汗。而后他赶紧把耳朵冲墙壁上贴去。立刻，报丧鸟脸色大变。

"燕子，"报丧鸟来不及解释什么，只急忙对身边的单飞燕道，"你快跑，跳窗户！"就在报丧鸟发话的时候，他们藏身的屋门外传来了一阵急促快速的脚步声。

"快跑，现在还能走！"报丧鸟猛推了燕子一把，最后吩咐道，"只要你活着我就还有机会活！走！"

再没有任何解释，单飞燕被报丧鸟推出了窗户。与此同时，在他们栖身的屋门外传来了"砰"的一声枪响，那是手枪打碎门锁的声音。

当声音结束的时候闻桑生耳鸣不止，但他还是依稀听见门口有三五个人走了进来。这些人上来便制伏了他，用枪指着他的脑袋连续说道：

"不许动，侦缉队！"

"报告科长，抓柳老爷的贼人落网啦！"

"大贼三个在逃一人，和线报一样！"有人道。

"放了燕子李三，谁也不许乱说！"一个阴沉的声音命令。

"燕子李三，"报丧鸟咬着牙道，"我千算万算，没算到江湖上的事你会勾结衙门！"

这时候的燕子李三并没有趁机奚落报丧鸟，他只是很小声地讲："我也只不过是一条狗而已。"

报丧鸟被侦缉队套上了头套，而后迅速带离了他们藏身的窝棚。

一切都完了。

第十章　巡警衙门

38

距离自己和死人王的约定只有不到三天的时间了，报丧鸟非但没有找到杀害浊眼龙的仇人，反而还被侦缉队抓进了监狱。他并不在乎自己的命，但是一想到那恶心的死人王对单飞燕所发出的恐怖威胁，报丧鸟就气得牙根直痒，但他现在能做的似乎也只有咬牙切齿而已。

被侦缉队五花大绑后，报丧鸟上了带喇叭的警车，然后由铁皮警车拉到了一个不知什么地方的监狱。监狱中，他被卸下了绳索，而后又被推进了一处冰冷的牢房。这牢房里只有他自己，冷得像冰窖一样，四周都是铁皮的墙门。报丧鸟用手敲打了几下，发现墙壁没有回音，显然这牢房做了某种隔音处理，声音极难传播。

隔音的牢房，冰冷的地面，坐立不安的环境。这一切都让人更加绝望，报丧鸟的计划被全盘打乱了。更关键的是，报丧鸟甚至不知道自己为什么会走到这个地步，也不知道为什么一向和警察不对付的燕子李三却能引得侦缉警的救援。

困境中，报丧鸟脑子里乱糟糟的，各种奇怪的想法和推测时不时冒出来，却总像缺少一块顶重要的拼图般拼凑不成一幅完整的画面。就这样，报丧鸟在惊慌里挣扎了很久，直到一个意外情况的发生才结束了他那种近乎折磨般的挣扎。

也不知道过了多久，关押报丧鸟的铁门发出了响动并打开了。铁门打开后，有人走了进来。来人脚步均匀，鞋踩地面时发出了清脆的响动，报丧鸟感觉异常震惊和诧异。

报丧鸟抬起头冲来人道："张树庭？张少爷！"

来人听闻报丧鸟主动打招呼，略微踌躇了一下后道："你怎么知道是我？"

报丧鸟苦笑一声后回道："我早该想到是你！"

张树庭的应答就像报丧鸟头脑里一直缺少的那块最后的拼图，"砰"地一下补全了他那些乱糟糟的想法。他忽然醒悟，燕子李三只是个执行者，真正掌控白揽春的"狐狸精"是这位张少爷。

得出这个惊人结论的报丧鸟苦笑着对张树庭道："劝业场里一百五十块的皮鞋不是谁都能穿得起的，让燕子李三这样的豪贼去暗中护着一个女人也不是谁都能办得到的。"

"你悟性很高，我一向佩服你这一点。"张树庭一屁股坐在了报丧鸟的身边，同时将一副墨镜递给他，那是报丧鸟被捕时侦缉队从他脸上弄掉的东西。

"我没有悟性，愚蠢得很！"报丧鸟接过墨镜戴好摇了摇头道，"我不知道燕子李三作案的时候旁边还有您做外援，更不知道白揽春背后真正的'狐狸精'是您。"

"现在知道也不晚，很多人到死都不知道呢。"张树庭语气里带着些自鸣得意，仿佛在骨子里他还是那个骄傲的少爷。

随着两个人的你一言我一语，气氛跟着缓和了一些。在这个时候，报丧鸟忽然又问："张少爷，你我还算朋友吗？"

"算！我说过算的，都算！"张树庭一如既往地大大咧咧道。

"那我想问问您，这燕子李三是您一手从监狱放掉又安插在白揽春身边的？"

"对。"

"您怎么办到的，把燕子李三放出来还让他为您所用？"报丧鸟诧异地问道。

"朋友多了就什么都能办到了，而且控制一个烟鬼很难吗？"张树庭简单但又确切地回道。

报丧鸟点了下头，又问："张少爷，我很难想象您这样一个书生能为了一个清倌人干出那种事情来。杀人！杀那么多的人！杀任何想染指她的人！"

在报丧鸟说话时，张树庭点燃了一支烟卷，他深吸了一口，然后用沉重但坚定的声音道："讲真话，杀人这事情我其实不擅长，所以我只能弄些身陷囹圄的江洋大盗来帮我干。"

"为什么？"报丧鸟诧异道，"您为白揽春痴成这样，把她纳到家里当小妾不就完了吗？何必偷偷摸摸既保着她身子清白却又让她当花魁？"

张树庭沉默了，报丧鸟听出他的嘴唇在微微抖动，似乎有什么不好的事情想说但是又不敢说。察觉到张树庭这些细微变化的报丧鸟灵机一动，忽然有了一个试探的主意。

由此，他讥讽道："明白了。想必您是嫌弃白揽春的出身，嫌弃她以前是汉奸的媳妇，怕纳到家里旁人说闲话。说到底，您爱名声胜过爱白揽春。"

"胡扯！"张树庭愤怒中立刻反驳道，"揽春是清白的！我大哥也是清白的！他们都不是汉奸！”

“大哥？”报丧鸟听着张树庭不小心说漏嘴的这两个字，一下子又明白了许多东西。

“白揽春的未婚夫是您大哥！您喜欢自己大哥的女人？”报丧鸟冷笑道，“这么说，您大哥的死甚至他们夫妻汉奸的罪名都是您弄的喽？”

说漏嘴的张树庭这次没有回答报丧鸟的话，而是站起来掏兜。须臾后，响起了一声咔嗒的脆响。这声响动让报丧鸟一愣，紧跟着汗流浃背，因为他听出来那是大眼撸子枪开保险的响动。

“瞎子，你悟性高到让我胆寒！”张树庭咬牙道。

报丧鸟咽了口唾沫却并没有求饶，而是继续用抖动的嘴唇试探道：“我，说对了吗？”

张树庭没有回答，而是用颇为痛苦的声音说：“我这辈子做过最后悔的事情有两件。第一，我亲手用这把撸子杀了我大哥；第二，我竟然喜欢上了我大哥的女人。”

听着这些，报丧鸟心中划过一丝惊愕。

“我爱揽春，从第一眼看见她就爱！所以我不允许别人碰我和我大哥的女人！”张树庭用一种近乎癫狂的声调吼道，“但是我又怕见到她，更怕得到她！因为每次我一看见她就会想起我大哥的那张脸，可不见她我又会想她。”

说完，张树庭扇了自己一个嘴巴。接着他将手枪抵在报丧鸟的额头，带着激动和自责的语气说道：“现在，你知道我为什么那么对白揽春了吧？”

“懂！”报丧鸟木木地回答，“您纠结。”

“对！我这个人没决断爱纠结，不光在揽春身上纠结，在你身上也纠结。”张树庭重重地强调道，“你知道我什么意思吗？”

“知道！”报丧鸟回答，“您想杀我但是又不忍。”

“没错！我这人睚眦必报！你救过我，我念你好。但是你算计揽春，我又不能饶你！”

说完，张树庭伸出手拍了拍报丧鸟的脸，道：“更重要的是，你太毒。你这个没眼睛的人比任何有眼睛的人还要让我害怕。”

“那您想怎么处置我，总得有个结果吧？”报丧鸟在冰冷的枪口下寒声质问。

其实，报丧鸟怕得要死，但是他知道向张树庭求饶是没有用的。因为张树庭做这些事情要的不是求饶和结果，而是一种掌控的感觉。

那种感觉用当下学生们流行的“文明话”讲，叫爱情。

在拿枪指着报丧鸟的头后，张树庭威胁道：“我给你一个活命的机会，只要你说出到底是在为谁做事情！前几天接触揽春的又是谁！”

“什么？”报丧鸟听着他的质问微微一愣，显然张树庭并不全知道有关白揽春的事情。

张树庭和燕子李三一样，笃定地认为他报丧鸟的背后有一个神秘人，他想不到白揽春身上发生的一切都是报丧鸟这个瞎子自导自演的。瞬间，报丧鸟心里稳了些，至少他可以用张树庭的这种揣测让自己多活一段时间。

“这人来头大，我不太敢说。”在张树庭的质问报丧鸟忐忑地回答，“您让我想想，权衡下利弊行吗？看在朋友的分儿上。”

或许是“朋友”两个字说动了张树庭。这位少爷收起了手枪，说道：“行！现在是凌晨四点，我八点的时候再来找你。你有四个钟头考虑，也就是两个时辰。”说完，张树庭打开牢门走了出去。

“慢慢想别害怕，我一会儿让人给你送份早点，吃饱了才有力气说话。”

一番话后，那牢门重重地关上了，牢房里重新恢复了死寂。除了自己血管内血液流动的声音，报丧鸟听不见别的。在这种环境里，报丧鸟首先咒骂的是自己的愚蠢。

他完全看错了张树庭，张树庭的心思之深堪比死人王，却又更加偏执，也绝不是什么好言善行的软茬。张树庭之所以留着自己的命，只因为他想知道是谁在打白揽春的主意。只要报丧鸟把那人的名字说出口，张树庭便难免不会来个兔死狗烹，更不用提那个所谓的幕后金主其实就是他自己。

只有两个时辰，报丧鸟觉得这似乎是自己生命中最后的两个时辰了。在这段死寂的时间里，一种彻底绝望的情绪完全浸透了他的内心，因为他实在想不出任何张树庭会放过自己的理由。

一时间，报丧鸟觉得自己所能做的只有把事情的来龙去脉全告诉他，然后给单飞燕留下一封遗书，再恳求张树庭将自己枪毙后把遗书和尸骸转交给他的知音。

但这可能吗？不可能！

报丧鸟是鬼市里的乌鸦，多年的摸爬滚打让他深知人心之险恶。因此，他知道如果摊牌的话，最有可能的结果是张树庭顺藤摸瓜把单飞燕抓住打死以绝后患。

报丧鸟自来算是个挺忠义的人，一想到整个事件中唯一因“义”而倾尽心力帮助自己的燕子，他那已如死灰的心就又莫名复燃了。师父浊眼龙的仇还没报，知音单飞燕的命还没保住，他就绝不是死的时候，因为他的“义”还没有做到。如此想着，报丧鸟的心头终究还是燃起了一丝生的渴望。

人这种动物挺奇怪的，绝望时可以画地为牢自困至死，有希望时却又能在铜墙铁壁的牢房中发现一抹生机涅槃重生。

生死只在一念之间。

就在报丧鸟心中重燃希望之时，他的生机也悄然到来了。张树庭走后没多久这监狱的门开了，有人按照先前张树庭的吩咐给报丧鸟送来了一碗牢饭。

当来人将微热的高粱饭放到报丧鸟手里的时候，他先是愣了一下，紧跟着咧嘴笑了。这碗饭，正是他“看”到的活命希望。待送牢饭的人走了之后，报丧鸟迅速将饭倒掉，将盛饭的瓷碗倒扣过来贴在铁质墙壁上仔细地听。

报丧鸟是幸运的，在加了设备之后他终于听见了些铁壁之外的声音。那墙壁中传导的声音起初含混不清，但是随着瓷碗的不停移动，他渐渐找到了听察的最佳位置。终于，他清晰地听见了这墙壁里传来的动静。

探查中，报丧鸟发现这牢房竟然能听见学生读书和唱歌的声音。而除了读书声，他还隐约听见更远处军人们拉练早操的整齐号子声。

读书、唱歌、军人？在牢房里？又或者牢房建立在军校旁边？不对！报丧鸟忽然想起来，在北平城能同时听见军号声和读书声的监狱只有一个地方。

清朝的天牢，现在的宪兵大狱，“夜么虎子”畏称为“鬼打颤”的地方！报丧鸟意识到，自己竟然被关在了“鬼打颤”里。

军队、“鬼打颤”、张树庭、燕子李三、巡警徜门的侦缉队以及鬼市。当这些看似杂乱无章的信息重新在脑子里快速融合拼凑时，报丧鸟终于得出了一个令人惊愕的结论。他突然发现就在自己为师报仇的过程中，无意间捅了一个叫“白揽春”的马蜂窝！围绕白揽春这个女人，所牵扯的人和事让人咋舌，也远远不止他一个张树庭而已！

“我真蠢！死人王，你也真阴！”报丧鸟咒骂自己和死人王的同时，竟然兴奋地笑了。在有些得意的笑声中他自言自语道，“但是有一句话你说得对，这些上层的人物确实都是裙带纠缠的，就像一张大网。若想查这些人，则必须想办法爬上这张网，而白揽春则是我仅有的通向这网的手段。”

终于，闻桑生知道自己身在何处，真正面对的是何人，又该怎么活下去了！

39

四个钟头之后，张树庭准时来了。

“朋友，想得怎么样？”张树庭上来便问。

报丧鸟露出了一个笑容对张树庭说道：“您先把铁门关上，免得有人偷听。”

咣当！张树庭身后的门关上了。报丧鸟抬起头道：“没有人想打白揽春头局，一切都是我安排的！自始至终只有我！”

“你？开什么玩笑！”张树庭冷哼，“你个瞎子掺和这事干吗？”

“我看白揽春可怜，想帮她脱困而已。”报丧鸟扯谎。

“胡说！”张树庭依旧不相信道，“那你诱导燕子李三杀柳东升干吗？”

“驱狼吞虎，然后坐收渔利。”报丧鸟笑着又讲，“事实上，我也达到目的了。”

“我不信！”

“张少爷，我说的都是真的，千真万确！我命都在您手里捏着又何必骗您？”报丧鸟强调自己的处境，又继续将他如何蒙蔽白揽春，如何躲避燕子李三的跟踪窃听，又如何让柳东升和燕子李三狗咬狗都详细地说了一遍。

他向张树庭所隐瞒的，只有他真正的目的——为师父浊眼龙报仇。

报丧鸟的详细计划让张树庭震惊，以至于他听完后立刻转而自嘲："我们才是瞎子，你竟然把我、揽春、许妈和柳东升玩得团团转。"

报丧鸟问："现在都告诉您了，您会放了我吧？"

"你恐怕必须死，"张树庭胆寒道，"因为我怕你！"

"张少爷手脚通天，您一句话我就已经是个半截入土的死人了。"报丧鸟撇嘴道，"不过临死之前我有些话想问您，您能告诉我吗？"

"你先说。"张树庭不是燕子李三，没有江湖人的那种爽快。

"您是谁？"报丧鸟直问。

"张树庭呀，日高昌的张树庭。"

"不！您绝不是！"报丧鸟坚定道，"又或者说，张树庭只是您在鬼市里的一张面具，对吗？"

张树庭没有回答，但是他的呼吸已经有些变了。

察觉到这些的报丧鸟继续大胆地揣测："我也真是傻，竟然会疏忽那么重要的细节。每个蹚鬼市的人都有一张面具一个外号。我是报丧鸟，李鸿是燕子李三，柳东升是自来横，而您是张树庭！"

张树庭不置可否，呼吸却越来越粗。

"拿过去的身份掩盖现在的身份，您是真高明！"报丧鸟见张树庭不作声便索性自己挑明道，"我替您说吧。您现在的真实身份是北平巡警五厅特别刑侦科科长——鬼打颤的'王'，对吗？"

听到报丧鸟的话，张树庭惊愕不已："你又是怎么知道我身份的？你在巡警内部有人？"

"没人。"报丧鸟拱手后又道，"但您是北平城黑夜的天，是

‘夜天子’，我们这些黑五类就都得仰望揣测。”

巡警衙门这个庞大的官僚机构内，大部分人事任命和组织关系都是对外公开的，也有相当部分不公开的秘密机关，而所谓的“特别刑侦科”便是这样一个绝不对外述职的秘密机构。

北平特别刑侦科和一般的巡警科室不同，这里的侦缉警不对外择选，都是从段大帅和吴总长的陆军部队里遴选精锐委任进来的，名为民警实为军警。他们所缉拿的案件人员不是一般的鸡鸣狗盗，都是涉及政治的进步学生、革命党、逃兵、军火贩子以及各路土匪大盗等棘手人物。可以说这帮人就是大帅府和陆军部的私人打手，他们存在的目的不是为了维持治安，而是帮段大帅他们消灭政敌，管控舆论，制造恐怖，肃清军队。他们是特务，是大帅私人的“锦衣卫”“粘杆处”。而他们的“巢穴”是全北平唯一能听见关押政治犯口号和军警操练的牢房，也就是现在报丧鸟身陷其中的恶狱“鬼打颤”。

联想到这座地狱般的监狱，他张树庭的身份也就不难猜测了。能在“鬼打颤”这种地方出入自如到如同过家门，除了张大帅、吴总长和这里的主管科长，报丧鸟想不出第四个人来，因此他很自然地推测出张树庭就是那位特别科里掌控一切的科长。而也只有这种拥有强大势力和实权的人才能把燕子李三捞出来，又一次次在白揽春陷入危机时力挽狂澜。

报丧鸟揣测道：“您的‘特科’只对大帅和陆军部负责，所以知道的人不多。我也实在没有想到在张少爷那看似体弱的身板下竟然隐藏着这么血腥的一张脸——也难怪您不想说。”

“再脏的事情也得有人去干。”张树庭苦笑，“况且，我不是也被你看出来了吗？”

“我没‘看’出您，”报丧鸟拍了下身边的铁墙道，“是监狱告诉我的。”

张树庭由衷感叹：“揽春说得对！如果你不瞎，你必然不会屈居人下。”

“有什么用，”报丧鸟摇头道，“只不过又给您一个杀我的理由而已。”

咔啦！报丧鸟又听见了撸子枪上膛的声音。

报丧鸟一阵紧张，急忙开口道：“张科长，动手之前我最后再问您一件事情，行吗？”

“说。”

报丧鸟用咽口水的时间组织了一下语言后道：“装‘狐狸精’吓唬白揽春杀人这些龌龊事不是您的本意吧？您也是受人指使被逼无奈才做了那些脏事情？”

张树庭没有回答。

报丧鸟继续说：“如果我没猜错，真正让白揽春落到现在这样不人不鬼地步的元凶不是您，是您的上司！确切地说是陆军总长官，那个段大帅的小舅子吴光真。”

“你这瞎子到底是人是鬼？”张树庭又一次惊叹道，“为什么你没有眼睛却什么都看得清！”

“瞎子天生会算，‘三分靠听，五分靠揣’，否则我怎么活。”报丧鸟抹了一把汗继续说道，“如果我没猜错，真正想把白揽春占为己有的是他吴光真！是他把白揽春的未婚夫弄死弄臭，又让您当狗看着那女人，对吗？”

“你怎么知道的？这种绝密你不可能知道！”张树庭追问道。

“简单。”报丧鸟回答，“还记得前几天那个被您和燕子李三做掉的奉军副营长张尽军吗？”

“他怎么了？”

“我记得当初这个混蛋死的时候，白揽春曾拿出一只人皮鼓为他唱过一次《杀子报》。”

报丧鸟还记得那一曲《杀子报》结束之后就有宪兵大令走进来，带着段大帅和陆军部的命令以及奉军方面的公文将那家伙强行带走了。他早知道当时白揽春唱《杀子报》时燕子李三跑出去告诉了张树庭，仅仅是一曲《杀子报》的时间他们却能叫来宪兵，还把这么多军队的绝密公文凑齐，可就不是他张树庭一个小小的特别科科长能够做到的了。

这件事情太离奇，但刚才他仔细想了想发现这北平城里真有两个人能够做到！

一个是坐镇北平执掌政府的段大帅，另外一个就是陆军部的总长官、段大帅最信任的小舅子吴光真。

“只有他们俩能够做到，段大帅是‘六不’大帅，应该不是他。至于吴光真我曾听人说他善妒，且尤其喜欢乐器乐律。”报丧鸟由此揣测道，“所以我想他一定是看上了白姑娘的色艺想要据为己有，但是又感觉娶个汉奸媳妇毁名声，这才在暗地里授意您把白揽春用计控制，想缓几年再纳她，对吧？”

张树庭长叹一声，显然他是默认了。

“张少爷，我听得出您心里的纠结。我觉得您是性情中人，断不会做出那种杀兄霸嫂的事情！您只是被扣了屎盆子而已。”

恭维完，报丧鸟冷静地问询：“我还听出您虽然是授命，但对白揽春是有真感情的。把白揽春的事情与我全说了吧，我想想办法帮您和她排解下心忧。”

“你能帮我什么？”张树庭绝望道，“背后控制着揽春的人可是吴总长。”

“吴光真是陆军总长官、天下陆军的统帅、安福系的魁首、段大帅的小舅子！他厉害我懂！”报丧鸟忽然话锋一转道，“但您忘了吗？我是报丧鸟，鬼市里的乌鸦！我有天眼！”

40

报丧鸟一番说导下来，张树庭被这瞎子的推算能力深深折服，因此他本着试试看的想法将自己与揽春还有他那位大哥的过往都告诉了这个半截入土的瞎子。

张树庭说，他和他的大哥即白揽春曾经的未婚夫都曾在欧洲留学，在保定上过陆校，在战场上一起搏杀过。他们的友谊是“三操两讲堂”熬出来的，是战场上经过许多死里逃生历练出来的。至少在看见白揽春前，张树庭对他的大哥最佩服，也绝没想过自己有一天竟然会为了一个女人动手枪杀自己的大哥。

四年前，还是良人顾茹婷的白揽春受邀和父母一起北上来京找新婿完婚。白揽春下火车时，张树庭与大哥一起在火车站迎接了他的新嫂子，并立在一旁做了个给兄长长脸的仪仗兵。

可谁知道在火车站上的一眼之后，顾茹婷那又白又美的可人儿形象便扎进张树庭的心里，怎么都挥散不去。再之后，筹备婚礼的三个多月里，他的大哥带着顾小姐以准新娘的身份去各处会见上司结交亲朋，其间白揽春又在众人面前数次献艺展示绝佳的琴瑟才华。

这一切都被张树庭看在眼里，更让他渐渐迷恋上这位顾小姐的才艺而无法自拔。他知道自己竟然荒唐地喜欢上了嫂子，但是他更知道作为一名军人和兄弟，那种过分的邪念是万万不能动的。

起初他还能压制住这样的想法，但是在三个月后，他荒唐的想法却在一次意外中忽然冲他大哥全迸发了出来。

在顾茹婷即将大婚前的某一天，大哥忽然叫张树庭去家里喝酒解闷。而当张树庭兴冲冲来到大哥家里时却发现整场酒宴只有他和大哥两个人，既不见那些准备婚事操办的大了、媒婆，更不见他偷偷暗恋的新嫂子。面对着满桌的酒菜和形单影只的大哥，张树庭感觉到不对劲，但是大哥叫他落座喝酒他也没有多想。

就这样，两个人称兄道弟的喝过几杯酒后，张树庭忽然听见大哥搂着自己的脖子问道："小树，你嫂子漂亮吗？"

张树庭红着脸，点了点头。

"喜欢不？"大哥竟然又问。

"这个……"张树庭不知道如何作答了。

"你呀，"大哥拍了拍他的肩膀笑着说道，"我早看出来啦！你也喜欢她，对吧。"

在大哥的满口酒气中，张树庭只能回答："嫂子漂亮，是个男人就忍不住多看几眼的。"

"是呀！你嫂子确实漂亮！"大哥感叹着喝了一口酒，然后他话锋一转说出一句让张树庭震惊无比的话，"不过可惜，这么漂亮的女人等结了婚就不是我的啦！"

"什么？"张树庭听傻了，什么叫结了婚就不是他的了？这种话张树庭无论如何也理解不了。

因此，他急忙追问自己的大哥道："哥，你这是怎么个意思？能不能详细和我说说？"

那一天，或许是张树庭的大哥心情不好酒喝多了，又或者是他真的把张树庭看作唯一能吐露心事的人。总之，张树庭的大哥将他与顾茹婷所谓婚事的真相全说了出来。

原来，这一切都是陆军总长吴光真安排的过场，这场婚礼只是吴光真要把顾家的千金纳进府里做小妾的一个过渡。张树庭的大哥告诉他，在顾茹婷十五岁那年，去南方谈判的吴光真偶然路过姑苏顾家并做客时，看见了知书达理容貌美艳且琴艺超群的顾茹婷，当时便惊为天人，并暗自下决心定要把顾茹婷纳进家里做姨太太。

只是顾茹婷很早便被许配给了张树庭的大哥做妻子，而且眼下他的大哥又在陆军做参赞，吴光真感觉如果贸然提亲或者强娶人家不一定答应不说，还可能会影响自己在军方和政界的形象，毕竟抢部下妻子可不是好名声。

吴光真是个为达目的不择手段但又道貌岸然的人，这家伙看上顾家的小姐之后立刻找到了张树庭的大哥，以升官重用为交易引诱他将媳妇“转让”给自己。

“我已经和吴总长约定好了。”张树庭的大哥喝下一杯酒后沉重地讲，“等和茹婷成了亲，我就会被吴总长派到南方去当巡阅使。我走时不带家眷，就在北平给茹婷买套院子安置下。”

他大哥又冲张树庭说道：“你和我一起去，等到了任上给你捞个参谋长！咱们兄弟就都是有地盘的军阀啦！”

听着这一切，张树庭惊了：“哥，你把嫂子一个人放在北平是让她委身吴光真那个混蛋！你为了个巡阅使的头衔宁愿戴绿帽子？”

他大哥心情本就不好，被张树庭这么一说，便愤怒地掀了桌子。

“绿帽子怎么了？段大帅不也戴吗！那段芝贵和王一堂还拉皮条呢！”吼完他又悲愤道，“我不是安福系的，也没有小站的干爹和当大帅的姐夫，这么熬下去什么时候能出人头地？”

说完，张树庭的大哥紧紧抓住他的衣领哭道：“树庭，你家是晋商，你是交通系的太子爷，你混不下去了大可以回去当你的少爷。我呢？我家道中衰，我是白手起家的！我不向上爬，就死无葬身之地啦！”

张树庭彻底惊了！他没想到大哥的心中竟然如此阴暗，也没想到他为了向上爬竟然会说出这种话。于是正在酒劲上的张树庭便拔出自己的撸子枪想吓醒这个大哥，想让他停止做这种肮脏的交易。

或者最不济打瘸他一条腿让他断了军旅生涯，好好地当个平民也好。但是那一天或许是因为喝了太多的酒，或许是因为太激动手太抖，两个人没争执几句他便一枪打在了大哥的肚子上。子弹从正面进翻滚着从侧面出，顺便带出了他大哥的肠子。就这样他的大哥一命呜呼了，他张树庭则因为有晋商的爹和交通系的背景而免于被起诉。

大哥死了，他可以名正言顺地追嫂子了，但是这并不代表张树庭好受。恰恰相反，他始终感觉自己是个杀兄的混蛋。

“那件事情之后，我就主动退下来当科长了，至于揽春，”张树庭哀叹道，“吴光真见我大哥死了喜不自禁，就把袁大总统和日本人那些陈芝麻烂谷子的事情搬出来都安在了他和揽春身上。揽春成了汉奸媳妇，被他逼进了死胡同，然后他又让我们暗中散布她被狐狸精附体的谣言好全她的身子，等风头过了娶回家供他享用。”

“混蛋！”报丧鸟听过之后，不由咬牙切齿道，“这种人和禽兽有什么区别？”

“没区别！但他是我上司，我对他没办法。”张树庭问报丧鸟，“你呢？”

“我？”报丧鸟兴奋地笑道，“我当然有办法。只要你肯听我的，我定能救白揽春于水火。”

“你有什么办法？”张树庭问。

“第一步，”报丧鸟道，“先带我去见见这位吴总长吧。”

听见报丧鸟提出要见吴光真的要求，张树庭带着警惕道：“你见他干吗？”

报丧鸟自然不能告诉张树庭自己是去找吴光真报师仇的，而且他还必须立刻给张树庭一个能够促成这次会见的理由。这样的理由很难编，不过好在报丧鸟早就想好了。

报丧鸟神秘兮兮地道："张少爷，我有一门绝学可以控制人的思想。"

张树庭好奇道："说来听听。"

"我师父生前曾经教导过我一套叫《八音流水》的曲子，你知道这是什么样的乐律吗？"

"我不懂乐律。"

"不懂没关系，我告诉你。"报丧鸟又讲，"这曲子是我师父年轻时从杨柳青的北宋墓地古碑上拓下来的，据碑文上说这曲子是当年那个李师师献给宋徽宗的一首魔韵。"

"魔韵？有什么用？和劝说吴总长又有什么关系？"张树庭疑惑道。

"这曲子不光是用来听的，还可以催人心性，让人的思维跟着弹琴的人走！"

"思维跟着弹琴的人走？"张树庭重复一遍后颇为恍然道，"你是说通过这曲子……"

"没错！"报丧鸟水到渠成地说道，"古碑上讲，当年宋徽宗就是因为这曲子被李师师迷到丢了江山，咱们也可以反用这本事让吴光真改思放了白揽春。"

"这可行吗？我怎么感觉特不靠谱儿。"张树庭诧异道，"而且我记得你以前好像弹过这个，乱糟糟的不怎么好听呢。"

报丧鸟解释："那是因为您不懂乐律。再说，这曲子白姑娘听了不就随我心意把我留下了吗？"

张树庭点了点头佩服道："还是揽春聪慧。"

"所以，还是让我尽快见吴光真试试吧。"报丧鸟借机又催促，"您也知道，白姑娘的大院已经在催她了，说不定这就是吴总长布的局为了引她就范。"

报丧鸟的话或许让张树庭感觉到了紧迫，他问：“你打算什么时候见吴长官‘施法’。”

“最好今天，行吗？”

张树庭一边想一边回答：“吴总长今天早晨要去医院看望欧战回来的劳工，中午要去大学堂发表廉政演说，下午会见完日本的特使后他有段时间会在总长府邸休息，你可以去。”

“那就下午？”报丧鸟忍着迫切感试探道。

张树庭对报丧鸟没有起疑心反而还建议道：“时间不多了，你先和我去吃早饭，然后换身衣服再去见他。”

“不行。”报丧鸟否定道，“我需要先去取一件宝贝，有了它我的《八音流水》才能生效。”

“宝贝？”张树庭诧异，“什么宝贝？”

“我的三弦‘水连珠’。”报丧鸟又讲，“我送给揽春的那把琴。”

“我带你去取。”说完，张树庭拉开了监狱的铁门。

“鬼打颤”是个让人害怕的地方，报丧鸟跟着张树庭走出这里时，不时听见许多学生号叫的声音和士兵呵斥的叫喊，宛如人间地狱。这样的地方报丧鸟这个瞎子都感觉到恐惧不安，张树庭却像没事人一样平静地走着，真不知道他到底是怎么在这样的地方安心做他的科长的。

走出监狱，当报丧鸟接触到第一缕阳光时，那温暖的感觉让他的身体猛然抖动了一下。而后他由衷地庆幸自己还活着，庆幸自己又从报丧鸟变回了闻桑生。坐着张树庭的汽车，闻桑生摇摇晃晃地到了白揽春的院子。他下车时特意问了下张树庭时间，得知是早晨十点。

第十一章　龙低头

41

十点，这个时候白揽春应该已经醒了。

闻桑生摸索着与张树庭走过院门时，那许妈又出来拦截：“哎哟！姑娘正困觉，你们不能进去！”

这一次，张树庭没有和她废话，而是径直将一块银圆用手弹射向许妈。那银圆在空中翻滚着发出嗡的空鸣，最后又发出了与牙齿磕碰的鸣脆响动。听声音闻桑生立刻反应过来，张树庭是将银圆不偏不倚地扔进了许妈的嘴里卡住了她的嗓子眼儿。

然后，他拉着闻桑生直接到了白揽春的正屋。

“揽春。”张树庭开口，声音软得像只撒娇的猫，瞬间他又变成了那个花痴少爷。

“树庭，闻先生，你们怎么一起来了？”白揽春好奇地问，张树庭却有些不知如何开口。

“张少爷，您先带着玉娇出去吧，我有话要单独和白姑娘说。”闻桑生替张树庭打圆场道。

张树庭踌躇了一下，但还是冲白玉娇道：“玉儿，走，我给你买糖葫芦去。”

张树庭拉着白玉娇出去后，闻桑生才笑着问白揽春道：“白姑娘，我放在您这里的三弦‘水连珠’还在吗？”

“哦，自然在的。”说完，白揽春移步走到床榻附近将弦子取了交给闻桑生。

闻桑生拿着那弦子，心里稳了。他知道，自己能不能让白揽春重获自由，让师父浊眼龙沉冤得雪，全都指望在这弦子上。拿定弦子琴，闻桑生走前胡编了个理由说他介绍自己家隔壁说书的赵小腿为张树庭出个“清局”需急用半日弦子，只傍晚便会回来归还。

白揽春是个好说话的姑娘，她见人家有急用便大方地给了。只是在闻桑生离开前，她又用有些娇羞的声音问询道：“闻先生，您给我介绍的那位恩客有消息吗？他什么时候能再见我？”

“他？还没有。”闻桑生回答，“不过他曾找我说您身边的‘狐狸精’已经奄奄一息了，相信用不了几天就能让您摆脱桎梏。”

说完，闻桑生忍不住问了一句：“对了，傻二力呢？我怎么一早都没看见他呢？”

“也不知道他抽的什么羊角风……”白揽春叹息一声，回道，“昨天晚上他偷偷出门喝酒，摔进了通州河，被个路过的车夫送了医院才保住一条命，脑袋上三个大血窟窿，不知道还能不能挺过来。”

“真惨。”闻桑生忍着窃笑摇了摇头，郑重道，“告辞！”

闻桑生走出屋子，又和张树庭上了汽车。抱着三弦，闻桑生在汽车里坐定后面色忽然微变。而后，他侧耳品着这车里的一些细微声响心里猛然一惊。

“坏了！”几乎是本能的，闻桑生吐出两个字来。

“什么坏了？”正准备开车的张树庭问。

抱着三弦的闻桑生收敛了一下神色才道：“得先回趟我家。我忽然想起一件顶重要的事情，必须赶紧办。”

张树庭问闻桑生：“什么事？”

闻桑生抚摩着手中的弦子琴道：“我得给手里的‘水连珠’施个咒法。”

“施咒法？”张树庭诧异地问，“有什么讲究？用什么施法？”

“琴和女人待在一起的时间太长容易损阳，需要补阳气，这补充阳气得施法，得用童子尿、花生和我屋子里才有的咒符施法。”闻桑生又强调道，“要不然弦子阳气不够音色不好，弹奏出的《八音流水》迷不了吴总长的魂魄。”

“这都什么穷讲究啊？也太迷信了吧。”张树庭感叹。

“您带我回去吧。我给琴补阳气用不了多少时间，而且您也见识过我有多了解三弦的‘秉性’，这话虽夸张可绝没错。”闻桑生催促道。

闻桑生的话估计让张树庭感觉很扯，但他才是三弦琴里的权威，张树庭有求于他自然只能听从闻桑生的意见。因此，张树庭还是开车把闻桑生拉回了他居住的小院子。

在院门口，闻桑生抱着三弦下了车后说道：“张少爷，您在外边等会儿，好吧？我施法给琴补充阳气外人不能看！”

“又来，”张树庭略微语窒后揣测道，“我怎么感觉你是在耍滑头！”

“绝不会。”闻桑生唯唯诺诺地摇头，“您当过兵煞气重，我怕您看了之后惊了弦子和阳气。”

“你们这些乐师，怪规矩真多。”张树庭点燃了一根烟道，“快点。”

闻桑生点头，急匆匆进了自家院子。关好门落了锁，闻桑生抱着琴回到他的屋子又贴墙听了半天，确认没有人窃听之后才长出了一口气。

而后，闻桑生忽然抬头冲房梁道：“你快下来吧，安全。”

随着闻桑生的话，一个轻盈的身形从房梁上跳了下来。紧跟着一个顶好听的女人声音问：“你居然被放出来了。”

说话的是闻桑生的知音、他唯一真正关心的人——单飞燕。

听见单飞燕的声音后，闻桑生一脸惊恐地问：“刚才你吓死我了！汽车开得那么快，你扒在车下边万一掉下去怎么办？”

“我怕你出事。”燕子只关切地问，“他们没打你吧？”

“没有。”闻桑生自豪地道，“我因祸得福了，现在就跟着张树庭调查那吴光真去。”

燕子好奇：“有机会调查吴光真了，这怎么回事？快和我讲讲。”

因为时间有限，闻桑生只是三言并作两语地将他目前的进展大致讲了一遍。燕子听完之后为她的知音窃喜道：“哥，这是绝佳的机会，你见到吴光真之后想办法把他骗出大帅府，我一枪打死他。”

“你？”闻桑生诧异道，“你把土枪带进城了？那个不行吧？”

“不是土枪，我用这个。”说完，燕子将一个铁疙瘩放在闻桑生手里让他摸了摸。

摸着那巴掌大的铁东西，闻桑生疑惑道：“我摸不出来，这是什么啊？”

“是撸子！”燕子笑嘻嘻地回道，“那黑虎柳东升的，我昨天晚上趁乱从他的断手里顺来的。”

哗啦！

举枪上膛，燕子又道：“哥，这枪小巧最适合刺杀，里边七颗子弹都在。我也估摸出怎么用了，杀吴光真好比杀条狗。”

闻桑生听着燕子的话起初十分激动，随即他的心却冷了下来。他摇了摇头道：“燕子，我不能让你冒这险。”

“为，为什么？”燕子诧异道，“我心甘情愿的，而且我会轻功，我能跑。”

“那也不行，太冒险了！”闻桑生紧紧抓着燕子的手满脸冷汗道，“燕子，我讲真，其实我做这一切都不是为了你，你明白的。”他终究没勇气说出真相。

“我明白，为师报仇嘛。我佩服的就是你这份忠义！”燕子爽快地答。

“明白就好。”闻桑生抹了一把汗，又说道，“燕子，为了忠义，我不能让你去冒险，更不能让你死。”

说完，闻桑生忍不住捧住了燕子的脸。第一次，他摸索到了燕子的脸。那是一张小巧的、美丽的脸。尤为让他羡慕的是，燕子有一双大眼睛。

摸着那张脸，闻桑生发自肺腑地坦言：“燕子，我这辈子除了报仇，从来就只有你最珍贵。你要是死了我也没了奔头，就好比俞伯牙与钟子期那样。所以你不能死，为了我你也绝不能去冒险。”

吩咐完，闻桑生最后讲：“燕子，好好活着！吴光真我自己对付，我有办法。”

燕子带着激动和关切道：“你一个盲人，能把他怎么样？”

“我有办法。”闻桑生坚决道，“我一定会有办法的。”

接下来闻桑生只是恳求燕子：“燕子，我只求你答应我一件事。如果我死了，你一定要在三天之内带家人离开北平，去关外去南方去什么地方都行，永远别再回来！”

“为什么？”

“一言难尽。”闻桑生摇了摇头，刚想再开口的时候，却听见院外张树庭敲门的声音：“我说，弄好了没有？再等你两分钟啊！”

在张树庭的敲门声中，燕子一个飞跃上了房梁。她对闻桑生讲：“既然一言难尽那就别说！我去了，你安心做你的。这几天你忙正事的时候我都尽量在暗中候着，要是有需要，你叫我名字或者拍三下手我就出来帮你。”

说完，燕子的呼吸也在房梁上消失了。而在单飞燕那呼吸声消失的同时有什么东西从她待的房梁处滴落下来。

那是一滴泪，正打在闻桑生的额头上。闻桑生并没有抹掉那滴泪，而是带着它和弦子琴出了门。他知道这一次去，十有八九有去无回，甚至连他的死也是复仇计划的一部分。

吃了些东西又午休了会儿后，张树庭开汽车把闻桑生带到了陆军总长府。在车里，张树庭看了一眼表后告诉闻桑生：“还有半小时，我去给你安排证件和会面，你在车里等着。”

“嗯。”闻桑生点了一下头。

张树庭下了车，离开前还不忘隔着车窗提醒：“兄弟，我提醒你一句，吴总长不是我和柳东升，你见到他最好规规矩矩的，别做什么出格的事情。”

“明白。”闻桑生点头道，“他是总长，身边有卫兵和特务保着，我一个瞎子能把他怎么样。”

“你别说这个！”张树庭郑重说道，“我就怕你说这个！”

42

吴光真今日气很不顺。

上午，他在大学堂发表廉政演说的时候，有几个爱国学生的代表闯进来轮番愤怒质问他。他们说，一个克扣军饷和窃取国家税收的总长有什么资格谈廉洁？一个刚和日本人做完借贷交易的肮脏政客又有什么资格谈廉政？

听着学生的质问，吴光气不打一处来。因为学生哪里会知道，如果没有那些克扣的军饷和临时挪用的财政，回疆和蒙疆的骚乱不能平息，俄国的撤侨不会顺利，那些蠢蠢欲动的地方军阀也早就反天了。而如果没有日本人给的借贷金，整个军政府因平乱、撤侨、武力统一而导致的财政窟窿也根本堵不住。最关键的，他吴光真知道政府那些堵不住的窟窿不会真空着，没有借贷最终就会以捐税的形式全落在最底层的平民百姓身上。

到时候，就不知道又会有几个李自成几个洪秀全跑出来作乱杀人。

面对学生，吴光真自感心里苦闷气也大，甚至他都想掏手枪当场枪毙几个学生立立威。但是作为一个成熟老辣的政客，作为段大帅的小舅子和安福系的骨干，吴光真并不能也不敢冲那些学生如此做。在说了几句好话之后，他便退下台命令随行的侦缉警和御用文人去擦屁股。

上午的事情刚结束，下午他又得在日本特使面前装孙子。

见面寒暄，学日本人点头哈腰，腰酸背痛还得嘻嘻哈哈地笑着。他好说歹说从日本人手里又骗了两千万日元的贷款正要松一口气时，却又听对方领头的西原龟太郎再加要求，要以东北的开矿权和渔业权做抵押才放贷。

一群混蛋，真把他当卖国贼呀，也真把他的国家当油芝麻吗？

望着龟太郎，忍着想枪毙这个日本小胡子的冲动，吴光真赔着笑脸留下了“再议”二字。就这样，与日本人的谈判不欢而散。见完日本特使后，这位身心俱疲的陆军总长遣散了陪同的官僚团，坐着小轿车回到了自己的府邸。

刚一进卧室，他立刻脱下军装、皮靴和洋袜子，将配枪重重地摔在小牛皮的高档沙发上。而那沙发上还放着许多南方党人和进步书社的期刊报纸，这些报纸是特侦科的侦缉警按照他的要求送来的，里边无一例外都是抨击他和段大帅腐败卖国的新闻社评。

看着那些白纸黑字，他忽然有点不想干了。但他吴光真毕竟是段大帅的小舅子，是安福系的魁首。就算别人能退，唯独他却不能退，更不好退。一想到他的姐夫，吴光真便又想起了自己那命运多舛的姐姐。

他记得，姐姐还活着时，每当自己遇到不顺，大姐都会坐在这张牛皮沙发上劝导他，或者拨弄他最爱听的弦子琴给他解闷。现在，命运多舛的姐姐死了，只留下一儿一女依稀间能看出些姐姐当年的样貌，却再无姐姐的琴瑟。

而一想到姐姐的琴瑟，吴光真便又想起四年前他在顾家看上的那个水样的女子，现在玉梅堂里当红的花魁——白揽春。

就在吴光真对着骂他的报纸意淫白揽春的时候，他的生活秘书匆匆走了过来。

“总长，”秘书鞠躬道，“特侦科张树庭求见。”

“他？”吴光真愣了一下。其实，他打骨子里瞧不起这个张树庭，因为这人自从喝酒时误杀了自己的同僚之后就和只乌龟一样做事情畏首畏尾，全然没了曾经的干练。

要不是因为这货是自己亲手提拔的，要不是因为这家伙的父亲颇有交通系的人脉和少壮留学派的关系，他早就将张树庭按军法枪毙了。即便如此，吴光真最近也下定了决心，等张树庭办完白揽春的事情便让这家伙彻底歇了，换个更狠些的人接替他的位置，好好整整那些学生。

眼神中划过一丝鄙视后，吴光真命令秘书：“让他去客厅等我。”

吩咐完，吴光真起身穿了件瑞蚨祥的青布便袍，拿起江云龙的山水画扇，提上双内联升的特供布鞋，又戴上法兰西进口的金丝框眼镜。他装出一副斯文模样，抖擞着精神走出去会见张树庭。

当吴光真穿过站满亲卫的走廊来到宽敞明亮的客厅时，张树庭正立在客厅墙角独自一人欣赏着一幅郑板桥的竹子。那水墨的竹子原本是清朝一位亲王的藏画，只因为吴光真去王爷府偶然见到随口说了一句“好东西”，那亲王便赶紧将这画连同一起挂在墙壁上的历代一十八幅书画珍藏都送到了总长府。

吴光真见张树庭看得入神，便轻轻走到他身边微笑着介绍道：“郑板桥的手笔，树庭若喜欢，走时便拿去。”

张树庭被忽然出现在自己背后的吴总长惊了一哆嗦。不过在最初的惊慌之后，他立刻回身以标准的军礼回敬吴光真：“标下张树庭，向吴总长述职。”

“好啦，咱们弟兄不整这些虚的。”吴光真笑着挥了挥手，主动道，“坐下聊。”

“是。”张树庭坐在客位上。

吴光真坐定后轻声问：“白揽春那边怎么样？”

“没有问题。”张树庭回道，“只是，咱总不能老以这种方法控制着这女人吧？万一有嘴欠的传出去，舆论会炸锅的。”

吴光真听着张树庭的话默不作声，他也想尽快把这女人纳进家里，但是现在社会上针对他和段帅的舆论这么凶，如果他再娶一个有汉奸罪名的勾栏女子会不会让整个安福系……

吴光真微微摇头又讲道：“树庭，你今天找我还有什么别的事吗？”

“有。”张树庭笑着回道，“今天标下其实是给您送宝贝来的。”

“宝贝？”吴光真莞尔一笑，“你这人什么时候也学会拍马屁了。”

“标下不是拍马屁，”张树庭笑言，“是真得了一件宝贝，而且是只有您吴总长才能欣赏的宝贝。”

“哦？拿出来看看。”吴光真被张树庭的话勾起了兴致。

“好。”张树庭拍了拍手冲客厅过道讲，“总长有令，把他带上来吧。”

随着张树庭的话，吴光真立刻听到了木棍点地的响动。顺着那响动，他扭头去看便被眼前的一幕惊呆了。在两个亲兵的看护下，一个衣衫褴褛身形佝偻如叫花子一样的家伙，拄着木棍笑呵呵地走了上来。这人戴着墨镜看样子是个瞎子，每走几步路便用手中的导盲棍点一下地。

走到距吴光真还有十几步时，那人主动停了下来，向吴光真拱手：“吴总长好。”

吴光真丈二和尚摸不着头脑，只得问一旁表情复杂的张树庭：“这是位视障人士？”

“是。”张树庭点头，又强调，“他叫闻桑生，就是标下献给您的宝贝。”

“嗯？”吴光真实在不得要领，又问，“他能干吗？”

“总长，我先献给您样东西，希望您喜欢。”说话间，闻桑生将背后背着的三弦琴解下来，递到吴光真面前。

与此同时，那张树庭又趁机道：“这人虽然看不见，但是耳朵很好，他说他有一把名贵的三弦琴想献给您。”

其实在张树庭介绍闻桑生和这把三弦琴的时候，那吴光真就已经摘掉了眼镜，嘴唇微颤地望着那把半旧的三弦琴了。

“好东西！”吴光真不由赞叹道，“真是好东西！”

吴光真伸出手抚摩着琴柄上那阴刻出来的“水连珠”三个字，连连惊叹道：“老桐木的骨，二十年白花蛇的皮，鲸鱼须精做的海龙弦，最为难得的是这琴马。”说完，他忍不住伸出手去碰触了一下那三弦的琴马。

吴光真又讲：“在弦子琴上此物最小，却是弦子琴之心脏，一只弦子的音色之好坏，这琴马的作用得有六七成。”

闻桑生听着吴光真的话，点头道：“您真是懂琴，我斗胆问一句，您知道我这琴马是什么制作的吗？”

被这“水连珠”提起了大兴致的吴光真讲：“你想考我？好！我告诉你，这只弦子定音的琴马是用驼骨做的！”

闻桑生伸出大拇指：“您是真行家，一般人都以为越名贵的材质所制作出来的琴越好，所以像琴马琴轴等物，就得用象牙犀角之类才称品位。”

“全是庸俗人的一派胡言！”吴光真一边把玩那弦子一边饶有兴致地讲，“我早研究过，三弦的琴马以驼骨质最优，只是这驼骨做琴马不能用新，必须得是二龄骆驼的大腿骨，拿火烧个三分酥时才能担此重任。”

闻桑生微点其头，接茬详解：“因为烧熟之后驼骨内会有空泡，密度也会变。这样的熟骨传音最佳，只是这样的琴需要常保养音色才能常润。”

“对！对！对！”吴光真连连点头，“玩弦子讲究的就是‘保养’二字，那新的弦子没有韵味，太老的琴又会变形，只有保养得当且上了年月的才是名品，就比如你拿来的这只。”

说完，吴光真又饶有兴致地问闻桑生：“先生拥有如此精工保养的三弦，您是修琴师傅？”

“他是唱琴师。”一边的张树庭适时搭腔，并又追捧道，“闻先生的琴艺标下见识过，精妙无双甚至胜过那花魁白揽春。”

听了张树庭的话，吴光真一脸惊奇地又将弦子琴还给闻桑生：“那先生能否用这名琴弹奏一曲让我见识一下您的琴艺？”

“好。”闻桑生面无表情地接过弦子，伸出还打着绷带断了小指的右手。

“您手伤了？”吴光真这时才发觉对方的手疾并问道，“碍事吗？”

“小拇指而已，无碍。况且能为总长献技，鄙人甘之如饴。”

说完，闻桑生在吴光真认真的目光中，二指微动以“泰山坐”的技法弹奏起了一曲独特的乐律。

那乐律一起，吴光真便惊愕地发现，这并不是民间市井的俗乐，而是唐宋时的古乐。这乐律听在他耳朵中有种清新脱俗耳目一新的感觉，乐律飘然中，吴光真轻轻闭上眼睛，随着弦子仔细地品，立刻便在脑海中生成了一幅独特的画面。

在那幅画面中，有高山流水，有小桥人家，有柳叶荫蔽，有亭台楼阁。

在楼阁间，他仿佛看到了自己寒窗苦读竹马踏青的幼年景象，还看见了自己的姐姐正拿着西瓜站在故乡老宅的台阶边呼唤自己回家的情景。

嘈嘈切切间，八段音乐转瞬而完。

吴光真睁开眼睛，望着那满脸冒汗右手绷带处还微微渗血的乐师。

“这是什么乐律？”吴光真问道。

“北宋古曲《八音流水》。”张树庭代为回答并望着吴光真那表情复杂的脸问，“怎么样，还中听吗？”

吴光真没有回答，而是猛然立起身子，走到闻桑生正对面盯着他那颗面色微灰的脑袋。

而后，他忽然扭头冲客厅候着的警卫讲：“卫队长，把我的配枪拿过来！立刻！”

“啊？”闻言，闻桑生大惊失色。

听见吴光真问手下要配枪，闻桑生大惊。他以为自己犯了忌或者被姓吴的察觉了什么疑点，对方要亲手将他枪决。

因此，闻桑生连忙惊恐地冲吴光真告饶道：“总，总长官，我升斗小民不知道犯下了什么罪过，犯不着您亲自枪毙吧？”

在闻桑生求饶的时候，一旁的张树庭却忙安抚他道：“闻先生别慌，吴总长这是要犒劳你呢。”

“犒劳我？”闻桑生诧异道，“拿枪子儿犒劳吗？”

“看我这记性！”吴光真忽然叫停了对手下的命令，而后好生解释道，“我一介武夫习惯了军规，差点儿忘了闻先生不是武人，眼睛又不好，送给你手枪也没有大用。”

“送，送我枪？”闻桑生略微明白了些。

这个时候，那张树庭又适时插嘴告诉闻桑生说吴光真这个人如果喜欢谁喜欢得不得了，就会把自己的配枪送给他。一来，配枪是身份和安全的象征，在那些武人看来更是除了生命最宝贵的珍品；二来，随身的配枪又是与军人最熟悉的物件，他吴光真将配枪予人则意味着对对方的信任和赞誉超过旁人。

张树庭向闻桑生解释完北洋军里送手枪的含义又特别强调：“吴总长待人和善时常送我们这些部下厚礼，但是送配枪以前只有两回。您是第三个获此殊荣的，也是唯一没有军衔的平民呀！”

闻桑生听着这些话悬心落定，同时心里对这位吴总长还多了一丝莫名的感激。虽然刚刚接触，但闻桑生感觉这个人骨子里带着一丝率直，而且其人是真的精通三弦和乐律，也是唯一能把他手中的“水连珠”品评得如此透彻的人。这样的人，如果换成平时闻桑生自然乐得交往，也会心生佩服。但是在当下这个节骨眼儿上，他却感觉此人杀他师父的嫌疑越来越大。

吴光真收回成命之后，又笑呵呵地冲闻桑生讲："闻先生是艺术家，能弹奏绝美乐律的这双手更是国宝。这样的手自然不好拿枪，更不能受伤。"

说完，吴光真伸出手触碰了一下闻桑生那只断了小指头的手臂问道："怎么受这么重的外伤呢？"

听见吴光真的话，闻桑生面色略沉。然后他如只乌鸦般低声回答："前几日家里遭了盗窃，被个自称燕子李三的大贼所伤。"

"燕子李三？"闻言，吴光真声音微变，然后质问张树庭，"树庭，确有此事吗？"

张树庭小步走到吴光真身边，不知道窃窃私语了些什么。不一会儿，那吴光真愤怒道："不识抬举的东西！这种人危害国家治安，马上逮捕枪毙，给闻先生报仇！"

听着吴光真的话，闻桑生为他的狠辣暗惊之余又不由哀叹。他知道因为自己一句话，那燕子李三的命休矣。但是他更知道如果燕子李三不死，那么倒霉的最终还是他自己，这其中已是不可调和的矛盾。

再者，闻桑生感觉相对于那个龌龊不堪已被大烟所毁掉的真燕子李三，还是那个活在人们的心里、书里、脑袋里的行侠仗义的假燕子李三更好更可爱一些。

北平城，终究是需要一些侠义梦的。

43

安排完燕子李三的事情，吴光真又道："闻先生，您是艺术家，既然登台献艺，这赏赐就必不可少。枪我就不给您了，给您一百大洋莫嫌少，另外还有什么要求尽管提，我尽量满足。"

闻桑生心中五味杂陈，摇了摇头道："琴遇知音已是万幸，还怎么敢有非分的要求。只是我有个小要求，想请您满足一下。”

“哦？您请讲。”

闻桑生立刻道：“嗯，我曾听别人说，吴总长您酷爱收集乐器，尤为喜欢三弦琴，家里有许多名贵的藏品。不知道是真是假？”

吴光真大方承认：“确有此事。”

“那，我能摸摸您的藏品吗？”提完要求，闻桑生解释道，“我这个人自幼在最底层摸爬滚打没见过世面，所以就想看看这顶级人物收藏的顶级名琴是什么样子。”

“没问题。”吴光真爽快地答应并拽文道，“您的古曲是‘可怜白雪曲，未遇知音人。’我的藏琴那则是‘欲取鸣琴弹，恨无知音赏。’而今你我知音相会正当其时！你不说，我也要把琴与你把玩的。”

说完，他拉住了闻桑生的手臂笑道：“闻先生，我亲自给您引路。秘书，把我今天晚上的应酬都推掉，我只陪闻先生。”

听着吴光真的话，闻桑生有种受宠若惊的感觉。堂堂的陆军总长亲自领着他去鉴赏藏品，还因此推掉了所有应酬。

这得多大的面子啊！

按照北平的规矩，这事如放在平日，有这样的大人物捧着，闻桑生恐怕就一跃成角儿了。到时候别说给白揽春做琴师，就是给那享誉京华的尚小云、梅兰芳之流做伴奏也绝不是问题。

可以说一条康庄大道已经出现在了他闻桑生的脚下，但如果这位吴总长真的是杀他师父的凶手，真的藏有他师父浊眼龙的“首阳采薇”，他又该怎么办呢？

是为了自己在祖师爷面前立下的誓言和这个总长死磕到底成就大义，还是放弃那个誓言，为燕子和自己的前程安稳地做吴光真的知音当个缩头乌龟？闻桑生一时间拿不定主意。

正在他心中踌躇的时候，牵着他的手领路的吴光真忽然停下了步伐。

“闻先生，咱们到了。我的三弦琴，保证让您大开眼界！”说话间，吴光真亲自推开了一扇门。

吴光真开门的那一瞬，闻桑生闻到从他面前的门里飘出一股清香。闻桑生立刻明白那是“降真香”的气味，而降真香是一种稀少到堪称珍贵的药用名香。

“降真香！”闻桑生由衷感叹，“此香是藏琴品茗时头一等的文人香料，我以前听闻‘新公学’的胡先生逛烟花巷时爱用。”

“哼！研究系那个姓胡的我知道些，前一阵还出过白揽春的局呢。”吴光真发狠念叨了一句，一边搀扶闻桑生过门槛一边又讲回那香料道，“古时皇家弹琴品茗多烧此香，而每当燃烧此香时又多引仙鹤从天而降盘旋不去，故而才名‘降真’。别小看这香味，它能驱邪、驱虫、驱病，其功效不亚于沉香、黄檀。”吴光真又怜惜地说道，“闻先生手受伤了，一会儿走时拿上两盒，帮助伤口消炎愈合。”

闻桑生有些腼腆地道：“如此贵重稀有，怎么好意思。”

“没什么不好意思的。”吴光真一边引导闻桑生走一边又讲，“你我是知音，不必客套。况且那些遗老遗少用得，咱们军人百姓就用不得吗？”

“您局气！”

正说话间，吴光真忽然松开了闻桑生的手，从墙壁上取下一把弦子琴。吴光真将那弦子交到闻桑生手中满怀期待地讲：“闻先生，您看看这把琴如何？”

闻桑生摸索到吴光真给他的琴时身子微微抖动了下，那是一把极老旧的三弦琴，琴的琴鼓蛇皮已经磨平，弦子也粗粝不堪。尤为特殊的是，那琴上用来调节弦子松紧的三根琴轴竟然连木纹也已磨得近乎全无。

“好老的弦子琴。”闻桑生摸索着这琴忍不住拨弄了一下，立刻便听见了些干涩的声音。声音结束时他说道，“这把琴原本是属于一个女人的，风尘女子。”

“哦，”一边陪伴的张树庭闻言惊愕道，“你怎么听出来的？”

“不是听出来的。”闻桑生低头指着这弦子的牛筋琴弦道，“这琴跟那女人的时间极长，上边浸透了女子的‘合欢香料’，而且我适才拨弄琴弦的时候在琴框的背面摸索到了‘百合’二字，想来应该是琴主的名字。”

“没错，”吴光真惆怅着回答，“这把琴是我姐姐的。”

“姐姐？”闻言，闻桑生若有所思。

“没什么不好意思讲的，先生不必揣测。”吴光真用依旧惆怅的语气继续讲述道，“我家本是名门望族，但后来家道中衰父母早亡，十六岁时只剩下姐姐和我相依为命。”

那个时候，吴光真考上了清朝陆军组织的东洋公费留学班，只要学成归来就可以升任军官飞黄腾达。朝廷组织的留学出国是公费，但是按照清朝官场不成文的规矩，新生出洋前要先给选送他们的朝廷大员一百块银圆的“谢师礼”。

那时候能入留学班的学生往往都是有势力的世家大族、八旗贵胄，对他们来说这一百块银圆算不得什么。家道中落的吴光真却没有那些闲钱打通关系，眼瞅着距离出发的日子越来越近，吴光真急地如热锅上的蚂蚁，他四处东奔西跑却始终凑不够这笔孝敬。但后来他的姐姐却不知道从什么地方弄来了一百块银圆让他补齐了这个窟窿，最终如愿登上了留学的轮船。

吴光真一走就是三年，其间努力学习以优异的成绩从军校毕业，回来便当了北洋军的炮兵标统新锐军官。而当他功成名就兴冲冲回到老家准备接姐姐去享受富贵的时候，却发现姐姐已经成了青楼里卖唱的清倌人，平素只靠着一把三弦一张花床挣钱糊口。

原来，为了给弟弟吴光真凑一百块银圆的“谢师礼”，他这位姐姐竟然放下大小姐的身段，委身烟花巷卖了自己。得知真相的吴光真深感姐姐大恩，从此侍姐如母。

再后来，吴光真时来运转，从清末到民国，朝廷和政府秋风扫落叶般换了几茬人，他的军衔地位却只升不降。自己的姐姐更是被当今坐镇天下的段大帅看上当了夫人，他也借着姐姐的关系一跃而成为段帅的小舅子，安福系官僚集团的二把手。

只是，虽然吴光真混得炙手可热，他那位深明大义的姐姐却没有那般好命。在为段大帅生育了两个孩子之后，他姐姐便因为体虚肺痨而撒手人寰，临走前还吩咐段大帅要照顾好她这个不成器的弟弟，也让弟弟尽忠辅佐好她的夫君。

“我这辈子最对不起的人，就是我姐。”吴光真感叹，又告诉闻桑生，“而闻先生的琴是第二个能让我想起我姐姐的音声。”

“原来如此。”闻桑生将琴双手捧着交还吴光真，恭敬地道，“那这把三弦琴，一定是您最珍视最名贵的一把了吧？”

“不。”吴光真言，“姐姐的琴，珍视是自然，但名贵谈不上。”

说完，吴光真拿走那琴，把另外一把三弦取下来交到闻桑生的手中道：“这把才是我这一堆藏品里最精贵最特别的。”

这把三弦琴，比闻桑生触摸过的所有三弦都要重一些。它大巧不工装饰极少，每一个该处理到的细节都处理到了，规规矩矩一丝不苟，只摸着就能品出制作者的匠心和认真。

闻桑生心中微颤，而后他伸出手轻轻摸索着琴框。那琴框上有用小刻刀深划出的四个小字。

“首阳采薇”。

那是他师父亲自刻下的字！

“首阳，采薇。”情不自禁读出这四个字后，闻桑生且喜且悲且感叹。

他喜的是师父浊眼龙的遗物终于找到，大仇即将得报，知音单飞燕的性命从此无忧；他悲的是这陆军总长人面兽心竟然为了一把弦子便派人草菅人命，杀人越货毫无廉耻，衣冠禽兽；他感叹的是天道好还疏而不漏，自作孽者往往又作法自毙！

愤怒、纠结、混沌的想法一起向闻桑生的头脑里涌来，令他激动万分。也因为激动，闻桑生的脸扭曲得有些不自然。

“闻先生，”吴光真有些忐忑地问道，“您肚子痛？”

“哦。”闻桑生自知险些露了马脚，急忙平息气息回答道，“我感觉这琴太与众不同了，喜不自禁！”

“不愧是懂琴之人呀！”吴光真也跟着感叹道，“这把琴我找人仔细研究过，它的琴框是用藏南的青冈树制作，树龄两百年，质地坚硬密实，无与伦比。”说完，他伸出手缓缓撩拨了一下这琴瑟上的弦子。

“不过相对于木材，这把琴最难得的当属它的琴弦。”吴光真问道，“在这儿我卖个关子，问问闻先生能否品出这琴的弦子是用什么材料制作的吗？”

“能，”闻桑生不假思索地回答，“死人的头发！”

“死人的头发？”一边旁听的张树庭不解。

“没错。是人的头发，而且还是两个人的头发。”

“两个？您怎么知道？”闻桑生诧异。

“我找警法厅的人研究过。”吴光真得意地笑道，“这两个人把各自的头发连根拔下，仔细地编在一起，又拿某种胶漆熬煮加固。”

“是黄鱼胶加桃树汁，”闻桑生回答，“这样蒸煮出来的胶水不生虫子还辟邪。”

“哎呀！你们看看，”吴光真拍打着闻桑生的肩膀夸赞，“不愧是行家！仅仅凭摸就能把生化专家都没解决的问题研究出来，厉害！”

“不敢。”闻桑生怀着感慨，又问，“吴总长可知道这把琴的意思？”

“当然。”吴光真用恭敬而得意的声音回答，“两个人用头发和一段坚硬的青冈木制作三弦，还在琴头刻下‘首阳采薇’四个字，显然是表情的，是兄弟之情、知音之情。”

说完，他又发感慨：“我虽不知道这琴的主人与朋友间到底有什么样的情义，但是我知道其中必然有故事，否则绝不会用这种以头发做琴的方式来表示。”

“您都明白呀！”闻桑生咧嘴一笑。苦笑，冷笑亦是狞笑。

笑过之后，闻桑生又言：“总长，其实我这次来，还给您带了另外一件礼物，那东西我不太懂，您能再帮我看看是什么吗？”

吴光真颇为意外道：“当然，拿出来我瞅瞅。”

说话间，闻桑生点头，将琴交还给了吴光真。

而就在吴光真双手接琴的一瞬间，闻桑生忽然伸出手，以极快的速度一边撩起长衫，一边往自己的腰间摸去。

当他的手从腰间再拿出来时已经多了一颗手雷，吴总长铁骑团的铁西瓜高爆手雷，那小铜锣拿到鬼市上卖却被报丧鸟强扣下的撒手锏。这一幕，闻桑生已经在心中，在无数个夜里试验过许多回了。

他知道拿着“首阳采薇”的吴光真想不到也腾不出手来阻止自己，也知道自己站立的距离足够近，无论这位总长怎么躲避怎么跑路也走不出手雷的爆炸范围。最关键的是，闻桑生早已从鬼市那些逃兵的嘴里学会了手雷的使用方法。他拿手雷时已经顺手将保险栓拔了，只要松开压发引信过四秒就会爆炸。

这手雷是进口货，威力和可靠性奇好，只要一炸，整个屋子里的一切都会化为齑粉，没人躲得开。

44

当闻桑生掏出那只手雷时，吴光真似乎一时还没反应过来。

“这是……啊？”在一声大转折的惊呼之后，他才匆忙地向后退了一步，手里的弦子琴也掉在了地上。

而与此同时，闻桑生顺着那移动的慌乱响声，伸出如鸟爪样干枯的手臂，猛然抓住了这位陆军总长的手腕。

“总长，别动了！”闻桑生阴狠道，“再挣扎我就松手，我手里的手雷立马就会炸！”

吴光真质问一边的张树庭：“张树庭，这怎么回事？”

这个时候张树庭没回答，反而是屋子外的生活秘书和卫队马弁们连声嚷嚷道：“总长遇刺啦！”“保护总长！”

在一团脚步声和慌乱声中，不断有人拥进这房间，各种拉枪栓的响动此起彼伏。

在这些让人窒息的声音中，张树庭那冷静的声音却如鹤立鸡群般道：“都别动，他手里有手雷，人再多也没用，只会害死总长的。”

说完，他又冲闻桑生言：“闻先生，我是真怕了你啦！我没想到你会来这么一手，更没想到你居然会藏着一颗手雷。”

“张科长，我利用您毁了您大好的前程，对不住。”闻桑生冷冷道，“您不知情最无辜，所以您还是马上出去吧，您安全了我好和姓吴的同归于尽。”

“啊？”吴光真听言，吓得有些不知所措。

“闻先生，别！”一边的张树庭立刻发话道，“这里边一定有误会！你拉着吴总长同归于尽，总得给我个理由吧，是有政敌雇用你还是你和吴总长有什么梁子？”

“我和他有仇！”闻桑生如实回答，“吴总长为了一把弦子琴派人杀了我师父！”

“一派胡言！”吴光真反驳道，“我姓吴的虽然多行鄙事，但从不屑于暗杀！”

“不屑？”闻桑生苦笑道，“你说这话，不害臊吗？”

吴光真有些语窒。就在这时，张树庭又用冷静的声音讲：“我听明白了。你是为了报你师父的仇才欺骗我带你到总长府的，关键在你师父那里。”

“是。”闻桑生点头。

“那既然是这样，当着我这个刑侦科科长的面，把你师父的仇说一说吧。”张树庭建议，“我帮你断断，看是不是吴总长所为？如果是，你再动手也不迟；如果不是，大家省得枉死，让真正的凶手逍遥法外。”

“你断？”闻桑生用失望透顶的口气说道，“你是吴总长的标下，你能断公平吗？”

“不能保证！”张树庭讲，“但大家的命都在你一个人手里捏着，按照江湖规矩你总得让大家当个明白鬼。”

闻桑生微微摇头道：“您真会说话，如果不是因为心里有份牵挂，您定能混出大事业来。”

或许是因为自感对张树庭有愧，或许是因为想让吴光真死得更明白一些，闻桑生终究还是将自己师父遇歹人遭劫又被歹人放火焚烧尸体，最后被官府以自杀论草草结案等事说了一遍。

最后，闻桑生总结：“我师父死去之后，家里唯一丢的就是那把‘首阳采薇’，而今这把琴是吴总长的库藏之一，我说他是杀人凶手有错吗？”

“有错！”听完案件经过后，张树庭为吴光真申辩，“吴总长不是你说的那个胖子，他不抽烟更不爱逛鬼市。”

闻桑生力顶：“他可以雇用凶手！”

张树庭又言：“吴总长没有杀你师父的动机。”

“他喜欢我师父的琴，这就是动机！”咬牙切齿中，闻桑生假设，“我师父把这把‘首阳采薇’看得比命还珍贵，他老人家为了护琴为了知音可以死！而你们杀一个瞎子又多么简单？”

“闻先生，你说错了。”张树庭继续申辩，“正是因为吴总长喜欢这些琴，他才绝不会杀你师父，绝不会！”

“为什么？”

“很简单。”张树庭告诉闻桑生，“吴总长喜欢琴，可他更喜欢会弹琴的人。就好比你，就好比白揽春。”

说完，张树庭又详细地告诉闻桑生，吴总长是把三弦琴看成一种艺术的，是由衷尊敬和喜欢三弦琴师的。如果他早知道天下有闻桑生和他师父这般的好乐师，绝不会干抢琴这种杀鸡取卵的幼稚事情，而是会八抬大轿请他进府邸好好地促膝长谈品弦奏乐。

“这一切，不都在你身上发生了吗？”张树庭用冷静的声音质问闻桑生，“你手里的‘水连珠’吴总长喜欢，但是他抢了吗？你的《八音流水》吴总长更喜欢，他要了吗？”

张树庭的一番分析，有理有力有节，直听得闻桑生咋舌连连心生踌躇。是的，一切都如张树庭分析的那样，吴光真并没有杀他师父的动机，也绝不可能杀他师父。

因此，闻桑生不由自主地开口：“那到底是谁杀了我恩师，又到底是谁给了他‘首阳采薇’？”

“这个我当然知道。”吴光真开口道，“这‘首阳采薇’是一年前别人送我的，这人是……”

“等等，总长先别说。”张树庭阻止道。

“为什么不让他说？”闻桑生急切地质问。

张树庭回答：“闻先生，你的杀师仇人其实不光吴长官知道，我也猜到了。但是……”

在处理当下这件事情时，张树庭冷静而极有头脑。他告诉闻桑生：“我们知道杀你师父的凶手是谁，但作为军人我们不能在被胁迫的状态下说。因为你没诚意，我们也没面子。”

“我没诚意？”闻桑生诧异。

“是的，因为我们不知道你说的话是真是假，更不知道你知道那人是谁之后会不会又发狂继续胁迫我们。”

“那你要怎么样？”闻桑生明知故问。

“很简单。”张树庭回答，“你把手雷给我，大家平心静气地好好谈。”

“给你？”闻桑生摇头，“给了你，我恐怕就得去‘鬼打颤’谈了吧。”

张树庭否定道：“绝不会。恰恰相反，我和吴总长都会礼遇于您。”

闻桑生摇头道：“礼遇？少骗我了，我已经犯了诛九族的罪。”

“现在不是前朝，我们也不是那些吃人饭不办人事的封建官僚。”张树庭继续说道，“这里是陆军总府，既是军政府，就有军人的荣誉和做派。”

这个时候，吴光真也跟着张树庭搭腔道：“树庭说得对。我们是军人，军人一言九鼎，而且闻先生虽然视障，但你为师父报仇不惜以身犯险，忠义可比豫让，连我们这些当兵的都自叹不如。”

“确实。”张树庭附和道，“所以，你把手雷放下吧。况且就算是把我们都炸死了，你也报不了仇。而且我们总长是把您当知音的，您就这么对待您的知音吗？”

闻桑生听着“知音”两个字，忽然有所触动。也因为那一丝触动，他最终还是将手里高举的手雷放了下去。这个时候，张树庭缓缓走到闻桑生身边将手雷慢慢接过去，而后又弯腰从地上捡起保险将手雷复位完毕。

当一切做完之后，吴光真的警卫冲了过来将闻桑生牢牢地摁在地上。

这时候吴光真忽然翻脸并叫骂道：“把他给我关总府地牢仔细搜查！还有你张树庭！”

啪！啪！张树庭方向响起两个脆亮的耳光，吴光真发疯一样愤怒道：“把他一起关下去，以同谋论！”

“啊？总长，标下不是……”张树庭失声，紧跟着被什么东西塞住了嘴。

这个时候，闻桑生也彻底意识到自己失算了，他不是一个政客，不懂政客的嘴脸。或许作为军人的张树庭不会失言，但是作为政客的吴光真就说不定了。

带着一丝无奈，闻桑生冲张树庭的方向道：“张少爷，对不住。”

“唔，唔……”张树庭说不出话，但是闻桑生能感觉得到他满腔的愤怒与憋屈。这位少爷，成了闻桑生的陪绑。

被吴光真抓住之后，闻桑生和张树庭双双被押解到了总长府里的私人黑牢。两个人被扒光了衣服，从内到外细致地检查之后，又被投入了一处堆满了干草堆的监狱里。

这一次，闻桑生算是彻底栽了。

第十二章　夜天子

45

他没有政界的朋友，又刚刚触碰了吴光真的逆鳞，可以说能走的绝棋他都走了一个遍，能到的险境他都到了一个遍。眼下他还活着，还有干草可以保暖，已经是个奇迹。

闻桑生是穷命出身，早晨时刚入过大牢，在这方面有经验和觉悟，因此心里虽然绝望，但还算习惯甚至泰然。而相比之下，那位莫名其妙身陷囹圄的张树庭，则显得有些尴尬委屈了。在闻桑生隔壁的牢房里，张树庭冲这只报丧鸟咒骂的话非常难听，问候十八辈老祖宗之余，还拿“鬼打颤”里各种耸人听闻的刑法相威胁。

但最后，这位少爷还是不得不敬畏地对木栅栏那边的闻桑生说：“姓闻的，你曾说你是鬼市里的报丧鸟，这次我是真见识了。你真是走哪儿哪儿死人，自己死还拉上我当垫背。你狠，你厉害，我张树庭这辈子不服天不扶墙，就服你！”

闻桑生听出张树庭肚子里的邪火少了些，便在扒拉着头发里的草棍和虱子之余冲他道：“张少爷，我已经把手雷放下了，可您答应我的事情还没兑现呢。”

张树庭愕然：“你都快死了，还惦记着这茬呢。”

“我活着，就是为了给我师父报仇。”闻桑生冷冷地说道，“只要能报仇，我不惜一切。”

张树庭带着惊愕和畏惧道：“你这个疯子！”

他虽然骂闻桑生是疯子，但是之后还是按照之前的约定和规矩将自己知道的情况说了出来。估计，他是真佩服闻桑生的这份执着。

张树庭告诉闻桑生，吴总长手里的那把“首阳采薇”是别人送的，而送他琴的人则是现在北平市巡警衙门的总长、一个叫“曹发达”的官僚。张树庭是搞秘密侦缉的，他一说起别人的履历便非常专业。

“曹发达，男，五十六岁，上三旗出身，历任清廷巡捕衙门驻西便门千总，巡警部调查科科长，民国民政厅巡警部北平市调查科副科长，去年年中升任北平市巡警总长成了五路飞虎衙门的领头，鬼市和夜么虎子的‘天’。”

“从个副职一跃而成了衙门总长，”闻桑生疑惑，“他何德何能啊？”

“认干爹！”张树庭回答，“这人认了吴总长当干爹。”

“什么？”闻桑生诧异道，“吴光真也就三十出头吧。”

“可不是！但就认了！”张树庭嘲讽地笑过一声，又讲，“官场就是这样，为了升迁拉关系，无所不用其极。古有安禄山认杨贵妃当干娘，今有张宗昌认郭松龄当干爹。相较之下，这位曹总长的行为我早就见怪不怪。”

说完这些，张树庭话锋一转：“但吴总长这样的人可不是谁想认干爹就能认的，而且这姓曹的履历过往里也没有国舅系的关系和军校的背景，故而他这一‘认’显得尤其突兀。”

闻桑生点点头道："所以，你就调查他了？"

"是调查了。"张树庭回答，"调查之后我发现，曹发达和吴总长忽然走近的契机就是你师父的那把'首阳采薇'。"

闻桑生敏锐推测道："这琴是他送的，是他派人杀了我师父。"

"他没派人。"张树庭直言，"他亲自杀的！"

"你，怎么这么肯定？"

"名义上我是他下属，我和他还出过几回任务，故而深知这人的秉性。"张树庭坦言，"这家伙大腹便便喜欢抽烟，是个笑面虎。他的外貌和你说的杀你师父的人别无二致。最关键的是，去年大概就在你师父死后不久，他向市公府报损了一辆公车。"

"汽车？"闻桑生愣了。

"一辆Century，说是被贼偷了。但是这年月北平哪个贼会开汽车？燕子李三也不能啊！而且我们发现那车的遗骸是在郊外护城河里被人烧了，烧的时间我还记得，和你师父死的时辰应该是前后脚。"

闻桑生又惊又愤，一切都和死人王所说的对上了。显然这位曹总长正是杀害浊眼龙的真正黑手，他为了拿名琴讨好巴结上司才使出了如此毒计，甚至不惜坏规矩做最卑贱的事情去杀一个盲人。

"畜生！"闻桑生狠狠咒骂了一句。

"是畜生！"张树庭冷笑摇头，"但，现在那个畜生在监狱外边逍遥，你这个复仇的乌鸦却只能坐在这儿啃草。"

闻桑生没有理会张树庭的嘲讽，只固执地问："您知道他爱在什么地方出没吗？"

"他这个人贪污腐败五毒俱全，而且尤其爱混迹风月行当。"张树庭张口便来，"前些年他迷恋'外江帮'的赛花仙，去年是'北班'的大宝儿，这一阵又爱上了'旗班'的花粉娥。我听说最近他正巴结财政部的王瞎子，所以现在他一定在王瞎子最爱的玉兰院里鬼混。”

“玉兰院，您闭着眼睛都知道他在玉兰院。”闻桑生佩服地伸出大拇指道，“张少爷，您这个科长还是有两把刷子啊，厉害！”

张树庭苦笑一声：“厉害有个屁用！再厉害不还是帮总长干些看家狗样的龌龊事，不也是看着揽春受苦而无能为力。”

“你这人心软。”闻桑生替他辩解一声，又讲，“张少爷，您感觉你我二人能挺过这一关吗？”

“能啥啊能！”张树庭拿头撞得栅栏门砰砰响，“我是有前科的。现在又带个刺客给总长引荐，就算不是同谋也是失职，不管怎么算，横竖一顿枪子儿是逃不了的。”

闻桑生忽然诡笑：“我看未必。”

闻桑生一开口便语出惊人，他告诉张树庭：“刚才在您说话的时候，我听着那监牢监视的小铁门开过两次。”

“关押重犯，夜晚他们每隔十五分钟巡视一次。”张树庭苦声道，“这还是我定的规矩呢。”

“您对他们果然很熟悉。”闻桑生点头，摸索着靠近了张树庭那边的栅栏。

“把脑袋伸过来。”等张树庭靠过来后，他压低了声音又讲，“张少爷，咱俩越狱吧。”

“越狱？你开什么玩笑！这里是总长府！”张树庭听傻了。

“不越狱您有更好的辙吗？”闻桑生质问道，“刚才您也说了，在这里坐以待毙只有挨枪子儿的份，我一人吃饱全家不饿无所谓。您呢？您有家人，有事业，有白揽春。您死了得有多少人难过。”

“不是，”张树庭窘迫道，“出去了又能怎么样？你我得罪的是陆军总长、安福系的头、段大帅的小舅子！北平城十万驻军、一万警察都归他一人管，出了监狱躲不了几天，还是会被抓住。”

“不！只要能出这监狱，就算是被他们抓了，吴光真也不敢把您怎么样的！”

张树庭思索片刻后问道：“这话什么意思？”

“张少爷，我向您保证。”闻桑生坚定地告诉张树庭，“只要今天晚上能出去找到曹发达帮我报了仇，我就能做局帮你脱困。保证你非但不会因此受连累，反而还能升迁，那白揽春也能得到解脱。”

“呵！你又骗我。”张树庭怀疑道，“我不上当。”

“这不是上不上当的事情吧？”闻桑生咧嘴一笑提醒道，“你没得选。为了活，你只能试试我的方法。”

闻桑生这句话戳到张树庭的软肋上了。是的，他彻底被这只报丧鸟捆绑在了一起。对于他来说，不想辙走就等于求死。

张树庭彻底无话反驳了。他沉默了十几秒后改口问道：“怎么跑？你一个瞎子怎么带着我越狱？”

“我自己当然没法儿带你越狱，但是……”说话间，闻桑生抬起手臂击掌三声。

啪！啪！啪！

在三声脆亮的掌音过后，关押二人的牢房顶上忽然有个人飘落了下来。闻桑生一早就知道那人是单飞燕，也知道在半个钟头之前她就通过屋瓦与木梁之间的缝隙进来了。

“哥，”燕子轻声叫了闻桑生一声后说道，“你受苦了。”

“苦没白受！”闻桑生指着栅栏那边的张树庭对燕子介绍，“这位光腚的是我朋友，张树庭张少爷。”

燕子落下之后，张树庭自然吓了一跳。他诧异道：“你的帮手？功夫真好，身材也不错！”

“她功夫不在燕子李三之下，”闻桑生特别强调，“而且她有撸子。”

“可这没用啊！”张树庭说道，“牢房看守有十几个人，个个配枪，而且大帅府里……”

“我没有让她带着咱们硬闯。”闻桑生道，“你知道一个飞贼能神不知鬼不觉地跑进这总长府的地牢意味着什么吗？”

张树庭略微思考后恍然大悟道，“我明白了。”

张树庭是个聪慧的人，经闻桑生一提点便立刻品出总长府的看守兵力一定变少了。想必是吴总长感觉这座能轻易被刺客闯进来的总长府邸不安全，故而转移到了别的更安全的官邸。吴光真一转移，他手下的亲兵护卫就都得跟着走，而且暗夜行车一定还抽调了更多周边的巡警宪兵来保卫周全。如此一来，总长府的兵力就出现不足的空当，而单飞燕正是利用这点才潜入这牢房的。

张树庭分析完，闻桑生补充道：“总长府好住但不好防御，再加上他这里的牢房也不是‘鬼打颤’那样的专业监狱，所以我妹子才能来去自如，这样千载难逢的机会正适合越狱。”

“呵呵，你太天真了吧？”张树庭挠头道，“咱们是重犯，专人专看。再乱这里也不会乱，少说也得有十几个人看押着你我，而且带着你个瞎子，怎么打？怎么跑？”

“不需要打，也不需要跑。”闻桑生依旧语出惊人，“有你在，咱大摇大摆走出去不好吗？”

“走？”张树庭颤声道，“我没那本事！”

“不，你有。刚才你被关进来的时候我发现这牢房里的看守，至少有三个是你的旧部下吧？”

“你，”张树庭一脸惊诧问道，“你怎么知道的？”

“听出来的。”闻桑生回答，“刚才他们扒你衣服搜查的时候特别温柔，而且你还骂了其中一个，踹了另外一个的屁股，他们都一声不吭。”

张树庭无语了，心中对这只报丧的乌鸦越发佩服 。

闻桑生又劝道：“你的人脉再加上我妹子的身手和撸子，咱们出去就不难了，只等你做决定。”

“我……”张树庭还有些犹豫。闻桑生理解他，因为一踏出牢房，但凡出岔子被抓住便是个立死。

“您好好想想吧。”闻桑生伸出手隔着栅栏拍了拍张树庭的肩膀说道，“我刚才数着呢，距离下一次查房估摸着还有三两分钟。”

提醒完时间，他又强调：“查房的一来，您还拿不定主意，我就让我妹子撤，然后咱俩就安心等着被枪毙吧。”闻桑生知道张树庭不是个会坐以待毙的人，所以他的话立刻起了作用。

“好，我和你冒这个险！”张树庭终于妥协道，“你让我怎么办？”

“简单。”闻桑生尽量靠近张树庭的耳朵，将他越狱的步骤设想一一和这家伙说了。

46

当巡查的铁门再次开启时，张树庭冲铁门处的那个家伙大喊：“江九一，给老子进来！和个缩头乌龟一样，躲在门后望你的旧长官成何体统！”

“不是，”门口，那个被点名的兵蛋子支支吾吾道，“您，您现在是重犯。”

“再重，我也是你的老上司，你也当过我标下！”张树庭大吼后又质问道，“当年跟着我往海参崴撤侨的时候，没我给你那一身皮衣你早冻死啦！”

“这，”江九一语带着亏欠地道，“您的好我终生记着，但标下不能放您呢，关您是总长的意思。”

“我让你放我了吗？”张树庭反问道，“我张树庭自来让你们做过违反军法的事情吗？”

“那您到底想让标下干吗？”

闻桑生有的时候也挺佩服张树庭的。

“去！”张树庭镇住江九一后吩咐道，“给我们俩找身像样的衣服，再弄点吃的来。另外，今天晚上你们谁当值长？”

“刘大头。”江九一回答。

“哟呵！”张树庭兴致颇高地说道，“他一炮标的卒子竟混成马弁了啊，不赖。让他也过来，我好好和他叙叙旧，讲讲当初他拆炮弹倒卖炮药给土匪的事情。”

“是。”江九一畏惧地答应了一声，急匆匆走了。过了五分钟左右这个江九一去而复返，闻桑生听见他手里叮叮当当，似乎拿着碗筷之类，在他身后还有一个喘息很重的家伙跟着走了进来。

“哎呀！张科长！”江九一身后的男人一进来就喊，“您干吗提那些陈芝麻烂谷子的事情呀！标下当初也是一时鬼迷心窍就为了一口烟土。”

“少废话。”张树庭命令道，“把衣服给我们拿过来，堂堂长官光着身子成何体统！”

“是，是。”值长刘大头立刻将两套衣服给了张树庭和闻桑生。

闻桑生拿到的衣服并不是他原来的，但还算合体。穿衣服时他在衣服的胸口处摸到了两个枪洞，立刻估摸出这八成是从哪个死刑犯身上扒下来的。

闻桑生匆忙穿好死人衣服，那张树庭又对刘大头二人讲：“大头，我快死了，临死之前我有点事想交代给你和九一。事不大，但是你们知道了就能升个官发点财，权当我成全旧部下的一桩富贵。”

“哎呀！”刘大头听后立马笑道，“谢谢科长！回头要是真升了官，我给您多烧纸。”

“滚，老子还没死呢！”张树庭狠狠骂了一句后顺了顺气才吩咐道，“把铁门关上，免得有人偷听。”

咣当。那出入牢房的铁门关了。

“反锁上！”张树庭命令。

“是。”说完，刘大头将门反锁后期待道，“您说！”

张树庭诡笑着说道：“你们先看看自己头顶？”

“头……哎呀！”刘大头发出了惊讶的叫喊。

哗啦！砰！砰！紧跟着又是燕子落地和两声清脆的击打响动。听着那利索的响动，闻桑生知道燕子得手了。接下来，才是越狱的开始。

燕子制伏那两个士兵后，命令道：“起来！别装死！开门！”

“我劝你们听她的。”张树庭在一边帮腔道，“她手里的撸子可不是吃素的。”

两个旧部下没有选择，只能把门打开。

狱门打开后，张树庭先安慰他们承诺等出了总长府邸就给他们一人一千块银圆，让他们当逃兵也能余生安稳。前提自然是配合越狱不做反抗，要不然大家鱼死网破都没有好果子吃。胡萝卜加大棒的双重刺激下，张树庭的两个旧部下很快顺从了，再之后张树庭便让其中一个引导着闻桑生大摇大摆地出了监狱的牢房。

但凡监狱，出牢房必然经过士兵们值班的班房，而班房里那些兵丁看见值长竟然把犯人放了出来，都费解得很。因为值长虽然能管一晚一狱之事，却没有将牢犯放出来的权利。就在那些差兵不知道是怎么个情况时，那躲在刘大头身后的燕子立刻闪身出来。

“都别动！撸子可不认人！”

燕子一句话一把枪，班房里的兵全傻了。兵卒静默中，张树庭的两个旧部下配合着闻桑生和燕子的命令将值班室里的人都捆绑了起来。之后，燕子找了一身兵丁的衣服套上，而闻桑生则在张树庭的帮助下幸运地在这些衙兵头上找到了他的黑猴清水毡帽。

只手将帽子戴上，闻桑生笑了。黑夜里的报丧鸟，终于冲出了牢笼！

暗夜中，张树庭的两个旧部下和化妆成兵丁的燕子“押送”着二人在总长府里一路往外走，逢人便说是吴总长要亲自提审犯人。那吴总长离开暂避的这段时间府邸本就混乱，再加上兵力少，因此他们一路直走到总长府的侧门时，果然如报丧鸟所料的那般并没有遇见多少麻烦。

但是，就在报丧鸟他们刚刚出了总长府侧门正想舒一口气时，一个阴森而狡诈的声音从他们不远处的街道里大喊：“你们几个，干什么的！”

紧跟着就是一队人马跑过来的响动，这一连串响动让报丧鸟一阵哆嗦。听着对方的皮鞋以及配枪整齐的哗啦声，报丧鸟立刻意识到这是一个班十四个人的陆军队伍。这些人装备精良训练有素，一碰到报丧鸟他们便拉枪栓警戒。听枪栓响声报丧鸟又立刻知道了对方手里有最新式的捷克造“马四环”两用步枪，以及两支德造手提“花机关”。

报丧鸟心里是绝望的，依装备判断，这些人绝对是段大帅手下定国军里最精锐的宪兵，应该是总长府出事后被临时派过来支援吴光真的。他们装备精良，特别是两支德造全自动花机关枪，只要枪声一响，百十发子弹不到一秒便会倾泻而出，到时候就算是只真燕子真乌鸦，也会立刻被打成马蜂窝。

来人气势汹汹，报丧鸟这个瞎子都知道不好对付，剩下的几位自然也无从挣扎。被人家团团围住后，张树庭的旧部下首先开口：“我们在押送提审的犯人。”

“提审的犯人？”带头的宪兵队队长走近报丧鸟，又走近张树庭。冷笑一声后，他质问道，“既然是在押重犯提审，得有调令吧，命令呢？”

张树庭的旧部下傻眼了，那人见答不上来又连番质问：“这么重要的事情就你们三个兵看押？还从侧门出？我看是有猫儿腻。”

就在这要坏事的节骨眼儿上，报丧鸟品着那人的言辞口气却忽然灵机一动，打断那人的话道：“大令爷，您别说了。先听我一句话行吗？”

那带头的惊讶道：“你个犯人有啥好说的？”

“一句密语，不足为外人听。”报丧鸟说道，“只求借一步，单独与您说。”

报丧鸟无端要对个宪兵队队长说话，自然引起了许多人的诧异。不过在那些诧异声中，那个宪兵队队长却反而感兴趣道：“哎呀！这新鲜了哈！好！我就听听你这个逃犯有啥话要和我谈。”

说完，那带头的宪兵队队长走近报丧鸟把耳朵支过去道：“说吧，我听着呢。”

报丧鸟轻轻抱住他的肩膀抵近他的耳朵，用蚊子一样的细声说了些许话。随着报丧鸟的话，那宪兵队队长的呼吸越来越粗身体也微微抖动，到了最后他更是连连后退几步惊声质问：“你，你是人是鬼！”

“夜么虎子里哪有人呢！”报丧鸟轻描淡写地回了一句后又说，“大令爷，您看我的话有用吗？如果有用就好好想想。”

那个宪兵队队长傻了，言语和呼吸间全是胆怯彷徨。过了片刻，一件让人诧异的事情发生了。那刚刚和报丧鸟密谈过的宪兵队队长收敛了恐慌的情绪，匆匆对报丧鸟他们道："既然是在押重犯，就别让吴总长等急了，你们赶紧去吧。"

"啊？"听着对方的话，张树庭和他的旧部下都发出了不可思议的感叹，似乎他们全没想到事情竟然就这样过去了。虽然颇为意外，好歹捡了条命，因此大家便马不停蹄跑出了这队宪兵的包围，一头扎进了北平城无比浓郁的黑夜之中。

急匆匆走着，到了个相对安全的地方后，张树庭一伙人才停下脚步稍作休息。而后，张树庭问报丧鸟："我说，刚才你和那宪兵队队长说了什么？为什么他突然放了咱们，还一脸怕得要死的样子？"

报丧鸟是盲人，他心中的世界不是那些有眼的正常人能够明白揣测的。

他告诉张树庭："那个宪兵队队长我认识，你也见过。"

"我见过？"张树庭诧异道，"我是搞情报的认人特别准，怎么想不起来？"

"你见他的时候他肯定蒙着脸。"报丧鸟提醒道，"还记得上次你为了给白揽春修三弦去夜壶楼鬼市被人敲了闷棍又被抢劫的事情吗？"

"记得。"张树庭猛然醒悟道，"你是说，那个宪兵队队长就是抢我还扒我裤子的匪徒？"

"是，他就是那个带头的。"报丧鸟道，"我虽然看不见他，但是那家伙说话的口气我一听便知，我这路夜么虎子不是靠夜色能骗过的。"

既然报丧鸟知道了对方的身份，他说的话自然也就明了了。报丧鸟刚才在那人耳朵边直接告诉对方：如果他敢把他们带去长官处邀功，报丧鸟就把他和他手下在夜壶楼鬼市劫财害人倒卖军队情报的事情全部捅出去。

劫财害人是一等重罪，倒卖军事情报更是罪无可赦，到时候那位宪兵队队长非但不能邀功，还会陪上自己的身家性命。如此一番威胁下来，报丧鸟自然反客为主了，那宪兵队队长纵然气愤却也不得不放人。更何况，燕子的手里还有把撸子，随时能开枪先杀了他来个鱼死网破。

“我真怕了你了！”张树庭由衷感叹后又问询，“现在咱们干吗？满城都在追捕咱们，你有什么打算？”

“不急。”报丧鸟转身冲张树庭的两个旧部下拱手道，“二位先受些苦让我妹子把你们绑起来，如果有巡逻的警察撞见，你们就一口咬定是受歹人所迫被逼无奈干的这桩事情。”

按报丧鸟的设想，这样一来他们的从犯之罪便会减轻，纵然有渎职之嫌却也不会受死。等风头过了，张树庭再给他们一人一千块银圆的补偿，他们便能安心地全身而退。

报丧鸟的考虑算是周到，那江九一和刘大头本就是被胁迫的，自然没什么意见，因而很顺从地让燕子拿裹腿布绑了起来丢在路边。临走，报丧鸟还特别让那二人记住，一定要说张树庭也是被挟持的，而挟持他的歹人去了与玉兰院截然相反的南城。这样，他便可以拖延时间了。

安排完一切，报丧鸟、单飞燕、张树庭三个人一路向北又走了很长一段路，直达报丧鸟最为熟悉的鱼龙混杂的瓢营鬼市附近。报丧鸟到了鬼市，就和到了自己家里的感觉一样。在这里，任凭你是陆军总长还是政府密探都很难再找到他。因为鬼市是光怪陆离的，这里的规则与白日那个正常的世界完全不一样。

在鬼市的隐秘处落定后，报丧鸟告诉张树庭：“张少爷，咱们就此别过。我要从这里租车去找曹发达报师仇。”

“你这就走啊！”张树庭不满道，“我怎么办？揽春怎么办？你还没说呢。”

“你简单。”报丧鸟首先告诉张树庭，“吴总长遇刺了。如果只有他一个人遇刺，这只能说是我报仇未遂，但是如果他的干儿子曹发达也遇刺了呢？外人会怎么看？政治家又会怎么看？”

张树庭恍然：“他们都是安福系的，这些连续的事件会演变成对安福系官僚集体政治阴谋的猜想！”

“没错。”报丧鸟坦言，“吴光真在政界树敌很多又正在风口浪尖上，想杀他的人海了去了！我只要把他的干儿子杀了，他们就会以为你我背后有一个巨大的政治集团在推动一切。”

张树庭接茬道：“他们会认为这些事情是研究系、交通系、保津派甚至是日本人他们干的，总之不会是一个市井盲人和一个保密科科长的冲动之举。”

“如此一来，”报丧鸟带着嘲讽语气说道，“这件事情会很快变成一场狗咬狗的政治恶战，用不了几个月就没人在乎真正的凶手是谁了，因为大家只会在乎那幕后的黑手是谁！”

闻桑生拍了拍张树庭的肩膀后又说道：“至于揽春姑娘，我也早帮她想好出路了。”

“什么出路？”张树庭迫切地追问。

这一次报丧鸟没有回答，而是在摇了摇头后道：“等风头过了我再告诉您，到时候麻烦您准备一张一万的银票帮她赎身，我会安排好她的一切，送她平安离开北平到一个吴光真就是想插手也不好插手的地方。”

“我现在就要听。”张树庭固执地问道。

报丧鸟回道：“没时间了。如果吴光真反应过来搞个全城大搜捕，我杀不了曹发达，您也无法脱身了。”

“好吧。”张树庭无奈道，“你去杀曹发达吧，我先回我爹的票号躲躲。”

“您不能回去！”说话间，报丧鸟忽然抓住了张树庭的手。

“干，干吗？”

“您得吃点苦头。”报丧鸟歉意一笑后冲燕子道，“燕子，拿你的随身口袋把张少爷装起来。”

“啊？”张树庭惊愕。

“不许动！”燕子不由分说将张树庭装进麻袋。

装好之后，报丧鸟冲麻袋里的张树庭好生言语道：“张少爷，您得去个特别的地方才能保住性命。”

“什么地方？”张树庭问道，“就算是要去也不用把我装麻袋里吧！”

“必须装！”报丧鸟带着歉意回道，“而且您不能就这么干净着去，您得挂点伤！还得是歹人打出来的，要不然显示不出您的英勇无畏誓死反抗，更没法儿升官发财。”

报丧鸟站起身冲燕子讲：“燕子，好好招待张少爷，为了他的性命前程千万别留情，我现在去鬼市上订辆黄包车，打完了把他送走。”

报丧鸟又强调：“记住，往狠了打！要让全北平的人都知道咱们张少爷和歹徒搏斗有多英勇无畏。”

“报丧鸟！哎呀！”张树庭痛苦地低吼了起来。

“忍着点，”燕子不满意地道，“你一大男人学什么猪叫呀！”

在张树庭低沉而凄苦的喊叫中，闻桑生走向瓢营，走向那些车夫。

现在，他已安排好了一切，明白了一切。现在，只剩下一个人需要处理了。那位巡警总长官、杀他师父浊眼龙的凶手——曹发达。

47

夜里，巡警总长曹发达做了一个很奇怪的梦。他梦见自己接替了北洋军段大帅的班，当上了国家的总执政长官。在就职典礼上，他那肥大的身躯由当年慈禧太后坐过的六十四人大轿抬着走进会场，而会场就在故宫的太和殿。

在大殿中，那些平日里骑在他头上颐指气使的吴光真、陆忠祥、段芝贵、王大胡子等人，全在他身下仰望。

除了这些国内的军政要员，像什么日本国的天皇、新俄国的主席、法兰西的总统、英吉利的女王、德意志的总理等列强元首也悉数到场，弯腰低头连声恭贺。

盛世繁华，万国来朝，曹发达站在太和殿中心笑得合不拢嘴。可偏偏在这个时候，这位总执政长官的就职典礼上却出现了一个不和谐的音符。原来，此时走上台为他颁发国玺和任命书的竟然是财政部的王瞎子，那个刚刚还和他在“玉兰院”里一起吃喝玩乐的狎友。

这位财政部的大员是政府中有名的烟花巷常客，因为欢场应酬太多伤了眼目神思，故而才总爱戴个墨镜护目，也由此在政府里得了个“王瞎子”的蔑称。

让戴墨镜的王瞎子这样品行不端的人来颁发任命书，曹发达是不太满意的。因此他上来就质问那家伙道：“怎么是你王瞎子！这任命书不应该是那姓段的传给我吗？”

王瞎子一听新任长官发怒了，立刻惊恐道：“小的该死！小的有罪！回头小的把北平的花魁都给您收进后宫里伺候您一人！小凤仙、赛花仙、白揽春、一掌金甚至上海潘妃兰溪的半捧玉，还有我那小阿凤都给您找来！只求您饶了我！”

“哈哈哈！”曹发达听乐了，大笑道，“会办事！回头这个财政部部长还让你当，全国的烟花巷都归你管！”

正在曹发达仰天大笑的时候，这太和殿里的授命景色忽然如电影卡壳一般定住不动了，那王瞎子和一众宾客要员全都变成一个个固定的雕像般立在原地呆若木鸡。

“嗯？”愕然中，曹发达望着王瞎子一时间有些不知所措。

就在这个时候，那王瞎子厚重的墨晶眼睛后的眼珠里忽然流出了两行血泪！曹发达望着王瞎子面颊上的两行血泪心中恐惑不已，而当他回身正欲问旁人原因时却发现在场所有人的眼睛都变成了两个黑洞洞的大窟窿。那些黑窟窿里，又全部都渗透出两行鲜红的血泪！

“啊！”一声惊叫，曹发达从幻梦中惊醒坐起。这时，他才意识到那是一场梦。一场先喜后恶，不知该如何解释的梦。

当头脑渐渐清明后，曹发达这才想起自己正在玉兰院里，他身边躺着的是身材火辣的姘头花粉娥。大梦一场后，曹发达定了定心神才又继续躺下，准备继续搂着花粉娥睡觉。不过，就在曹发达将肥手搂向花粉娥时，他却发现那女人竟然不知道什么时候被五花大绑瘫软在了床上。

“啊！”曹发达立刻便明白过来发生了什么，而后他本能地伸手往枕头下面模枪。只可惜枕头下边是空的，一个翻滚之后，他才发现自己的双腿不知道从什么时候起也被人捆绑了起来。

踉踉跄跄间，曹发达摔倒在地上，正挣扎时忽然被一只穿着破布鞋但是有力的脚丫子踩住了胸口，再爬不起来。紧跟着房间里传来了拉枪栓的响动。然后一个低沉而有些熟悉的声音在这伸手不见五指的房间里冲他喊：“曹总长，别来无恙啊！”

整个房间都是黑的，曹发达并不清楚是谁闯进来绑了自己。但是他心里明白，对方有枪，对方说话的声音自己依稀听过，对方捏着自己的小命。

见没了挣扎的余地，曹发达只好来软的：“哎呀！这位壮士！为什么暗算我，为财？为色？都好商量！”

“自然好商量。”黑暗中的人冷哼道，“曹总长，您还记得我是谁吗？”

曹发达品着这有些熟悉的声音，摇了摇头道：“想不起来。”

这时，那黑暗之中的人冷笑一声，竟然开口念出了一断大鼓词。

他念道：

石崇豪富范丹穷，运早甘罗晚太公。

彭祖寿高颜回命浅，贫富早晚不相同。

韩信无时在陋巷，口口声声叫苍穹。

满腹经纶知韬略，胸中空藏百万兵。

机多智广无处使，埋没英雄半世名。

“啊！”曹发达听着这颇为熟悉的《韩信算卦》，终于想起对方是谁了，“你，你是浊眼龙的徒弟！”

“对！”对方阴狠而兴奋地道，“我就是那个徒弟！专吃死人肉的报丧鸟！”

“你，你，你……”曹发达惊得说不出话来。

“想不到吧。”报丧鸟得意地道，“一年前，你杀人的时候留下一个尾巴。一年后，这个尾巴就卷回来要吊死你啦！”

曹发达心中惊恐连连。他后悔但是更无奈，毕竟他怎么也想不到那老瞎子的徒弟，一个小瞎子竟然会找到这里为自己的师父报仇！一瞬间，曹发达心理崩溃了。

“大，大哥饶命！饶命！”曹发达颤抖着讲，“我，我给你钱！我给你女人，只要你喜欢，你都拿走！只求你饶了我啊！”

在连连的告饶声中，报丧鸟沉默着，似乎在思考。须臾后，他终于开口质问道：“我心里一直有一个困惑，如果你老实回答，我或许会考虑饶了你。”

“好！好！您说！我知无不言！”曹发达连连回应。

“你杀我师父，取得名琴我知道是为了什么。”报丧鸟接着质问：“但是，你是怎么知道我师父手里有那把琴的？那把琴我师父从来没拿出去公演过。”

“这……”曹发达无言以对。

“不想说？不敢说？还是感觉杀一个眼差的人太龌龊不好说？”报丧鸟三句话句句让曹发达心惊胆战，也让他意识到自己没什么选择。

因此，在哀叹了一声后，曹发达还是妥协道：“我说，我都说！你师父的琴是‘夜天子’让我去取的。”

“夜天子？”报丧鸟惊诧道。似乎，他还是第一次听见这个名字。

说起一年前，从浊眼龙手里夺取三弦琴“首阳采薇”的过往，曹发达自己都不好意思。毕竟是堂堂巡警总长，北平城暗夜里的“天”，做出如此坏规矩的事情，太让人鄙视了。当然，从曹发达的角度考虑，他这么做也是迫不得已，也是有自己的苦衷的。

其实，从北平城的官场来看，曹发达算是个能干的人。他从清朝一个看门的小吏做起，一步一个脚印慢慢做到了市调查科副科长的位置是很不容易的。

曹发达原本的副职科长官职不大，但是挺有实权。他借助手下一二百号的侦缉警立足北平的鬼市和十几条繁华街道，靠收蹚爷保护费和地下宝局抽头等强横手段迅速积累着家财和势力，很快便成了北平夜里独霸一方的大人物。

曹发达在鬼市里横行无忌，他甚至给自己起了个外号叫“罩着天”，比喻自己在鬼市场上伸出手来能把天都罩住。也因此，他才会有一年前那日夜里对闻桑生所说的：“我这人确实是做暗生意的，但我不做偷抢的下二等买卖！”

人这种动物，钱多了想法便多，想法多了就想抓权。曹发达感觉自己本事大，为了让自己的本事更大财路更通，为了让自己在风云变幻的北平永远立住脚跟，他便开始琢磨着向上爬，想从一个地方上管理街面的中小官吏往总长、都督等大官僚的地位上爬。

起初，曹发达想得很简单，就是拿钱铺路，拿勾栏女子做敲门砖，拿鬼市当后盾，买官卖官一步步向上发展。但是，当他真正接触到军政府高级的行政圈子后，却发现自己太天真了。想与那些真正的上层人物靠拢，不光得有钱，还得有关系，有幕僚，有同志才能出人头地。

和那些财团、派系的官僚相比，他曹发达从鬼市和黑五类里搜刮的那点钱连塞牙缝都不够，更没人会在乎他什么。因为没有官僚集团的背景，也没政治嗅觉，曹发达在政府圈子里处处碰壁，钱花了个“底儿掉”，官衔却没挪动一步。而且他“越制”频频接触上层官僚的行为，引得同行和上级的不满。

两年多前，燕子李三出道打着劫富济贫的旗号到处窃取高官富豪的财物，曹发达这些维持地面的巡警却对这大贼一筹莫展。警察抓不住贼，上峰又下死命令要限期破案，这一来一回间，巡警衙门就急需要一个“挡差”的替罪羊来接手此案。而这个时候，早已引起同僚普遍不满的曹发达便成了这样一个角色。

得到命令后，曹发达是绝望的。那燕子李三身手高强横行无忌，作案滴水不漏，谁都抓不住他。而且此人报复心极强，谁查他他就杀谁，其手段之残忍让人闻风丧胆。这样的狠贼，调查等于死，不调查又会丢官，曹发达一下子陷入了进退两难的地步。

而就在曹发达已入困局的时候，他之前与报丧鸟所说的那个神秘人“夜天子”主动接触了他。在接触到“夜天子”之前，曹发达过去从未听过这么一号人，也不知道此人何德何能竟以“天子”自居。但是通过自己的网络，曹发达还是从旁门了解过一些有关“夜天子”的传闻。

“夜么虎子”们曾传闻，这个“夜天子”是一个在北平鬼市上神出鬼没的存在。没人知道他的真实身份，也没人知道他真正的目的和行事原则。略知情的人只说这个“夜天子”藏身于北平的夜色，对于夜色之下的事情了如指掌，洞若观火且暗中支配。

偶尔，“夜天子”会浮出水面毫无因由地主动去帮助一些人，又或者毫无因由地主动去害一些人。夜么虎子们间传言，被“夜天子”帮过的家伙从来不知道“夜天子”为什么帮助他们，但这些人只要按照“夜天子”的安排去办事情，便无一例外的飞黄腾达。而被他害过的人也从不知道自己哪里得罪了这位“夜天子”，但是不出三日他们便一定会永远消失在北平的夜里，了无踪迹。

他现在还记得那“夜天子”深夜登门拜会自己时，上来便质问：“你能抓住燕子李三吗？就算抓住了燕子李三，你那些同僚上司也会抢功，你只是徒为别人做嫁衣裳。”

这一番话都说在曹发达的顾虑上，让他心中惶恐惊愕不已。着急的曹发达急忙拱手，问这位忽然登门的高人有什么好办法让自己脱困吗？

那“夜天子”点了点头告诉曹发达，让他在那月十五下午的某一个时辰独自一人去柳叶胡同里找一个盲人琴师，问他要一把叫“首阳采薇”的三弦，然后再把这把三弦作为礼物送给军政府的二号人物吴光真，如此吴光真便会为他曹发达说好话从而让他化险为夷。

“夜天子”特别强调，只要那把琴入了吴光真的手，他曹发达非但不会因为燕子李三的事情受制，反而还会从此踏上政途大道成就一番梦寐以求的事业。

“夜天子”说的话在曹发达看来，简直如天方夜谭。当时，他并不知道吴光真喜欢乐器，既不明白一个瞎子手里的小小三弦琴为什么能让陆军总长这样的大人物开眼，也不知道这个在鬼市中手眼通天的人物为什么连个瞎子手里的三弦琴的名字都知道。但是曹发达明白，自己现在没有退路，想保住地位和脑袋，他只能按照“夜天子”的安排去干。

那个月十五，曹发达穿着便装，独自一人去找了那个瞎子——闻桑生的师父浊眼龙。

浊眼龙符合曹发达对一个盲人乐师的一切幻想，他孱弱不堪毫无反抗能力，让人感觉欺负这样的人都丢份。因此，曹发达一开始并没有想着要把这个浊眼龙怎么样，甚至他还主动提出，要拿一百块大洋从浊眼龙的手里买那把“首阳采薇”。

这是很慷慨很优厚的价格，曹发达实在想不出那瞎子为什么会拒绝。但浊眼龙就是拒绝了。他只记得当时那浊眼龙发疯一般护着自己的琴匣子说什么也不愿意给。

浊眼龙只说：“这琴是我的一段兄弟情义，是我的一段命！没了它我也没脸再苟活下去！”

听着这些，曹发达急了，他甚至掏出撸子枪一度威胁浊眼龙放手，但是那瞎子终究没有放手的意思。

当报丧鸟听到这段时，忍不住问：“所以你就抢琴，你就杀我师父？”

“不！我没杀他！一个堂堂的巡警科科长会为了把弦子琴杀瞎子？寒碜！”曹发达矢口否认。

“没杀？”报丧鸟愣了一下，急忙追问，“那后来怎么了？”

曹发达犹豫了一下，然后把浊眼龙死前那几日发生的事情再次和报丧鸟讲了。原来那浊眼龙抱着琴不给，曹发达也没好意思明抢，他毕竟是巡警科科长，懂得北平城是个讲规矩的地方。

从浊眼龙处悻悻然出来的当晚，那个“夜天子”又找到了曹发达。

“没拿到琴，”曹发达摇头道，“瞎子不给。”

“你没派人做了他？”“夜天子”问道。

“开什么玩笑！”曹发达摇头说道，“我进他家的时候被人看见了，而且堂堂巡警科科长为了把三弦杀瞎子，传出去谁还瞧得起我。”

“夜天子”在听完曹发达的话后，沉默了一会儿。然后，他再次开口问曹发达道：“你知道《韩信算卦》吗？”

“知道。”曹发达应道，“我以前的姘头爱唱这个。”

“夜天子”吩咐他说道：“你过三天再去他家门口。一见到那瞎子和他徒弟就念《韩信算卦》，到时候那浊眼龙便会主动把弦子琴给你的。”

曹发达不解道：“这是为什么？”

“夜天子”只说道：“照办就好。”

说完，“夜天子”走了，只留下曹发达一个人细细品着这些言辞。再后来，他按照“夜天子”的吩咐又去了浊眼龙的住处，见到了浊眼龙和他的徒弟闻桑生，并上来便念出了那一首《韩信算卦》

的鼓词。再之后，便是报丧鸟所知道的一切了。

听到这里，报丧鸟恍然道："我师父给了你琴，自感无颜面对他以前的知音，所以自焚而死。"

一旁，拿着手枪的燕子也不由赞叹道："琴失人死，高洁！"

曹发达连连道："你们都知道了。他是自杀，是自焚！不关我的事情啊！要怨你们就怨那个'夜天子'吧。"

闻桑生又问道："那你为什么烧汽车？"

"暗夜里心虚天黑，发现被人盯上了就不小心开到河里去了，自燃。"曹发达回道。

"那个'夜天子'有什么特点？"

"不知道！不知道！知道了他就不是'夜天子'啦！"曹发达恐惧地解释，"每次来，他都戴一个面具，我看不见他的脸。"

"看不见脸。"报丧鸟忽然想到了得了麻风病的死人王。报丧鸟沉默着，忽然想到了个可怕的假设，也是最后的假设。

在他沉默的时候，那曹发达开口："兄弟，知道的我都说了。你饶了我吧？"

"饶了你？"报丧鸟冷笑道，"你为了一把琴，联合'夜天子'害死我师父！你明知道拿走我师父的琴他便不会苟活，却还是那么做了！所以，你也是杀我师父的凶手！你说我怎么饶了你！"

"别！"曹发达惶恐。

噗！一声清脆利索的响声立刻响起。这一声是刀鸣，燕子随身佩匕首的刀鸣。但是下刀的人，却是报丧鸟。他循着曹发达的喊叫声，准确地戳穿了他的喉咙！

48

曹发达死了，从某种程度上来说闻桑生师父的仇恨报了。他的命，燕子的命，张树庭的命，也都在这具尸体上有了着落。一种如释重负的感觉，在报丧鸟心底悠然升起。松开刀后，报丧鸟从曹发达的背上抬起脚，晃晃悠悠地退了几步坐在地上。

喘息了几口后，他说道："燕子，咱们走吧。"

"接下来去哪儿？找'夜天子'？"燕子有些疲惫地问。

报丧鸟摇了摇头。不知道是不是因为自己常年专注于低端鬼市"淘食"的原因，他过去从来没听过"夜天子"这号人。而且这样神出鬼没的存在，现在的报丧鸟是没有任何能力去调查乃至对付的。

现在师父的仇已经报了，燕子也安全了，他感觉太疲惫了。他只想找一个地方好好休息，只想找一个地方躲避吴光真的追捕。而这样的地方，北平城里他恰巧知道一个。

死人王的夜壶楼。

虽然街道上巡逻的兵很多，但报丧鸟凭借着瓢营的黄包车和从曹发达处搜刮的银圆，还是顺利到了那死人王盘踞的夜壶楼。在三楼，他又一次见到了那半死不活的死人王。

"我赢了！"报丧鸟将曹发达的人头扔在死人王的桌子上冷冷地说道，"你真阴，给我说的那三个人没有一个是真正杀我师父的凶手。我差点儿被你的误导害死。"

"你听岔啦！"死人王冷哼道，"我只是说你师父的'首阳采薇'定在那三人之一的手里，可没说过那三位里有杀你师父的凶手。"

"狡辩！"报丧鸟冷哼道，"再狡辩我也赢了！"

"你赢了即是输了！"死人王兴奋道，"现在你把全北平的大人物都得罪了个遍！除了我夜壶楼，你报丧鸟再无容身之地，你还是得乖乖地当我的病奴才能活命！"

“早知道你会这么说。”报丧鸟毫不意外，但是他又告诉死人王，“我住在你这里躲灾没问题，但是你想控制我让我的耳朵为你所用，没门儿！”

“还想挣扎？”死人王得意道，“你又抓着我什么把柄了？没有！你身上的手雷也没了！我在总长府有眼线！哈哈哈！你威胁不了我了，我都知道。”

“你都知道？”报丧鸟笑道，“那你知不知道我在割掉曹发达脑袋的时候，还在他脖颈上留下了一张纸条呢。”

“什么纸条？”死人王警惕道。

“那上边写着杀人者，报丧鸟也。”

“你，”死人王惊愕道，“你竟然告诉别人是你杀的！”

“对。”报丧鸟回答，“你说，如果我妹子在外边散播消息，说报丧鸟在你死人王的夜壶楼里避难，巡警衙门会怎么办？吴光真会怎么办？”

“你，你，你！”死人王气到手抖。

报丧鸟是没手雷了，但是通过那张纸，他把自己变成了一颗定时炸弹。只要燕子和张树庭还在夜壶楼外他就是安全的，如果张树庭和燕子失去他的消息，他们就会把报丧鸟在死人王处躲藏的消息透露出来。

到时候，他死人王的据点立刻就会灰飞烟灭。这个消息的爆炸力，可比死人王是麻风病人的威慑力要强大一万倍。也因为这条消息，他报丧鸟已经不需要带着手雷，便能安稳地与死人王谈话了。半死不活的死人王又被这只不知死活的乌鸦咬了一口，自然气愤至极。

报丧鸟听着对方那沉重恼怒的呼吸，忍不住安慰他道：“好了。你不要那么生气，你不害我，我就不害你，咱俩相互照应取长补短不好吗？让我在你这里躲上十天半个月，等到张树庭升了官当了巡警总长，我就能洗白出去啦。”

“你怎么知道张树庭能当巡警总长？”死人王质问。

“这是我一手策划的。”报丧鸟笑道，“张树庭的上司吴光真是个两面三刀的政客，我接触他的时候发现政客有个软肋。”

“什么软肋？”

“当人一套，背地一套，还爱面子！”报丧鸟指出来后又说道，“所以，我把张树庭绑起来让人扔到报社门口去了。临走还给他贴了个‘茅坑石头，臭而不死，今日饶命，以示警告——燕子李三’的条子。”

说完他对张树庭做的，报丧鸟又言：“有这条子，估摸着今天早晨北平的各大报纸就都会报道他张树庭被燕子李三和报丧鸟一伙盗匪劫持，勇斗歹徒虽败犹荣的英勇事迹。”

死人王恍然：“姓张的名声大了，吴光真碍于面子，不但不会追究他渎职，还会加以褒奖。”

“没错！”报丧鸟释然地笑道，“张树庭家里有背景，曹发达一死，这巡警总长的位置定然是他的。那燕子李三曾经是吴光真的鹰犬，我又是张树庭的朋友，这一连串暗杀看上去似乎又涉及政治。一来二去牵扯的太多了，就是一笔糊涂账，任何人也不敢追究太深，当然，前提是只要没有人继续捅。”

“报丧鸟，”死人王胆寒道，“我怕你。”

“你怕也没有用。”报丧鸟回答，“现在你输了，输得一败涂地。所以从今天起，我问你的事情你要知无不言，你答应过我。”

“好！”死人王毫不犹豫地应答。

报丧鸟立刻问死人王：“说实话，你是‘夜天子’吗？”

“夜天子！”死人王颇为惊恐地抖动了一下，问报丧鸟，“你怎么会问起这个名字？”

报丧鸟品着死人王的口气：“看来你不是，那么告诉我‘夜天子’是谁？”

“我不知道！”死人王摇头，“鬼市里我见过的人很多，知道的人很多，唯独不能也不敢知道那个‘夜天子’。”

“不敢知道？为什么？”

“打个比方吧，”死人王讲，“我和夜壶楼是北平鬼市的睛目，你报丧鸟是鬼市的耳朵！那么‘夜天子’是什么？”

面对着这个问题，报丧鸟略微思考后回答：“他神出鬼没老谋深算，他算是鬼市的脑子？”

“不！”死人王出人意料地否定道，“他，是鬼市本身！我们这些眼睛、耳朵、肢体不管愿不愿意，不管干什么，都在为他服务，都在成全着他！”

报丧鸟听着死人王的话，忽然感觉周身彻寒。

“夜天子，”死人王继续讲，“他无处不在又无形无相，操控一切却又滴水不漏。你能报仇，中间定然有种种偶然，而这些偶然甚至很可能全是他‘夜天子’暗地里成全你的！”

这个时候，报丧鸟被一种心悬着的感觉所支配，死人王的话让他不由回想起自己报仇的过程并感觉出一些不对劲。几次死里逃生真的是靠自己的能力吗？师父浊眼龙让自己去那西城外的古碑处练习琴艺十年，仅仅是为了给自己留下一个逃命的遗言？为什么他师父浊眼龙一听见《韩信算卦》便会妥协，乖乖地交出视为生命的三弦？

最重要的是，那个在暗夜中号称掌控一切的“夜天子”，到底为什么策划这一切？

49

一个月后。

最近这一个月，白揽春和她栖身的北平城里发生了很多奇怪的事情。

张树庭凭借他爹的关系、曾经参军的履历、吴总长的力荐，以及一桩与歹徒搏斗的义举入了军政府。还不知怎么的竟当上了巡警衙门的科长，眼瞅着又要提名当总长官，官升得和坐了蹿天猴一样。

给白揽春当力巴的傻二力重伤不治死在了医院，白揽春出钱给他买了棺材还哭了几鼻子。

听说巡警衙门前任曹总长在玉梅堂旁边的玉兰院里被歹徒割了脑袋，凶手是一个神秘且手段残忍的新出大贼报丧鸟。

燕子李三没有死，而且又出来劫富济贫，还企图暗杀人人唾骂的吴总长。

几大飞贼一起作案全部针对安福系官僚，这背后似乎有派系相争的影子。为此，那些地方军阀蠢蠢欲动，奉系、直系、皖系的部队纷纷屯兵北平城下，互相指责剑拔弩张。

白揽春感觉北平城似乎从来没有这么热闹过，而且她还感觉似乎这种热闹像某台大戏的前奏。当然，这些热闹和她没有啥关系。因为白揽春只是一个清倌人，她能做的只是弹琴唱曲让客人们快乐。

不过在这个月月底的时候，这大戏连连的北平城里还是发生了一件与白揽春息息相关的小事。她的琴师，一个多月没有露头的闻桑生又回到了白揽春的清倌人小班。

闻桑生回到小班时是月末的一个傍晚。在太阳斜射的余晖中，白揽春看见闻桑生时竟莫名有些激动。

“闻先生，”白揽春忙问，“这一个月您去哪儿了？您不在的时候，有巡警……”

“调查我是吗？”闻桑生笑道，“他们说我参与了刺杀吴总长的计划，还说曹发达是我杀的，还说我劫持了张少爷，所以就把我抓监狱里去了。”

“这世道，怎么什么人都诬蔑！”白揽春一脸不信道，“您是一个盲人，哪儿能干这些江洋大盗的事情，太荒谬啦。”

“是荒谬。”闻桑生点头附和，“所以后来巡警部调查清楚了！是燕子李三和那个报丧鸟乔装易容成我的模样，串通一些地方军阀干的一场政治暗杀。唉！我多嘴了，莫谈国事。”

“您安全就好。”白揽春一颗悬心坠地，接下来她又有些支吾着问，“对了，您给我接洽的那位恩客？”

“我就是为这事来的。”报丧鸟笑言，“白姑娘，您今儿若有时间再和我去见一趟那金主吧，他说有好消息带给您。”

一想到那从没见过面但却颇懂她心意琴音的神秘客人，白揽春忍不住笑了。她忙问：“现在去？”

“若方便，现在就可以去。”闻桑生指点身后门口，“我已经叫了车。”

“好的，您稍等。”白揽春在闺阁里仔细地打扮了一番，而后抱了一把她新得的三弦琴，和闻桑生一起出了局。

这次出局，白揽春暗暗做了一个决定。如果那客人真帮她解决了“狐狸精”的事情，她无论如何也要看那人一眼，至少要知道这个神秘而关心她的恩客长什么样子。怀着自己的小心思，白揽春走时偷偷在袖子里藏了一盒洋火柴，然后才跟着闻桑生赴约。

在一如既往的黑暗中，白揽春听到了自己期盼已久的声音。

“姑娘别来无恙？”大师上来便问。

“怎么可能无恙。”白揽春一声苦笑，道，“大院的人天天都在催我，我都怕给您守不住这身子了。”

“你为我守身子？”大师有些激动道，“为什么？”

“我的头局您先点的，为您守着是规矩！”白揽春带着娇羞的语气又道，“我个当小倌的，知道没办法一直身子清白，但是至少这第一次我想给中意的人。”

“懂！谢谢你！”说着，那位大师在黑暗中给白揽春递过来一张纸。

白揽春拿着那张质感独特的纸张，惊讶道：“银票？”

“是，一万银圆。”大师应承，又语出惊人道，“姑娘，你身上的‘狐狸精’我已经帮你驱逐了，现在起再不会有东西禁锢着你，除此之外我还想帮你再做一件善事，用这些钱助你赎身从良。”

“什么？”白揽春心中一阵悸动。

大师又说道：“若我没猜错的话，姑娘早厌恶了被人玩弄的日子，你早就想出家做个尼姑。”

嗡！白揽春心中一阵鸣响。大师的话句句都说在了她的心坎上，她确实早在许多年前便厌恶了这风月场上的一切，心灰意懒间也早有遁入空门出家礼佛的念头。他是如何知道的呢？这一点她从没有在任何人面前流露过，哪怕她的干闺女白玉娇也不知道。

因此，白揽春费解地问：“您怎么知道我这心事？”

对方沉默了片刻，回答：“你给别的客人唱大鼓时，唱的最多最好的是《关公盘貂蝉》。”

“是。”白揽春应承。

大师又言：“我一早便听出来，你之所以这曲子唱得好，是因为你感觉自己就是剧里那乱世的貂蝉。而貂蝉最后是被关圣人放掉出家了。”

白揽春由衷佩服：“听弦知味！您是唯一真懂我的人，您是我唯一的知音。”

“谢谢。”那大师感激道，“最近我想了想，你离开北平出家为尼或许算个好归宿。一来这是你心愿；二来那些暗中垂涎你美色但又碍于面子的大员就再不会强求，算是一举多得。只是……”大师略微踌躇后又说道，“出家静一静是好，不过这乱世之中是否真的有什么方外之地，我不确定。是否真的有什么神佛菩萨，我也不相信。”

“那您信什么？”白揽春顺口问。

大师简短有力地回答：“规矩！报应！忠义！”

白揽春从眼角抹去了一滴泪后说道：“其实，我可以和我喜欢的人浪迹天涯，我可以和我关切的人远走高飞！”

白揽春的话到这个地步，基本上已经算挑明了。她只等对方的一个答复，而对方沉默了很久。

良久之后，对方回答：“白姑娘，我不能要你，我不能，更不配。”

一种由衷的失落感，在白揽春心中坠落。这个时候，她将袖子里的火柴偷偷拿了出来。

她要看他一眼。

这样，日后她青灯礼佛的时候，也好有个念想，也好有个祈福的对象……

就在她刚刚拿出那洋火柴之时，对方却又开口了。

“白姑娘，您还是别看我的为好。”大师的言辞里也全是痛苦与纠结。

“为什么？”白揽春有些不管不顾道，“您帮了我那么多，我连恩人的脸都不能见？您到底是谁？”

对方沉默，然后说道：“我就是燕子李三。”

“燕子李三！”白揽春的脑子“嗡”的一声大了。那个市井传闻中杀人不眨眼，但又劫富济贫专门和坏人贪官作对，还会神奇遁术轻功的大盗豪侠，燕子李三！

“您，您，您……”白揽春激动惊骇得说不出话来，手里的火柴也掉在了地上。

“白姑娘，”那“燕子李三”感慨道，“我和报丧鸟配合作案已经惹了全北平的大人物，自知命不久矣，故而不能拉着你一起陪葬。和你的这一段风流韵事也只能到此为止，只希望你日后安康再无其他。”说完，他拿脚点了几下地面便渐渐没了声。

她知道，他走了。

大概五分钟之后，那闻桑生来开门了。白揽春刚一见到他便苦笑着冲他言：“闻先生，您给我介绍了一个偷心的贼呀！”

闻桑生一脸茫然道，“什么偷心？什么贼？我不懂！”

闻桑生是真不懂还是装傻充愣，白揽春不想操心。她攥着那一张一万块的银票，略微惆怅地问道：“先生，您回去便把那《八音流水》都教给我吧，我希望还有弹奏的机会。”

闻桑生答应了一句，露出了一个真诚而无奈的笑。

三个月后，白揽春彻底离开北平是在一个黄昏。日落前的余晖中，送她去寺庵出家的汽车已经等了半个多小时，她却迟迟不愿离去。白揽春昂首抱着手里的三弦，在养女白玉娇的陪同下于燕墩的影子里痴痴地往北平城门的方向望着，好像将要出塞的昭君。

良久之后，她才和白玉娇坐上汽车。汽车匆匆穿过了一片树林。而就在汽车即将驶离那树林的最后一刻，白揽春在树林的枝丫间看见了一个白影。那影子一闪而过好像是个男人，白揽春却觉得更像是一只白色的狐狸……